W0003535

PIERRE EMME

Tortenkomplott

SÜSSER TOD IN WIEN Das Viertel, in dem Mario Palinski lebt, ist in Aufruhr: Auf offener Straße wurde ein Liebespaar erschossen! Hauptverdächtiger ist Albert Göllner. Der 78-jährige war bis zu seinem Ruhestand vor 14 Jahren Leiter der Kripo am Kommissariat Döbling. Seit vor einigen Jahren seine Frau auf der Straße vor seiner Wohnung umgebracht worden ist, legt er ein etwas seltsames, von der umliegenden Wohnbevölkerung aber durchaus akzeptiertes Verhalten an den Tag. Er »beschützt« den von seinem Fenster aus überschaubaren Teil der Straße. Notfalls auch, indem er in besonders hartnäckigen Fällen ein, zwei Warnschüsse aus seiner Schreckschusspistole abgibt. Und tatsächlich, sowohl die subjektive als auch die objektive Sicherheit ist in den letzten Jahren gewachsen.

Gleichzeitig erfährt Palinski, dass er eine Tochter hat, die im fernen Südtirol lebt: Silvana Sterzinger-Godaj stammt aus der berühmten Budapester Konditorendynastie der Godajs, deren süße Wunderwerke schon das österreichische Kaiserhaus verzückten. Als hervorragende Köchin und Patisseuse soll Silvana an der in Wien stattfindenden »Internationalen Kochkunstausstellung« mitwirken. Doch seit ihrer Ankunft vor zwei Tagen ist sie wie vom Erdboden verschluckt. Als erfahrener Ermittler und besorgter Vater wittert Paliniski ein Komplott – und er soll Recht behalten!

Pierre Emme, geboren 1943, lebte bis zu seinem Tod im Juli 2008 als freier Autor bei Wien. Der promovierte Jurist konnte auf ein abwechslungsreiches Berufsleben zurückblicken und damit aus einem aus den unterschiedlichsten Quellen gespeisten Fundus an Erfahrungen und Erlebnissen schöpfen. Im Februar 2005 erschien mit »Pastetenlust« der erste Band seiner erfolgreichen Krimiserie um Mario Palinski, den Wiener Kult-Kriminologen mit der Vorliebe für kulinarische Genüsse.

Bisherige Veröffentlichungen im Gmeiner-Verlag:
Zwanzig/11 (2012)
Diamantenschmaus (2011)
Pizza Letale (2010)
Pasta Mortale (2009)
Schneenockerleklat (2009)
Florentinerpakt (2008)
Ballsaison (2008)
Killerspiele (2007)
Würstelmassaker (2006)
Heurigenpassion (2006)
Schnitzelfarce (2005)
Pastetenlust (2005)

PIERRE EMME

Tortenkomplott

Palinskis sechster Fall

GMEINER *Original*

Besuchen Sie uns im Internet:
www.gmeiner-verlag.de

Im Ehnried 5, 88605 Meßkirch
Telefon 07575/2095-0
info@gmeiner-verlag.de

5. Auflage 2012

Lektorat: Claudia Senghaas, Kirchardt
Umschlaggestaltung: U.O.R.G. Lutz Eberle, Stuttgart
unter Verwendung eines Fotos von Georg Mladek
Druck: GGP Media GmbH, Pößneck
Printed in Germany
ISBN 978-3-89977-734-5

Personen und Handlung sind frei erfunden.
Ähnlichkeiten mit lebenden oder toten Personen
sind rein zufällig und nicht beabsichtigt.

1

Albert Göllner, ein 78-jähriger Kriminalbeamter in Pension, litt seit Jahren an Schlafstörungen. Mit dem Einschlafen klappte es noch ganz gut, aber nach zwei, spätestens drei Stunden wurde er regelmäßig wieder wach. Dann dauerte es immer längere Zeit, bis er gegen Morgen nochmals etwas einnickte.

Die nächtliche Wachphase lief meistens völlig gleich ab. Göllner pflegte es sich mit einem Häferl Tee in seinem Lieblingslehnstuhl am Fenster seiner Wohnung im zweiten Stockwerk gemütlich zu machen. Hier saß er einige Stunden mit einem starken Nachtglas und wachte über die Sicherheit und Nachtruhe seiner Mitbürger in diesem Abschnitt der Billrothstraße.

Diese Nachtwache war nicht nur der Spleen eines alten Mannes, dessen Schicksal ihn dorthin gebracht hatte, wo er heute war, sondern hatte sich in einigen konkreten Fällen als höchst sinnvoll und hilfreich erwiesen. So hatte Göllner beispielsweise durch laute Zurufe und das von einem Tonband stammende Geräusch eines Martinshorns einmal den Einbruch in ein Juweliergeschäft verhindert. Zweimal hatte er den Diebstahl eines Pkws schon im Ansatz unterbunden und ein anderes Mal einen gerade ausbrechenden Brand so rechtzeitig gemeldet, dass die Feuerwehr schon da war, ehe die Bewohner der betroffenen, auf der anderen Straßenseite liegenden Wohnung überhaupt bemerkt hatten, in welcher Gefahr sie sich befanden.

Was die hier wohnenden Menschen am meisten an Göllners schlafstörungsbedingtem Wirken schätzten, war die Sicherheit, die sie seit einigen Jahren empfanden. Und das völlig zu Recht. Denn nächtliche Belästigungen, insbesondere weiblicher Passanten, wie sie früher auch hier vorgekommen waren, gehörten fast zur Gänze der Vergangenheit an.

Selbst die meisten Gäste des schräg gegenübergelegenen Edel-Pubs mit seinem großen Gastgarten wussten über das wachsame ›Albert'sche Auge‹ Bescheid und hüteten sich, Göllner mit ihrem Verhalten beim und nach dem Verlassen der Gaststätte, zu früher mitunter äußerst radikalen Reaktionen zu provozieren. Denn der alte Polizist war anfänglich nicht davor zurückgeschreckt, einer lautstarken, erfolglos gebliebenen ›Abmahnung‹ aus dem zweiten Stock notfalls ein, zwei Warnschüsse aus einer Schreckschusspistole folgen zu lassen.

Eine auf den ersten Blick etwas archaisch wirkende, aber höchst effiziente Vorgangsweise, die anfänglich zu einiger Aufregung geführt hatte. Dank der guten Kontakte Göllners zu seinen ehemaligen Kollegen war diese Ballerei ohne Konsequenzen geblieben. Ja, da er versprochen hatte seine Schreckschusspistole nicht mehr zu benützen, hatte man ihm das geliebte Stück sogar gelassen. Auch, nachdem er sich hin und wieder nicht ganz an dieses Versprechen gehalten hatte.

Schließlich hatten sich die Bewohner der umliegenden Häuser an die gelegentlichen nächtlichen Kracher gewöhnt und diese letztlich als positiv empfunden. Waren sie doch hörbare Anzeichen dafür, dass der ›verrückte, alte Albert‹ aufmerksam über ihr Wohlergehen wachte und sie sicher schlafen konnten.

Jetzt war Mitte November. Es handelte sich übrigens um den mildesten November des letzten Jahrzehnts mit einer mittleren Temperatur, die vier Grad über dem langjährigen Durchschnitt lag. Bis heute zumindest.

Albert Göllner war während eines langweiligen Kriminalfilms, den er darüber hinaus bereits mehrmals gesehen hatte, eingeschlafen.

Auf das Fernsehen war doch immer Verlass, dachte er ironisch, als er kurz nach Mitternacht aufgewacht und gegen seine übliche Routine gleich ins Bett gegangen war.

Er hatte das Gefühl gehabt, rasch einschlafen zu können. Aber dann wollte es doch nicht so richtig damit klappen.

Erwartungsgemäß, wie Göllner fast versucht war zu sagen. Wie immer in diesem Zustand des um Einschlafen bemüht Seins drehten sich seine Gedanken unwillkürlich um seine Frau Else. Seine große Liebe, die nach 42 glücklichen gemeinsamen Jahren durch einen absolut sinnlosen Gewaltakt von seiner Seite gerissen worden war.

Else Göllner war nach dem Besuch bei einer kranken Freundin erst nach Mitternacht zu Fuß nach Hause aufgebrochen. Keine 50 Meter von ihrem Wohnhaus entfernt war sie einer jungen Frau zu Hilfe geeilt, die von einem Betrunkenen handgreiflich belästigt worden war. Während die junge Frau die scharfe verbale Intervention der älteren Frau genützt hatte und davon gelaufen war, hatte der besoffene Schläger seine Aggressionen auf Else umgelenkt und sie mit einigen harten Fausthieben ins Gesicht und an der Schläfe getroffen. Dann hatte er die am Boden liegende Frau noch mit zwei, drei bösen Tritten an den Kopf und in den Oberkörper so schwer verletzt, dass sie trotz aller Bemühungen des bereits wenige Minuten später eingetroffenen Notarztes auf dem Weg ins nahe gelegene Allgemeine Krankenhaus verstorben war.

Für Göllner, der die Szene vom Fenster des Wohnzimmers aus hatte beobachten müssen und sich sofort nach der Verständigung des Notarztes auf die Straße begeben hatte, um den Totschläger zu stellen, war seine Welt innerhalb weniger Sekunden zusammengestürzt.

Nicht nur, dass seine Frau nicht mehr bei ihm war, machte ihm schrecklich zu schaffen. Seelisch wie auch ganz pragmatisch, denn Else hatte ihren Albert in jeder Hinsicht verwöhnt, vorne und hinten bedient und ihn keinen Handgriff im Haushalt machen lassen.

Was ihn mehr plagte, waren die Vorwürfe, die er sich seit damals immer wieder machte. Warum hatte er Else nicht von ihrer Freundin abgeholt oder war ihr zumindest ein Stück des Weges entgegengegangen? Er kannte die Antwort darauf. Es war sein verdammter Stolz gewesen, der ihn daran gehindert hatte. Bevor Else an diesem Abend gegen 19 Uhr die Wohnung verlassen hatte, hatten sie eine ihrer seltenen Auseinandersetzungen gehabt. Göllner hatte nämlich gefunden, dass Ingrid, das war die Freundin, Elses Gutmütigkeit nur ausnutzte und seine Frau sich das nicht gefallen lassen sollte.

Aber Elses hartnäckiger Art hatte er schließlich nichts entgegenzusetzen gehabt und so waren sie am letzten Abend ihres gemeinsamen Lebens im Streit geschieden. Immer wenn sich Göllner diese Situation vor Augen führte, trieb es ihm unwillkürlich die Tränen in die Augen.

Nicht zuletzt war sein Stolz als ehemaliger Polizist und Kriminalbeamter irreversibel verletzt worden. Denn dem Schwein, das ihm seine Else genommen hatte, war es gelungen, sich in den knapp 30 Sekunden, die Göllner von der Wohnung hinunter auf die Straße benötigt hatte, quasi in Luft aufzulösen. Trotz sofort eingeleiteter Fahndung war von dem Täter keine Spur zu entdecken gewesen und die

Akte ›Else Göllner‹ hatte schlussendlich als ›unerledigt‹ abgelegt werden müssen.

Nach einem schweren Nervenzusammenbruch und einer mehr als achtmonatigen stationären psychiatrischen Behandlung war Göllner wieder in seine Wohnung zurückgekehrt. Damals hatte er begonnen, jede Nacht den von seiner Wohnung aus einsehbaren Teil der Billrothstraße zu überwachen. Wobei sein ganz besonderes Augenmerk Männern galt, die auch nur den geringsten Anschein erweckten, einem weiblichen Wesen zu nahe zu treten. Anfänglich hatte er nicht nur einmal zu seiner Schreckschusspistole gegriffen, um aus dem Pub kommende Paare, die sich mit Küsschen voneinander verabschieden wollten, sofort wieder auseinander zu treiben.

Göllner, vor dessen Augen die Ereignisse von vor neun Jahren abliefen, als ob sie gestern stattgefunden hätten, hörte plötzlich leise Hilferufe einer Frau. Das war neu, denn Else hatte damals und auch in seinen Träumen bisher noch nie um Hilfe gerufen. In diesem Punkt war die resolute Frau von einer einmaligen Sturheit gewesen. Mit jeder Situation hatte sie alleine fertig werden wollen, selbst wenn das Problem noch so schwierig gewesen war. Und bis auf einmal, das letzte Mal, war ihr das immer gelungen. Warum also rief sie jetzt plötzlich um Hilfe, ging es Göllner durch den Schlaf suchenden Kopf.

Plötzlich schoss er in die Höhe, die Realität der Nacht hatte ihn wieder. Das waren nicht Elses Hilferufe, sondern die einer fremden Frau. Einer Frau, die Hilfe gegen einen dieser schwer gestörten Machos benötigte, die er über alles hasste.

So rasch es ihm seine alten Knochen und abgenutzten Gelenke erlaubten, sprang er aus dem Bett und eilte zu seinem Beobachtungsposten am Fenster. Der Griff zu dem starken, das Restlicht nutzende Fernglas unterblieb diesmal, denn die Quelle der inzwischen verstummten Hilferufe war deutlich im Licht der Straßenbeleuchtung zu erkennen. Ein bulliger Mann hatte den Widerstand der etwas größeren, aber sehr zarten Frau offenbar schon soweit gebrochen, dass sie ihr verzweifeltes Schreien aufgegeben hatte. Wer weiß, was ihr diese Drecksau alles für den Fall angedroht hatte, dass sie nicht mit dem, um diese Tageszeit ohnehin nutzlosen, Geschrei aufhörte. Aber sofort.

Das Monster musste seine perverse Triebbefriedigung offenbar erstmals in dieser Gegend suchen, schoss es Göllner durch den Kopf. Anders schien es ihm nicht erklärbar, dass sich diese scheußliche Szene gerade auf der kleinen, unmittelbar vor seiner Wohnung liegenden Grünfläche abspielte. Diesem Minipark, in dem am Tag junge Mütter mit ihren Babys die Sonne genossen, sofern sie schien, und sich nachts die übervollen Besucher des ›Old Grenadier‹ Erleichterung verschafften. Wie auch immer.

Vieles hatte Göllner hier schon gesehen, eine Vergewaltigung noch nicht. Und seine grundsätzliche Abscheu gegen dieses Verbrechen wurde durch die Arroganz des Täters verstärkt, dies ausgerechnet hier, vor Göllners Augen zu tun. Doch er würde schon dafür sorgen, dass es bloß bei einem Versuch blieb.

Der ehemalige Polizist brüllte mit einer für sein Alter erstaunlich festen Stimme so laut wie möglich sein: »Lassen Sie sofort diese Frau in Ruhe, die Polizei ist schon verständigt«, in die Tiefe. Gleichzeitig schaltete er das kleine Tonbandgerät ein und ließ das Band mit der immer lauter werdenden Polizeisirene anlaufen.

Entweder hatte der Hormonstau dem Kerl da unten die Ohren verstopft oder er scherte sich ganz einfach nicht um die Göllnerschen Stör- und Verhinderungsversuche.

Das Schwein machte weiter, als wäre nichts gewesen und schien die inzwischen völlig regungslos wirkende Frau gerade in den Hals beißen zu wollen. Halt, so nicht, bäumte sich alles in dem alten Mann auf. Nein, Wien durfte nicht Transsylvanien werden.

Gut, dann musste Göllner jetzt eben zum drastischsten ihm zur Verfügung stehenden Mittel greifen. Er machte einige Schritte in den Raum und holte seine mit Schreckschussmunition geladene Pistole aus einer Lade. Dann ging er zurück ans Fenster, streckte den Arm hinaus und gab eine letzte Warnung ab: »Sofort aufhören oder ich schieße.«

Als der Wüstling nicht einmal jetzt reagierte, ließ Göllner schließlich seine stärksten Argumente für eine sofortige Beendigung des scheußlichen Treibens da unten los. Er schoss einmal ungezielt in die Nacht hinaus und nach einigen Sekunden ein zweites Mal.

Komisch, dachte sich Göllner, dass ihm bisher nie das Echo aufgefallen war, das die Schüsse offenbar hervorriefen. Na ja, irgendwie logisch, die umliegenden Häuser waren mehrere Stockwerke hoch und reflektierten den Schall entsprechend. Wie hatte er das bisher bloß überhören können?

Der Vergewaltiger schien die Botschaft jetzt endlich verstanden zu haben. Er war nach rückwärts auf die hinter ihm stehende Bank gesunken und hatte die anscheinend nach wie vor völlig apathische Frau mit sich gerissen.

Da, endlich versuchte sie sich, von dem Mann zu lösen. Mühsam befreite sie sich aus seiner Umarmung und setzte sich leise wimmernd neben ihren Peiniger auf die Bank. Gleich darauf sank sie in sich zusammen, fiel zurück und verstummte.

Jetzt war es aber hoch an der Zeit, die Polizei zu rufen. Göllner stolperte zum Telefon und verständigte das

Wachzimmer auf der Hohen Warte. Dann setzte er sich wieder ans Fenster und behielt die Bank im Auge. Eigenartig, dachte Göllner, dass das Schwein da unten keinerlei Versuch unternahm, den Ort des gerade noch verhinderten Verbrechens zu verlassen. Dem musste der Schock der Schüsse voll in die Glieder gefahren sein, dachte er zufrieden.

Bald war das Martinshorn des sich nähernden Polizeifahrzeuges zu vernehmen und Göllner begann sich anzuziehen, um zu den Kollegen auf die Straße zu gehen. Dieses Monster musste er sich unbedingt aus der Nähe ansehen.

Der 49-jährige Franz Harbeck, der in dem großen, an der anderen Ecke der Schegagasse liegenden Gemeindebau wohnte, war einer von mehreren Bewohnern, die die Schüsse gehört hatten. Na, da war der ›wachsame Albert‹ wieder einmal um unsere Sicherheit bemüht, schoss es ihm durch den verschlafenen Kopf. Dann drehte er sich zur Seite und schlief beruhigt weiter.

*

Es war kurz nach sieben Uhr Morgen. Palinski saß am Frühstückstisch und genoss den ersten Kaffee des Tages. Ihm gegenüber rutschte Wilma, die Frau, mit der er seit fast 25 Jahren lebte, die er aber noch immer nicht geheiratet hatte, nervös auf ihrem Sessel herum und bemühte sich um das, was die Franzosen so treffend Contenance nannten.

»Du bist mit Abstand die bestqualifizierte Kandidatin«, versuchte er die Mutter seiner beiden Kinder zu beruhigen, »und wirst daher das heutige Hearing bei der Schulbehörde als Siegerin verlassen.«

Wilma, die an einem Wiener Gymnasium Französisch unterrichtete, hatte sich um den durch die Pensionierung der bisherigen Direktorin per Jahresende frei werdenden Leitungsposten beworben und war wider Erwarten in die engere Auswahl gekommen.

»Du willst mir nur Mut machen«, widersprach die attraktive Frau , »und das ist sehr lieb von dir. Aber als parteilose Fachfrau, die nicht einmal in der Gewerkschaft ist, habe ich so gut wie keine Chance«, machte sich Wilma klein. »Der Doktor Reinberger ist eng mit der linken Reichshälfte verbandelt und die Frau Professor Gemser hat beste Kontakte ins Ministerium«, erklärte Wilma. »Dazu sollen beide auch noch gute Fachleute sein. Also, ich mache mir keine Hoffnungen auf die Position.« Sie schüttelte den Kopf. »Ich vermute, dass die Gemser das Rennen machen wird, wegen des ›gender mainstreams‹.«

Palinski hatte diesen Begriff schon öfter gehört, aber noch immer keine ganz klare Vorstellung davon, was er eigentlich bedeutete.

»Also, wenn die Kommission nur einigermaßen bei Verstand ist, dann wird sie sich für dich entscheiden«, versuchte er Wilma aufzubauen. »Immerhin bist du auch eine Frau. Und vielleicht wollen sie kurz vor den Wahlen den Beweis antreten, dass diese Berufungen entgegen allgemeiner Ansicht doch objektiv und ohne politische Hintergedanken erfolgen.«

Das Schrillen des Festnetztelefons gab Wilma Gelegenheit, hochzufahren und ihre anhaltende Nervosität in Bewegungsenergie umzusetzen. Sie war gleich zurück und brachte Palinski das schnurlose Gerät. »Dein Freund Wallner«, flüsterte sie ihm zu. »Es scheint wieder einmal sehr dringend zu sein.«

»Guten Morgen, Helmut«, meldete sich Palinski, froh darüber, dass die etwas angespannte Atmosphäre im Raum durch den Anruf unterbrochen worden war. »Wie geht's, wie steht's?«

Der Oberinspektor ging auf die banale, scherzhaft gemeinte Floskel seines Freundes nicht ein, sondern schien selbst unter einer gewissen Spannung zu stehen.

»Wir haben zwei Tote«, meinte er nur knapp. »Und wenn mich nicht alles täuscht, kommt darüber hinaus auch noch ein gewaltiges Problem auf uns zu. Es sieht ganz so aus, als ob der ›wachsame Albert‹ letzte Nacht ein Liebespaar erschossen hätte.«

Palinski hatte diesen Namen zwar schon gelegentlich aufgeschnappt, wusste aber nicht mehr damit anzufangen, als dass es sich dabei um einen etwas schrulligen, alten Mann, einen ehemaligen Polizisten handelte.

»Das ist zwar schlimm«, stimmte er der Einschätzung Wallners teilweise zu, »doch worin liegt das gewaltige Problem?«

»Man wird uns vorwerfen, dass wir Alberts Waffe nicht schon längst beschlagnahmt haben«, unkte der Oberinspektor. »Und das völlig zu Recht, wie es im Moment aussieht. Das ist eine lange, komplexe Geschichte. Kannst du heute Vormittag vorbeikommen? Ich bin fast sicher, dass wir deinen unkonventionellen Verstand und die Datenbank in diesem Fall gut werden brauchen können.«

Klar, dass Palinski konnte. »Gut, ich werde in einer Stunde bei dir sein.«

Wilma hatte schon von dem selbst ernannten Sicherheitschef des untersten Abschnittes der Billrothstraße gehört. Ja, sie wusste sogar einiges über die Motive des alten Herrn, die ihn zu diesem seit Jahren gezeigten Verhalten veranlasst haben mussten.

»Seine Frau soll quasi vor seinen Augen von einem Betrunkenen erschlagen worden sein und er konnte ihr nicht helfen«, in ihrer Stimme klangen gleichzeitig Abscheu und Mitgefühl mit. »Wer weiß, was er auf der Straße gesehen hat, das ihn zu dieser radikalen Vorgangsweise veranlasst hat?«, stellte sie in den Raum und Palinski fand, dass diese Frage durchaus angebracht war.

Ein Gutes hatte das schreckliche Ereignis aber auch. Durch die spekulative Erörterung des Themas vergaß Wilma ihre Nervosität. Und die Bedeutung des möglichen Direktionspostens hatte sich für sie wieder relativiert.

Als sie eine halbe Stunde später das Haus verließ, um sich dem Hearing zu stellen, tat sie das im Bewusstsein, dabei nichts verlieren, sondern bloß alles gewinnen zu können.

*

Dr. Walter Göllner war 42 Jahre alt, Rechtsanwalt und, wie der Nachname vermuten ließ, mit dem ›wachsamen Albert‹ verwandt. Er war der Sohn von Göllners früh verstorbenem, jüngerem Bruder Berthold und damit der Neffe des ehemaligen Polizeibeamten. Als sein Vater bei einem Bergunfall in den Hohen Tauern zu Tode gekommen war, war Walter erst 19 Jahre alt gewesen. Göllner war ihm seit damals mehr als nur Onkel, hatte sozusagen den Part des väterlichen Freundes und Mentors übernommen und damit gewisse Defizite der harten, lieblosen Mutter des Burschen ausgeglichen. Den Rest und mehr hatte die warmherzige Else, die es nie wirklich verwunden hatte, selbst keine Kinder bekommen zu können, beigesteuert.

Walter Göllner war nicht verheiratet, hatte aber eine feste Freundin, die seit mehr als drei Jahren mit ihm in einem ausgebauten Dachboden in der Hardtgasse zusammenlebte. Keine fünf Gehminuten von der Wohnung seines Onkels entfernt. Walter war schon am frühen Morgen vom

Diensthabenden des Kommissariats Döbling telefonisch über das Geschehen informiert worden. Und obwohl es ihm an diesem Morgen besonders schwer zu fallen schien, so zeitig aus dem Bett zu kommen, stand Walter Göllner seinem Onkel bereits kurz danach zur Seite.

Es war absolut unüblich, dass die Polizei den Anwalt eines Tatverdächtigen von sich aus informierte und das schon bald nach ihrem Eintreffen am Tatort. Aber im Falle Albert Göllners war alles anders. Der Mann war 46 Jahre lang im Dienste der Wiener Polizei gestanden, die letzten 22 am Kommissariat Hohe Warte. Er war mit 64 Jahren als Leiter der Kriminalabteilung und damit als Vorvorgänger von Oberinspektor Helmut Wallner in Pension gegangen. Von den heute aktiven Beamten im Koat Hohe Warte hatten nur zwei noch unter Chefinspektor Göllner Dienst getan. Für alle, insbesondere auch die Jungen, war und blieb Göllner eine Legende, ein Vorbild und wurde wie eine Ikone verehrt.

Nachdem die Tatortgruppe und der Arzt die beiden Opfer untersucht, fotografiert und die Spuren in dem winzigen Park gesichert hatten, wurden die Opfer ins gerichtsmedizinische Institut gebracht. Die Karawane zog weiter und verlegte ihre Aktivitäten in die Wohnung Albert Göllners.

Hier, innerhalb der vier Wände, in der der beliebte und allseits geachtete, ehemalige Kriminalbeamte sein Leben verbrachte, wurde deutlich erkennbar, wie schwer es allen fiel, gegen einen der ihren zu ermitteln.

Entsprechend respektvoll, ja fast schüchtern gingen die Beamten zunächst bei ihrer Arbeit vor. Die Erhebungen wurden von Martin Sandegger geleitet, dem Stellvertreter Wallners, der sich als junger Kriminalbeamter seine ersten Sporen unter Göllner verdient hatte.

Ohne dass ein einziges Wort darüber gewechselt worden war, standen zwei Dinge für alle zweifelsfrei fest. Erstens, dass ihr Idol Göllner die beiden tödlichen Schüsse abgegeben haben musste. Der Tatverdächtige leugnete gar nicht, die in der Wohnung aufgefundene Pistole zweimal abgefeuert zu haben. Er bestritt allerdings, gezielt geschossen zu haben und beteuerte vor allem immer wieder, dass die Waffe lediglich mit Schreckschussmunition geladen gewesen wäre.

Dagegen sprach, dass sowohl der 28-jährige Mann, laut Führerschein ein gewisser Josef Hilbinger, als auch die 22-jährige Marika Estivan mausetot waren.

Der zentrale Kopfschuss beim männlichen Opfer und der in den Rücken der Frau eingedrungene, nur knapp am Herzen vorbei gegangene Schuss konnten immerhin zumindest theoretisch ein Zufall gewesen sein. Ein höchst ungewöhnlicher allerdings.

Weiterhin waren sich alle trotz der objektiven Beweise sicher, dass es sich bei dem tragischen Geschehen strafrechtlich bestenfalls um fahrlässige Tötung handeln konnte. Denn der Chefinspektor war nie und nimmer der Mann, der einen noch so miesen Verbrecher einfach abgeknallt hätte. Und schon gar nicht einer unschuldigen Frau, dem angeblichen Verbrechensopfer, das er ja schützen wollte, in den Rücken geschossen hätte. Nein, auch wenn die Beweise scheinbar eine völlig andere Sprache sprachen, Göllner war zweifellos das bedauernswerte Opfer eines unglaublichen Zusammentreffens mehrerer unglücklicher Zufälle geworden. Da musste die Polizei nach außen hin streng nach Gesetz vorgehen. Intern, dem ehemaligen Kollegen gegenüber war aber größtmögliche Schonung und Rücksichtnahme angesagt.

Das ging soweit, dass einer der beiden uniformierten Beamten frische Semmeln beim Bäcker besorgt hatte und jetzt in der Küche stand, um das Frühstück für Göllner zuzubereiten. Pfefferminztee, eine Buttersemmel und ein weiches Ei. Exakt vier Minuten, das verstand sich wohl von selbst.

Dr. Walter Göllner, der eigentlich auf Vertrags- und Familienrecht spezialisiert war, hatte vorsorglich bis auf Weiteres die Vertretung seines Onkels übernommen. Bei einem kurzen Vieraugen-Gespräch mit Martin Sandegger ließ der Anwalt durchblicken, dass sein Mandant seit dem schrecklichen Ende seiner Frau immer wieder Zeichen von Verwirrung gezeigt hätte und die gegenständliche Tat zweifellos in einem Augenblick temporärer Unzurechnungsfähigkeit begangen haben musste. Denn dass die tödlichen Schüsse von Onkel Albert abgegeben worden waren, stand angesichts der erdrückenden Beweislage für den Neffen außer Zweifel.

Jetzt hatte sich anscheinend auch der Leiter der Erhebung, der staubtrockene Sandegger, von der trotz der herrschenden Betroffenheit langsam eher an ein Kaffeehaus denn an eine polizeiliche Untersuchung erinnernden Atmosphäre in Göllners Wohnung anstecken lassen und mit einer Schale Kaffee zu dem Tatverdächtigen gesetzt.

»Mein Gott, Chefinspektor«, wandte er sich an den alten Herrn, »wie konnte denn bloß so etwas passieren?«

Der Angesprochene schien den Beamten nicht gehört zu haben, denn er starrte weiterhin auf einen unbestimmten Punkt in der Ferne, der weder für Sandegger noch für den neben seinem Onkel sitzenden Walter erkennbar war.

»Ich habe ihm vorhin ein Beruhigungsmittel gegeben«, sah sich der Anwalt veranlasst zu erklären. »Er war so aufgeregt, dass ich wegen seines hohen Blutdrucks Angst bekommen habe. Sein Arzt hat schon vor Jahren gewarnt, dass Onkel Albert einen Schlaganfall erleiden könnte. Ich bin nicht sicher, ob Sie in den nächsten Stunden eine vernünftige Aussage von ihm werden bekommen können.«

»Lass nur«, schaltete sich der Sedierte jetzt ein, »ich bin zwar ein wenig benebelt, aber ich kann hören, sehen und sprechen. Also behandle mich nicht wie jemanden, der nicht mehr Herr seiner Sinne ist.« Er blickte Sandegger direkt an.

»Dich kenne ich doch«, meinte er dann, »du bist doch der Martin. Der Nachname liegt mir auf der Zunge.«

»Sandegger«, half der Angesprochene aus, »Martin Sandegger. Ich habe das Vergnügen gehabt, fast zwei Jahre unter Ihnen zu arbeiten, ehe Sie in den Ruhestand getreten sind.«

»Richtig«, strahlte der alte Herr, der sich offensichtlich freute, ein bekanntes Gesicht von früher zu sehen. »Warst du nicht der, der den Brenek Charlie dingfest gemacht hat? Du weißt schon, den Bankräuber, der immer die Filialleiter auf dem Weg zur Arbeit abgepasst und sich von ihnen direkt zum Tresor hat bringen lassen.«

»Ja«, Sandegger strahlte und bewunderte das außergewöhnliche Gedächtnis seines ehemaligen Vorgesetzten. »Das war mein erster Erfolg auf der Hohen Warte.«

»Und was machst du jetzt hier?«, wollte Göllner wissen.

Sandegger blickte den Neffen des Tatverdächtigen fragend an, doch dieser zuckte nur mit den Achseln.

»Onkel, du weißt doch noch, dass du heute Nacht irrtümlich zwei Menschen auf der Straße erschossen hast«, Walter versuchte, dem verwirrten alten Mann die Wirklichkeit wieder in Erinnerung zu rufen. »Und Inspektor Sandegger leitet die Erhebung.«

»Aber das ist doch Unsinn«, begehrte der alte Herr auf, so sehr, wie ein unter starken Beruhigungsmitteln stehender Mensch eben in der Lage war. »Wie kann ich denn mit Schreckschussmunition jemanden töten? Ja, selbst wenn scharfe Munition in der Waffe gewesen wäre, ich habe doch bloß in die Luft geschossen.«

Sandegger, den normalerweise nicht so rasch etwas aus der Ruhe bringen konnte, war die Entwicklung des Gespräches erkennbar unangenehm.

»Es tut mit leid, Herr Göllner, aber Ihre Pistole war und ist noch immer mit scharfer Munition geladen«, stellte der Inspektor klar, der unbewusst von der, die Verbundenheit des Korps signalisierenden, Anrede ›Chefinspektor‹ zum nüchternen, sachlichen ›Herr‹ gewechselt hatte. Oder war es Absicht gewesen, um sich zumindest einen Rest an Distanz und Objektivität zu erhalten?

Wie auch immer, die geringfügige Veränderung in Diktion und Tonlage war dem alten Herrn nicht entgangen.

»Soll das heißen, dass Sie mir nicht glauben, Herr Kollege?« Göllner hatte den Kollegen besonders betont, um Sandegger zu einer deutlichen Stellungnahme zu zwingen.

Sandegger blickte seinen ehemaligen Chef lange an, ehe er sich aufs Eis begab. »Ich glaube Ihnen, Chefinspektor, aber ich glaube Ihnen nur, weil ich das auch möchte. Dem stehen zumindest derzeit einige Beweise gegenüber, die meinen Glauben objektiv als reines Wunschdenken erscheinen lassen.«

Göllners bisher wie versteinert wirkende Miene löste sich plötzlich in ein die wachsende Spannung wieder vernichtendes Lächeln auf.

»Du bist ein verdammt guter Kriminalist geworden, Martin«, erkannte der alte Fuchs an. »Und du bist in keiner einfachen Situation, aber du gehst die Sache völlig richtig an. Persönliche Gefühle haben keinen Platz bei einer Untersuchung wie dieser. Ich bin froh, dass du den Fall bearbeitest.«

Scheinbar unbeirrt fuhr Sandegger mit seinem Statement fort: »Ich verspreche Ihnen aber, dass wir sämtlichen, also selbst den unbedeutendst scheinenden Spuren nachgehen werden, die möglicherweise zu Ihrer Entlastung beitragen könnten. Sie können also mit einem Maximum an Fairness von meiner Seite rechnen.«

Göllner nickte zwei, drei Mal mit dem Kopf. »Mehr kann ich wirklich nicht erwarten. Und da ich weiß, was ich nicht getan habe, gibt es keinerlei Grund für mich, mir Sorgen zu machen. Ich vertraue Ihnen, Martin.«

Dr. Walter Göllner, ein guter Vertragsrechtler und leidlicher Spezialist für das Familienrecht, aber sonst kein allzu großes Licht, hatte anscheinend nicht ganz mitbekommen, was da zwischen seinem Onkel und dem Inspektor gelaufen war.

»Ich werde auf jeden Fall auf verminderte Zurechnungsfähigkeit plädieren«, warf er ein. »Damit kann ich ihn sicher vor dem Gefängnis bewahren«, meinte er Zustimmung heischend zu dem Inspektor.

»Ich denke nicht, dass es Ihrem Onkel nur darum geht, nicht ins Gefängnis zu müssen«, Sandegger bewegte nachdenklich seinen Kopf hin und her. »Wie ich ihn einschätze, geht es ihm darum, zweifelsfrei von jedem Verdacht freigesprochen zu werden. Da ich keinen Grund habe, an seinen Worten von vorhin zu zweifeln, werden wir das auch schaffen.«

»Aber …«, wollte der Anwalt einwenden, doch sein Mandant unterbrach ihn sofort.

»Lass es gut sein, Walter«, meinte der alte Herr, »Martin hat völlig recht. Du wirst schon früh genug mein Sachwalter werden. Ein wenig gedulden wirst du dich allerdings noch müssen.«

Dann nickte er dem Inspektor zu. »Gut, ich bin bereit.«

»Dann beginnen wir einfach«, meinte Sandegger. »Am besten, Sie erzählen mir einmal alles von Anfang an.«

*

Auf dem Weg zu seinem Treffen mit Oberinspektor Wallner hatte Palinski noch einen kurzen Abstecher in sein Büro in dem von ihm gegründeten ›Institut für Krimiliteranalogie‹ eingelegt. Dieses lag im Erdgeschoss des gegenüberliegenden Flügels des im Grundriss wie ein U aussehenden Zinshauses aus der Gründerzeit. Um von der Wohnung dort hinzugelangen, musste man lediglich den begrünten Innenhof queren und das Gebäude über die Stiege IV wieder betreten. Dabei kam man an jener Bank vorbei, auf der Palinski im Mai des Vorjahres die Leiche des berühmten Schauspielers Jürgen Lettenberg gefunden und damit seinen ersten Schritt aus der Theorie heraus in die reale Welt der Kriminalistik getan hatte.

Seit damals war die Verbrechenshäufigkeit in Döbling explosionsartig in die Höhe geschnellt und gar nicht wenige Leute hatten sich gefragt, ob und inwieweit Palinskis Wirken damit zu tun hatte. Immerhin schienen sich die unterschiedlichsten Gesetzesbrecher seither darum zu reißen, vom Erfolgsteam Wallner – Palinski aufgeblattelt zu werden.

Wahrscheinlich war es aber bloß so, dass sich die fettesten Motten eben um das stärkste Licht scharten.

Im Institut kümmerte sich Margit Waismeier, die junge Witwe eines im besagten Fall ›Lettenberg‹ zu Tode gekommenen Kriminalbeamten als Büroleiterin dynamisch und umsichtig um die administrativen Belange.

Palinskis Team wurde komplettiert durch Florian Nowotny, einen jungen Polizisten, der sich gleich nach dem Abschluss der Polizeiakademie vor einem Monat hatte freistellen lassen, um Jura zu studieren.

Dem Chef des Institutes mit dem fast unaussprechlichen Namen, dessen inhaltliche Bedeutung kaum jemand so richtig kannte, war der überaus intelligente und clevere Polizeischüler bei der Jagd nach dem ›Schlächter von Döbling‹ aufgefallen. Er hatte den jungen Kollegen ermuntert, seine Aufstiegschancen bei der Polizei durch ein abgeschlossenes Studium entscheidend zu verbessern und ihn in der Folge unter seine Fittiche genommen. Jetzt arbeitete Florian seit Anfang des Monats als Assistent Palinskis, der bei der Arbeitseinteilung strikt darauf achtete, dass die Erfordernisse des eben begonnenen Studiums nicht zu kurz kamen.

Der junge Mann bewohnte das Gästezimmer des Instituts und ermöglichte auf diesem Wege, einen Teil des in ihn investierten Geldes unter dem Titel ›Nachtwächter‹ steuerlich geltend zu machen.

Palinski hatte das Büro kurz nach 8.30 Uhr betreten. Das bedeutete, dass Margit, die ihre Arbeit um neun Uhr begann, noch nicht und Florian, der unterwegs zu einer Vorlesung war, nicht mehr da waren.

Auf dem Anrufbeantworter hatte sich ein gewisser Fritz Sterzinger verewigt, der mit unüberhörbarem Tiroler Zungenschlag um einen Rückruf unter der ebenfalls angegebenen Handynummer ersuchte. Der Zusatz: ›So bald wie nur möglich, denn es ist sehr wichtig‹, klang wahrhaftig beschwörend.

Gut, wenn es so dringend war, Palinski hatte die Nummer sofort eingetippt, dann lass es uns eben gleich hinter uns bringen.

Aber: ›Der Teilnehmer ist im Moment leider nicht erreichbar, bitte versuchen Sie es später nochmals‹, hatte ihm eine anonyme, etwas blechern klingende weibliche Stimme mitgeteilt.

Dann eben nicht, hatte sich Palinski gedacht. Dann musste der gute Fritz aus Kitz oder sonst wo im Heiligen Land Tirol eben noch etwas warten. »Wird schon nicht so wichtig sein.«

Jetzt saß er im Büro seines Freundes Helmut Wallner und ließ sich auf den letzten Wissensstand des Falles ›Albert Göllner‹ bringen.

»Der alte Herr ist nicht davon abzubringen, mit Schreckschussmunition und dazu noch ungezielt geschossen zu haben«, betonte der Oberinspektor bereits zum zweiten Mal. »Und wir können nur hoffen, dass er recht damit hat. Denn sonst kommen einige von uns, darunter auch ich, zumindest um ein Disziplinarverfahren nicht herum«, malte er schwarz. »Nicht auszuschließen ist außerdem eine strafrechtliche Verantwortung. Da kommt einiges auf uns zu«, er schüttelte den Kopf, »und nichts Gutes. Das kannst du mir glauben.«

»Du meinst, Ihr hättet dem Tatverdächtigen die Waffe schon nach der ersten Herumballerei abnehmen müssen«, fasste Palinski die leicht wehleidige Suada des Oberinspektors zusammen. »Und warum habt ihr das nicht getan?«

»Erstens steht der alte Göllner bei uns im Kommissariat quasi unter Denkmalschutz«, erklärte Wallner. »Zweitens hat er ja beim ersten Mal und auch in der Folge wirklich nur mit Schreckschussmunition Krach gemacht. Schlussendlich war er mit seinem Wachsamkeits-Spleen äußerst erfolgreich. Er hat immerhin dafür gesorgt, dass es in dem Grätzel, in dem er wohnt, in den letzten acht Jahren nicht einen einzigen

Fall von Belästigung gegeben hat. Geschweige denn problematischere Gesetzesverletzungen. Die Leute, die dort wohnen, lieben ihn und sind froh, dass sie in der Nacht schlafen können, ohne Einbrüche, Autodiebstähle oder sonst was befürchten zu müssen. An seinen Geburtstagen wird er mit selbst gebackenen Torten überhäuft und zu Weihnachten mit Geschenken. Mit einem Wort, er ist eine Art Volksheld. Ein Heiliger, an dessen Bild man nicht kratzt.«

»Dass er nach dem schrecklichen Ende seiner Frau einen Nervenzusammenbruch hatte und seither noch immer traumatisiert ist, habt ihr aber schon gewusst. Oder?«

Damit hatte Palinski den Finger exakt auf den wunden Punkt in der höchst unangenehm zu werdenden Angelegenheit gelegt.

Entsprechend verlegen reagierte Wallner auf die exakte Feststellung des eigentlichen Fehlverhaltens seiner Behörde.

»Ihr könnt also nur hoffen, dass die Aussagen dieses Alberts zutreffen und er tatsächlich nur durch ungezielte Schüsse mit Knallkapseln die Vergewaltigung verhindern wollte«, machte Palinski das scheinbar Unmögliche zur Conditio sine qua non.

»Aber beim derzeitigen Erkenntnisstand ist das wohl auszuschließen.«

Betrübt nickte Wallner mit dem Kopf. »Wirst du uns helfen? Vielleicht findet sich ein vergleichbarer Fall oder irgendein sonstiger Hinweis in deiner Datenbank.«

»Na, was glaubst du? Werde ich oder werde ich nicht?«, flachste Palinski und grinste über das ganze Gesicht.

»Danke«, flüsterte Wallner erleichtert, »das werde ich dir nie vergessen.«

»Lass nur, wozu hat man denn Freunde?«

*

Wie Palinski richtig diagnostiziert hatte, war Fritz Sterzinger Tiroler. Allerdings einer, der südlich des Brenners zu Hause war. Sterzinger war 34 Jahre alt, Förster und Eigentümer des bekannten Fünf-Sterne-Hotels ›Rittener Hof‹ in der Nähe von Bozen.

Die traditionelle Luxusherberge, die bereits seit 1882 ihre Gäste nach allen Regeln der Gastfreundschaft verwöhnte, war heute neben ihrer märchenhaften, Ende des vergangenen Jahrhunderts errichteten Wellnesslandschaft vor allem für ihre exzellente Küche (3 Hauben, 2 Sterne) weit über die Grenzen Südtirols hinaus berühmt.

Das mit der Küche war aber nicht immer so gewesen. Bis vor etwa vier Jahren hatte man in diesem Hause zwar durchaus ordentlich gekocht, vor allem Tiroler und italienische Küche. Handfest, gutbürgerlich, aber ohne jedes Raffinement. Doch die Hotelgäste waren zufrieden. Wenn ihnen einmal nach kulinarischen Höchstleistungen war, dann fuhren sie eben ins ›Castel‹ im Dorf Tirol oder in die ›Rose‹ nach Eppan.

Dann hatte Sterzinger anlässlich eines Besuches bei Innsbrucker Freunden eine schicksalhafte Begegnung gehabt. Er hatte die damals 22-jährige Silvana Godaj auf einer Party kennengelernt und sich sofort in die nicht nur überaus hübsche, sondern auch hochintelligente Frau verliebt.

Silvana war absolvierte Hotelkauffrau und daher auch von ihrer Ausbildung her die ideale Partnerin für Sterzinger, der sich in seiner Rolle als Hotelier nicht so recht wohl fühlte und viel lieber seinem erlernten Traumberuf Förster nachgegangen wäre. Darüber hinaus war sie eine erstklassige Köchin und vor allem eine begnadete Patisseuse (oder wie immer die politisch korrekte Bezeichnung für einen weiblichen Konditor lautet).

Drei Monate später hatte Silvana Sterzinger-Godaj die Leitung des ›Rittener Hofs‹ übernommen. Die Führung des Doppelnamens war für sie kein emanzipatorischer Akt, das hatte die selbstbewusste, junge Frau nicht nötig. Nein, der Grund dafür war ein ganz anderer. Die Godajs waren eine alte, ungarische Konditorenfamilie mit Weltruf. Zu Zeiten der k. und k. Monarchie waren die ›Godaj-Torte‹ und der ›Godaj-Strudel‹ in den verschiedenen Geschmacksrichtungen nicht nur ein Begriff in Budapest, Wien und Prag, sondern auch in zahlreichen anderen europäischen Städten gewesen.

So hatte Antal Godaj, Silvanas Ururgroßvater beispielsweise zwei Mal monatlich zwei ›Godaj-Torten‹, mehrere Strudel und eine große Schachtel ›Godajs Spezialkonfekt‹ mit einem eigenen Kurier an den Wiener Hof schicken lassen müssen. Und wann immer sich seine Landesherrin Sissi auf ihrem Lieblingsschloss Gödöllö aufgehalten hatte, war auch der Ausnahmekonditor dorthin gepilgert, um sie höchstpersönlich mit seinen süßen Kreationen zu verwöhnen. Nicht die österreichische Kaiserin, wohlgemerkt, sondern die Königin von Ungarn.

Antals Sohn Istvan hatte dann die Idee, den Kuchentransport seines Vaters auszubauen und auf eine breite Basis zu stellen. Er hatte als Erster eine Art Mehlspeise-Versandhandel eingeführt, der sich zunächst sehr erfolgreich entwickelt und der Familie zu einigem Wohlstand verholfen hatte.

Der Erste Weltkrieg und die nachfolgenden schlechten Zeiten hatten Ferenc Godaj aber dazu gezwungen, das ambitionierte Geschäft wieder einzustellen.

In den folgenden Jahren war der traditionsreiche Name immer mehr in Vergessenheit geraten. Die kleine Konditorei in Budapest, die als Einzige von dem früheren ›süßen Imperium‹ übrig geblieben war, hatte den Godajs gerade so recht und schlecht das Überleben im Zweiten Weltkrieg und in den darauf folgenden Jahren kommunistischer Herrschaft ermöglicht.

1956 war Arpad Godaj mit seiner Frau Ildiko und der 3-jährigen Veronika über die zum Symbol für Freiheit gewordenen Brücke von Andau nach Österreich geflüchtet und hatte sich in Baden bei Wien niedergelassen.

Er hatte in einer kleinen Bäckerei Arbeit gefunden und dank seines künstlerischen Talents und handwerklichen Könnens dem Eigentümer schon nach einigen Monaten zu einem völlig unerwarteten wirtschaftlichen Aufschwung verholfen. Aus Dankbarkeit für den reichen Geldregen auf seine alten Tage hatte der kinderlose Bäcker drei Jahre später Arpad seinen Betrieb gegen eine satte, aber durchaus faire monatliche Leibrente überlassen und war nach Mallorca verzogen.

Einem neuerlichen Höhenflug der Konditorei ›Godaj‹ war somit nichts mehr im Wege gestanden. Wenn auch nur in bescheidenem Rahmen und auf die Region beschränkt.

Einige Zeit später war ein gewisser Viktor Laplan an Arpad herangetreten und hatte ihm eine überaus großzügige Summe für den Hälfteanteil an der Konditorei angeboten. Da der anscheinend über gewaltige Mittel verfügende Laplan darüber hinaus noch einen interessanten Expansionsplan vorgelegt und dem Konditor damit sozusagen die ›Unsterblichkeit‹ seines Namens garantiert hatte, hatte der letzte männliche Godaj nicht lange gezögert.

Ja, er hatte sogar zugestimmt, dass das gemeinsame Unternehmen Goday&Laplan heißen sollte. Immerhin existierte die Schreibweise des Namens mit einem y in einigen alten Unterlagen. Den dafür genannten Grund, nämlich, dass sich ›Goday‹ besser vermarkten lasse als ›Godaj‹, wie der Werbemensch Laplans behauptet hatte, hatte Arpad nie verstanden.

Aber der Erfolg bestätigte Laplans Konzept. Nach etwas mehr als einem Jahr gab es in ganz Österreich bereits 15 Konditoreien des Namens ›Goday Exklusiv‹, davon sieben alleine in Wien. 11 weitere Standorte befanden sich in verschiedenen Phasen zwischen Planung und Eröffnung. Und das Wichtigste war, die Menschen strömten in die hübschen, aber nicht zu gemütlich ausgestatteten Lokale, um sich den Wams mit all den dort angebotenen Köstlichkeiten voll zu schlagen.

Bald darauf war Viktor Laplan verstorben und sein Sohn Oskar hatte den frei gewordenen Platz in der Geschäftsleitung übernommen.

Nicht lange danach war es zwischen Oskar und Godaj zu erheblichen Auffassungsunterschieden über Produkt- und Sortimentspolitik gekommen. Arpad missfielen die immer häufiger gemachten Kompromisse, die aus Kostengründen eingegangen wurden und sich zwangsläufig auf die Qualität des Angebotes und des Services in den Lokalen auswirkten. Er litt sehr darunter, dass die Konditoreien, bisher Tempel der Patissierkunst, zunehmend zu ordinären Verkaufsstellen jeder Art von Handelswaren wurden. Er hatte zwar nichts gegen das Geldverdienen, aber so nicht. Nicht um jeden Preis.

Schließlich war das Gesprächsklima derart vergiftet, dass sich Arpad mit dem Gedanken auseinander zu setzen begann, Oskar unter Berufung auf einen entsprechenden Passus im Gesellschaftsvertrag die weitere Führung des Namens ›Goday‹ in der Firma zu verbieten. Notfalls auch gerichtlich.

Völlig unerwartet hatte er sich dann stillschweigend entschlossen, Laplan seinen Anteil zum Spottpreis von

2,2 Millionen Schilling zu verkaufen und unter Mitnahme fast des gesamten Betrages über Nacht spurlos zu verschwinden.

Einfach so und ohne seiner Frau und der inzwischen 17-jährigen Veronika nur ein Wort zu sagen.

Fritz Sterzinger schreckte aus seinen Gedanken hoch und blickte auf die Uhr. Es war kurz vor Mittag und der Zug, den er um 10.30 Uhr in Bozen bestiegen hatte, näherte sich langsam der Grenze am Brenner. In einer halben Stunde würde er Innsbruck erreichen. Sterzinger nahm sich vor, die Stunde Wartezeit auf den Anschlusszug nach Wien nicht nur für einen kleinen Imbiss zu nützen, sondern nochmals zu versuchen, diesen Herrn Palinski zu erreichen.

Warum meldete sich der Mensch nicht?

2

Die Befragung Albert Göllners durch Sandegger hatte keinerlei neue Erkenntnisse über den Tathergang gebracht. Sämtliche bisher bekannten Hinweise deuteten auf den alten Herrn als Todesschützen hin. Der blieb jedoch standhaft bei seiner ursprünglichen Version der Vorkommnisse. Er hatte im Halbschlaf Hilferufe gehört, war daraufhin zum Fenster geeilt und hatte gesehen, wie der eher kleine, stämmige Mann die junge Frau handgreiflich belästigt und sich an ihrer Bekleidung zu schaffen gemacht hatte. Daraufhin hatte er das brutale Schwein zunächst mit Zurufen und der Tonbandaufnahme mit einer Polizeisirene von seinem Opfer abbringen wollen, aber vergeblich.

Als letzte Möglichkeit hatte er schließlich nur noch die bisher immer so erfolgreiche Abgabe von Schreckschüssen, selbstverständlich nach vorheriger Warnung, gesehen.

»Selbst wenn Sie mir das nicht glauben und, wie es aussieht, könnte ich Ihnen das unter den gegebenen Umständen nicht einmal übel nehmen«, räumte Göllner ein, »dann sagen Sie mir bitte eines. Warum hätte ich auch das Mädchen töten sollen? Selbst wenn ich das perverse Schwein bewusst erschossen hätte…«, er hielt inne. »Was ich nicht getan habe. Aber falls ich den Kerl abgeknallt und damit eine Nothilfeüberschreitung zu verantworten hätte, was für einen Grund hätte ich gehabt, diese junge Frau zu töten?« Während der letzten Worte waren ihm einige Tränen in die Augen getreten, die er sich verschämt aus den Winkeln wischte.

»Möglicherweise hast du in der Situation an den Mörder von Tante Else gedacht, einfach rot gesehen und geschossen«, versuchte Walter seinen Onkel zu verstehen. »Damit kämen wir jederzeit mit temporärer Unzurechnungsfähigkeit durch.«

Jetzt wechselte Göllners Stimmungslage abrupt von bedrückt auf zornig. »Hör endlich einmal auf mich bei jeder Gelegenheit für verrückt zu erklären«, fuhr er seinen Neffen an. »Das Schwein, das Else auf dem Gewissen hat, war seinerzeit schon mehr als 10 Jahre älter als der Tote da unten. Und dazu noch mindestens einen Kopf größer. Also die beiden hätte ich nicht einmal im Vollrausch miteinander verwechseln können.«

Sandegger stand auf. »Ich denke, das wäre es für den Augenblick. Da ich weder Flucht- noch Wiederholungsgefahr sehe, verzichten wir auf eine vorläufige Festnahme. Ich werde gleich mit dem Staatsanwalt Kontakt aufnehmen und mir diese Entscheidung absegnen lassen.« Er winkte einen der beiden uniformierten Beamten herbei, es war der, der vorher das Frühstück gemacht hatte.

»Sie bleiben bis auf weiteres hier bei Herrn Göllner«, ordnete er an.

Zu seinem ehemaligen Chef meinte er entschuldigend: »Nur damit mir der Staatsanwalt nicht den Kopf abreißt, falls er anderer Meinung sein sollte.«

Göllner nickte verständnisvoll und Sandegger wollte ihm gerade die Hand zur Verabschiedung reichen, als sich die Wohnungstür öffnete und eine ältere Frau mit zwei Taschen in den Händen eintrat. Verdutzt blieb sie stehen und blickte überrascht auf die nicht erwartete Ansammlung von Männern jüngeren und mittleren Alters.

»Das ist Anna, Frau Eiblinger«, erklärte Göllner und unterbrach damit das sekundenlange Schweigen, das sich über den Raum gelegt hatte. »Sie kommt vom ›Senioren-service‹ und hilft mir mit den Tücken des täglichen Lebens besser fertig zu werden.« Der alte Mann lächelte. »Weniger geschwollen ausgedrückt bedeutet das, dass sie für mich einkauft, kocht, die Wäsche macht und was sonst so anfällt.«

»Vor oin muass i oba stundenlang mit eam schnopsn, seit neichestem sogoa pokan«, entgegnete Frau Eiblinger. »Und des um 10 Cent fias Bummerl«, beklagte sie sich scherzhaft, wie der aus ihren Augen lachende Schalk vermuten ließ.

»Na, du musst dich gerade beschweren, Anni«, flachste der alte Herr zurück. »Du gewinnst doch ohnehin die ganze Zeit.«

Jetzt wandte sich Sandegger der Frau zu und stellte sich vor. »Was gibt es denn heute zu essen?«, wollte er wissen. Mehr um das Eis zu brechen denn aus echtem Interesse.

»A Koibsgulasch mit Nockaln hob i eam heit mitbrocht«, entgegnete die Perle, »wauns mitessn woin, es is mea ois gnua do.«

»Nein, danke, sehr nett, aber ich muss weiter«, Sandegger schmunzelte und gratulierte Göllner insgeheim zu diesem Menschen. »Sie können ja dem Kollegen Poinstingl eine Portion geben«, er deutete auf Göllners Aufpasser, »der bleibt noch etwas länger. Aber sagen Sie mir noch eines. Wann werden Sie heute hier fertig sein? Ohne Kartenspielen?«

»I deng, so bis viere, hoiba fünfe am Nochmittog. Warum woins des wissn?«

Sandegger klärte die sichtlich schockierte Frau über den Anlass seiner Anwesenheit auf. »Ich würde gerne in Ruhe mit Ihnen über diese schreckliche Geschichte sprechen«, meinte er. »Was halten Sie davon, wenn ich Ihnen um 16.30 Uhr einen Wagen vorbeischicke, der Sie dann zu mir bringt. Und nachher fahren wir Sie natürlich auch nach Hause.«

»Oba i wohn in Simmering«, versuchte sie den Inspektor zu warnen. »Und um siebane muass i spätestens daham sein. Weu um hoiba ochte kriagt mei Mau sei Papperl, sunst is a unausstehlich. Und nocha woi man uns die ›Susi‹ im Fernsehn auschaun.«

»Aber das geht sich alles leicht aus«, versprach Sandegger. »Notfalls müssen wir halt mit Blaulicht und Sirene nach Simmering fahren«, er grinste belustigt bei dieser Vorstellung.

»Wos, des dädens wirkli mochn?«, die Eiblinger war sichtlich beeindruckt. »Claro, i bin um hoiba fünfe gstöd.« Dann fing sie an, sich ihren eigentlichen Aufgaben zu widmen.

Walter begleitete Sandegger zur Wohnungstür.

»Eine unmögliche Frau«, wisperte er ihm zu. »Eine richtig vulgäre Person.«

»Ich glaube, Ihr Onkel sieht das anders.« Der Anwalt wurde dem Inspektor immer unsympathischer. Dieses ewige ›Abschiebenwollen‹ seines Onkels in die Unzurechnungsfähigkeit und dann noch diese präpotente Einstellung zu der Frau, die dem alten Herrn half, den Lebensabend möglichst angenehm zu verbringen. Ein ziemlich widersprüchlicher Kerl, der Neffe.

Walter war noch nicht fertig. »Ich bin fast sicher, dass er sich das mit den Hilferufen nur eingebildet hat«, insistierte er, »wissen Sie schon, ob irgendjemand sonst etwas dergleichen vernommen hat?«

»Die Suche nach Zeugen in den umliegenden Häusern ist noch im Gange«, meinte Sandegger knapp. »Aber wenn

Sie mich fragen, Ihr Onkel ist alles andere als verwirrt oder verrückt. Ich würde mir wünschen in seinem Alter noch so klar und logisch denken zu können. Also verrennen Sie sich nicht in irgendetwas.« Dann ließ er den Anwalt einfach stehen und verließ die Wohnung.

*

Nach seinem Treffen mit Wallner war Palinski kurz ins Büro gefahren und hatte Margit Waismeier einige Anweisungen für den für Nachmittag erwarteten Florian diktiert. Sein Assistent, der sehr gut mit dem Computer zurechtkam und die Datenbank bereits nach wenigen Tagen wie ein Konzertpianist sein Instrument beherrscht hatte, sollte sich auf die Suche nach Hinweisen machen, die Denkanstöße für den Fall ›Albert Göllner‹ liefern sollten. Die große Kunst dabei war es, aus dem Sachverhalt möglichst viele, oft auch ungewöhnliche Suchworte herauszulesen und den Computer damit zu füttern. Palinski war schon recht gut darin, aber Florian war schlichtweg brillant.

Dann trank er noch einen raschen Cappuccino mit seiner Bürochefin, ehe er sich auf den Weg in die Stadt machte. Er hatte vereinbart, Wilma im ›Manggiatino‹ zu treffen, einem neuen Italiener, der angeblich sagenhaft sein sollte. Gemeinsam wollten die beiden entweder ihren Triumph über die Schulbürokratie feiern oder ihre Wunden lecken.

Keine drei Minuten nach Palinskis Abgang meldete sich Fritz Sterzinger wieder. Er war offenbar erfreut, jetzt wenigstens ein menschliches Wesen anstelle des digitalen Langweilers an den Hörer bekommen zu haben.

Margit bedauerte sehr, aber »Herr Palinski ist eben weggegangen und wird nicht vor 17 Uhr wieder im Büro sein.«

Ihr Versuch, den unbekannten Anrufer auf später oder mit dem Versprechen auf einen Rückruf zu vertrösten, schlug jedoch fehl.

Nachdem sie gehört hatte, wer Sterzinger war und worum es dem Mann aus Südtirol ging, war sie sofort bereit alles zu unternehmen, um Palinski so rasch wie möglich zu erreichen.

»Ich melde mich, sobald ich etwas Neues für Sie habe«, versprach sie und Sterzinger glaubte ihr. Die Frau machte einen sehr guten, zuverlässigen Eindruck auf ihn.

»Falls Sie aus irgendeinem Grund bis dahin nichts von mir hören sollten, kommen Sie nach Ihrer Ankunft in Wien am besten direkt zu uns ins Büro«, Margit nannte ihm die Adresse, die der Tiroler aber schon kannte.

Nach Beendigung dieses Gespräches versuchte sie zunächst Palinski auf seinem Handy zu erreichen, aber der hatte das Gerät offenbar abgestellt. Dann versuchte sie es noch bei Wilma, die ihr ihre Nummer für Notfälle verraten hatte. Ebenfalls ohne Erfolg. So beschloss sie, die Versuche alle 30 Minuten zu wiederholen. Da ihr Palinski nicht verraten hatte, wohin er gehen wollte, konnte Margit im Moment nicht mehr tun.

*

Im Innenministerium herrschte Warnstufe I, das heißt, der Hut brannte nicht nur, sondern sogar lichterloh. Grund dafür war, Sie haben es sicher schon erraten, die Causa ›Albert Göllner‹. Das Meinungsspektrum der im kleinen Sitzungssaal versammelten hohen Beamten des Ministeriums und des Bundeskriminalamtes reichten von ›Unvorstellbar, doch nicht der Göllner‹ bis zu ›Der alte Trottel bringt uns alle noch in größte Schwierigkeiten‹. Entsprechend ambivalent war die Stimmung im Saale beim Eintreffen Dr. Josef Fuscheés. Jenes Ministers, der dem ›alten Trottel‹ vor nicht ganz drei Jahren das ihm vom Bundespräsidenten verliehene ›Goldene Ehrenzeichen für Verdienste um die Republik‹ um den faltigen Hals gehängt hatte.

Wie kaum einem anderen der Anwesenden war sich der Innenminister der enormen politischen Dimension dieses Vorfalles und der darin enthaltenen Sprengkraft bewusst. Die Opposition hatte schon aus kleineren Mücken elefantös anmutende Misstrauensanträge gebastelt und aus den Reihen der Regierungsparteien war der Wind in den vergangenen Stunden bereits spürbar rauer geworden. Falls es ihm nicht gelang, innerhalb der nächsten Tage einen wirklich geeigneten Sündenbock zu finden, konnte es tatsächlich auch für ihn eng werden. Selbst in der für Träger eines öffentlichen Mandats an sich so rücktrittsresistenten Republik Österreich würde ihm dann möglicherweise nichts anderes übrig bleiben, als seinen Hut zu nehmen. Aber das würde er sicher nicht tun, ohne vorher alles versucht zu haben.

»Meine Herren, auf in die Schlacht«, meinte er jetzt kämpferisch und deutete Ministerialrat Dr. Michael Schneckenburger, seinem Vertreter im BKA, den bisherigen Wissensstand vorzutragen.

Schneckenburger, ein alter Freund Mario Palinskis aus Studientagen, war mit seiner Zusammenfassung des Geschehenen fast fertig, als einer seiner Mitarbeiter den Raum betrat, dem Ministerialrat etwas ins Ohr flüsterte und ein Blatt überreichte. Schneckenburger warf einen kurzen Blick auf die Nachricht und machte ein noch betreteneres Gesicht als zuvor. Dann stand er auf, ging die wenigen Schritte zu seinem Minister und spielte mit diesem ebenfalls ›Stille Post‹. Der Minister erstarrte, aber nur kurz. Dann stand er auf und verkündete das, was ein despektierlicher, nicht genannt werden wollender Insider später treffend als ›die Scheiße des Monats‹ bezeichnen sollte.

»Meine Herren«, ungeniert ignorierte der Ressortchef die beiden anwesenden Mitarbeiterinnen aus dem Bundeskriminalamt, »jetzt wird die Sache ganz schlimm. Wie ich eben erfahren musste, handelt es sich bei dem weiblichen Opfer der Wahnsinnstat der letzten Nacht, der 22-jährigen Marika Estivan, um die Nichte eines grünen Bezirksrats aus Ottakring.«

Ein leises Stöhnen, gefolgt von halblautem Gemurmel der Sitzungsteilnehmer ließ erkennen, dass die in der Meldung zum Ausdruck kommende Eskalation der politischen Brisanz registriert worden war.

Einem Abteilungsleiter aus dem BKA entfuhr sogar die seltsame Äußerung »Um Gottes willen, noch dazu von der falschen Partei!«, die von Schneckenburger mit einem ärgerlichen: »Ich weiß wirklich nicht, was Sie meinen. Welche Partei wäre denn Ihrer Ansicht nach, in dieser schrecklichen Tragödie die richtige?«, kommentiert wurde. Schlimmer als der Rüffel des Ministerialrats war der böse Blick, den der Minister dem unsensiblen Apparatschik zugeworfen hatte.

»Na, dann drehen wir den Spieß doch einfach einmal um«, entfuhr es dem Pressesprecher des BKA, »und fragen den Herrn Bezirksrat bei entsprechender Gelegenheit, was seine Nichte mitten in der Nacht in einem Beserlpark in Döbling verloren gehabt hat?« Der Mann hielt das offenbar für eine geniale Strategie, denn er blickte beifallsheischend um sich und scheute nicht den direkten Augenkontakt mit dem Minister.

Dieser starrte den Unglücksraben an wie ein strenger Vater seinen grenzdebilen Sohn und meinte mit verdächtig ruhiger Stimme. »Ist das wirklich Ihr Ernst, Herr Magister Hofer?«

Minister Fuscheé war kein Mann, der sich normalerweise mit seiner Meinung nach überflüssigen Höflichkeiten aufhielt, zu welchen er die Verwendung akademischer Titel in der Anrede zählte.

Wenn er das dann doch einmal tat und dazu mit ruhiger, ja teilnahmslos wirkender Stimme, dann bedeutete das nichts Gutes für den Betroffenen. Die alten Hasen, also die meisten der im Saal Anwesenden, wussten das und freuten sich schon auf den in Kürze unweigerlich erfolgenden Anschiss. Einer wusste es nicht. Der arme Tropf war noch nicht lange in seiner derzeitigen Position.

Es war, wie der den Titel kennend vorausgesetzte Leser sicher rasch erkannt haben wird, Herr Magister Hofer. Er strahlte den Minister an wie ein 3-Jähriger den Weihnachtsbaum und verkündete im Brustton kindlicher Überzeugung: »Jawohl, Herr Minister, ich halte das für eine gute Abwehrstrategie.«

»Ja, sind Sie denn total verrückt geworden«, brüllte der große Mann los und steigerte sich von 0 auf 112 Dezibel in 0,9 Sekunden. »Sie sind so was von einem Wurschtl, es ist unsagbar. Haben Sie schon einmal etwas von den in der Verfassung verankerten Grundrechten gehört? Warum soll sich denn eine 22-jährige Frau nicht, zu welcher Tageszeit auch immer, in einem Beserlpark im 19. Bezirk aufhalten dürfen?«

Der sichtlich eingeschüchterte Absolvent der Publizistik schluckte schwer, mehrmals und dann noch einmal, ehe er ein schüchternes: »Aber man sagt doch immer wieder, das Opfer war zur falschen Zeit am falschen Ort« herausbrachte.

Das nun einsetzende Gelächter zerstörte den bis vor kurzem noch hoffnungsvollen akademischen Nachwuchs endgültig am Boden und stellte den Anfang des Endes seiner Karriere bei der Polizei dar. Sein Schicksal war besiegelt. Mag. Hofer sollte einige Wochen später in die Privatwirtschaft wechseln, zum doppelten Gehalt.

Dem Minister war nicht zum Lachen zumute. »Wenn sich die allgemeine Heiterkeit gelegt haben sollte, wäre ich für einige zielführende Vorschläge, dieses Problem zu lösen, dankbar«, warf er mit unüberhörbarem Sarkasmus in den Raum.

Schlagartig wurden Lachen und Murmeln eingestellt und Schneckenburger übernahm auf ein diskretes Zeichen Fuscheés hin wieder die Moderation.

»Gibt es konkrete Vorschläge hinsichtlich der weiteren Vorgangsweise in dieser hochsensiblen Angelegenheit?«, wollte er jetzt wissen.

Zögernd gingen ein, zwei Arme in die Höhe. Nach dem Zornausbruch des Ministers entsprach die Stimmung im Auditorium jetzt eher der in einer Volksschule denn der bei einer Sitzung im Ministerium.

»Ja, Herr Oberstleutnant«, Schneckenburger erteilte einem hageren Mann aus dem BKA das Wort.

»Falls Göllner die Tat begangen hat, und davon müssen wir ja wohl ausgehen«, meinte er, »dann sollten wir das als die Tat eines zwar in der Vergangenheit äußerst verdienstvollen, jetzt schwer gestörten, traumatisierten alten Mannes hinstellen. Das heißt, der Mann muss so rasch wie möglich psychiatriert und in einer geschlossenen Anstalt weggesperrt werden.«

»Aber das löst das eigentliche Problem nicht«, warf der stellvertretende Leiter der Direktion 1 völlig zu Recht ein. »Das Koat Döbling hat es irgendwann in der Vergangenheit versäumt, dem ehemaligen Chefinspektor rechtzeitig sein Schießeisen abzunehmen. Dafür wird jemand die Verantwortung übernehmen und den Kopf hinhalten müssen. Vor allem gegenüber den Medien. Wenn wir diese Linie konsequent verfolgen, wird die ganze Sache in zwei, drei Monaten wieder in Vergessenheit geraten sein.«

»Die Frage nach der Verantwortung wird nicht so leicht zu beantworten sein«, gab der Vertreter der Internen Revision zu bedenken. »Eine Untersuchung der Disziplinarkommission dauert schon bei einfacheren Sachverhalten drei bis vier Monate.«

»Sie haben nicht richtig zugehört«, rügte der Mann aus der Direktion 1 den Skeptiker, »ich habe nicht davon gesprochen, dass der wirklich Verantwortliche seinen Kopf hinhalten soll. Sondern davon, dass jemand das wird tun müssen.« Er grinste beifällig. »Wir müssen uns halt einen geeigneten Sündenbock aussuchen.«

»Und welche Anforderungen müsste so ein Sündenbock erfüllen?«, wollte der Minister wissen, der selbst gewisse Probleme mit dem grenzkreativen Vorschlag seines Mitarbeiters vom Kriminalamt Wien zu haben schien.

»Ich würde sagen, er muss erstens verzichtbar sein und zweitens glaubwürdig in der ihm zugedachten Rolle«, entgegnete der Mini-Machiavelli von der Rossauer Lände, dessen völlig amoralisches Denkschema dem Minister wider Willen immer mehr imponierte. Der Kerl war ja noch kaltschnäuziger als er, dachte Fuscheé.

»In diesem Falle würde ich vorschlagen jemanden zu nehmen, der unverheiratet ist und keine Kinder hat. Am besten einen von denen, die heuer in den Stand des Koats Döbling übernommen worden sind«, meinte der Vertreter der Polizeigewerkschaft. »Damit wir übermäßige soziale Härten vermeiden.«

Mein Gott, dachte sich der Minister nach dieser Wortmeldung, wenn Blödheit weh täte, müsste der Kerl jetzt laut schreien vor Schmerzen. In Anbetracht der besonderen Funktion des Idioten schluckte Fuscheé die ihm auf der Zunge liegende Antwort wieder hinunter.

»Ich denke, wir müssen das Anforderungsprofil um ein entscheidendes Kriterium ergänzen«, meinte er für seine Verhältnisse ungemein diplomatisch. »Unser Sündenbock muss schon zum Zeitpunkt, als Albert Göllner das erste Mal vom Fenster seiner Wohnung aus herumgeballert hat, zum Stand des Kommissariats gezählt haben. Ist das klar?«

*

Das Essen im ›Manggiatino‹ war in Ordnung gewesen, aber nicht weiter bemerkenswert. Das Gleiche traf auf die Weinkarte und den Service zu. Lediglich die Preise des neuesten ›In-Italieners‹ hatten die Erwartungen Palinskis weit übertroffen. Also den Vergleich mit diesem Nobelschuppen musste ›Mama Maria‹, sein auf der Döblinger Hauptstraße gegenüberliegendes Lieblingslokal, wahrlich nicht scheuen. Nur dass er dort für das Geld, das er hier für zwei Personen ausgegeben hatte, zusätzlich locker seine beiden erwachsenen Kinder hätte mitverwöhnen können.

Dennoch waren die beiden Stunden mit Wilma sehr schön gewesen. Vor allem, weil die Frau, mit der er seit fast 25 Jahren nicht verheiratet war, nach Absolvierung des Hearings vor der Besetzungskommission frei von aller am Morgen gezeigten Nervosität und bester Laune gewesen war.

Sie hatten miteinander geflirtet wie am Anfang ihrer ungewöhnlichen Beziehung und Palinski hatte sich einen kurzen Moment lang sogar überlegt, Wilma den Besuch eines Stundenhotels schmackhaft zu machen. Immerhin hatten sie das seinerzeit gelegentlich ins Auge gefasst, aber nie das Geld dazu übrig gehabt.

»Ich habe, glaube ich, eine sehr gute Figur gemacht«, hatte ihm Wilma stolz berichtet, »das hat auch die Kommission ziemlich deutlich durchblicken lassen. Dennoch bin ich aus dem Rennen.«

Wie es schien, hatte sie das erstaunlicherweise nicht sonderlich gestört, denn in unverändert fröhlichem Ton war sie fortgefahren. »Der eine Beisitzer hat mir zugeflüstert, wie schade er es fände, dass ich nicht bei der Partei sei. Ich weiß zwar nicht, welche er gemeint hat, aber dabei bin ich auf keinen Fall.« Sie hatte Palinski wieder angelacht. »Du siehst also, wie der Hase wieder einmal läuft. Somit mache ich mir keine Hoffnungen mehr.« Und plötzlich hatte sie doch traurig dreingeblickt. Mehr oder weniger. Eher mehr, fand Palinski. Und endlich, denn alles andere wäre unnatürlich gewesen.

Danach waren sie in den Eissalon gegangen, in dem er sie vor vielen, vielen Jahren davon überzeugt hatte, dass es für sie beide das Beste wäre, eine gemeinsame Wohnung zu nehmen. Und falls das Zusammenleben klappen sollte, auch zu heiraten.

Das eine hatte bestens geklappt, zu dem anderen hatten sie sich bis heute noch nicht durchringen können. Während Wilma die Reste ihres ›Coups Danemark‹ wegputzte, hatte sich Palinski heimlich einen Knoten ins Taschentuch gemacht. Diese Methode, erinnert zu werden, funktionierte beim ihm immer wieder. Diesmal wollte er nicht vergessen sich etwas wirklich Nettes für den in der kommenden Woche anstehenden 25. Jahrestag ihrer Beziehung, in der gemeinsamen speziellen Diktion also so eine Art ›Silberne Nicht-Hochzeit‹, einfallen zu lassen. Vielleicht eine Reise über ein verlängertes Wochenende oder irgendwas in der Art.

Da beide Kinder derzeit nicht in Wien waren, Tina hatte eine dreimonatige Auszeit genommen, die sie in Paris verbrachte, und Harry absolvierte ein Auslandssemester an der Universität Konstanz, waren sie beide über das normale Maß hinaus flexibel in ihrer Zeitgestaltung. Das sollte ausgenützt werden.

Das Schöne an dem Nachmittag war auch gewesen, dass sie beide ihre Handys abgestellt und bewusst jegliche Störung von dritter Seite ausgeschlossen hatten.

Jetzt war es später am Nachmittag und die Zwänge des Alltags holte das alte Liebespaar wieder ein. »Ich denke, ich muss jetzt doch kurz nachfragen, ob etwas Wichtiges vorgefallen ist.« Er holte sein mobiles Kommunikationsgerät heraus, schaltete es ein und drückte die Taste mit der Kurzwahl. »Du entschuldigst, aber Margit geht um 17 Uhr nach Hause.«

Wilma nickte, wieder fröhlich und meinte nur: »Solche Rendezvous wie das heutige sollten wir in Zukunft öfter vereinbaren.«

Was die beiden zu diesem Zeitpunkt nicht ahnen konnten, war, dass eine Minute später nichts mehr so sein würde wie zuvor.

*

Während Wilma und Palinski noch Eis löffelten, hatte ein Streifenwagen Anna Eiblinger wie vereinbart von der Wohnung Göllners abgeholt und auf das Kommissariat gebracht. Am frühen Nachmittag hatte Sandegger mit dem zuständigen Staatsanwalt die weitere Behandlung Albert Göllners abgeklärt. Der Vertreter der Anklagebehörde, der den

Fall völlig unpolitisch betrachtete, hatte sich seiner Ansicht hinsichtlich der nicht vorhandenen Wiederholungs- und Fluchtgefahr angeschlossen und vor allem unter Berücksichtigung der Person und des Alters lediglich einen Hausarrest gegen Ehrenwort über den Tatverdächtigen verhängt. »Aber behalten Sie den alten Mann im Auge«, hatte der Staatsanwalt Sandegger ermahnt. »Damit er nicht möglicherweise doch noch auf dumme Gedanken kommt.«

Frau Eiblinger hatte ihre anfängliche Befangenheit rasch abgelegt und völlig ungefragt begonnen Göllner ein hervorragendes Leumundszeugnis auszustellen. Sandegger ließ die gute Frau zunächst einmal reden, als sie sich auf immer weitere Details einließ, bremste er ihren Redefluss nach einiger Zeit etwas.

»Das ist ja wunderbar, Frau Eiblinger«, unterbrach er sie, »doch niemand hier bezweifelt, dass Herr Göllner ein sehr feiner Kerl ist, der unser aller vollen Respekt hat. Aber da sind eben auch die beiden Toten und die Tatsache, dass zwei Schüsse aus seiner Waffe abgegeben worden sind. Was wir nicht wissen, ist, ob die ursprünglichen Schreckschusspatronen in der Pistole von jemandem heimlich gegen scharfe Munition ausgetauscht worden sein könnten oder ob er selbst irrtümlich scharfe Munition geladen hat.« Er kratzte sich an der Nase. »Wer hat denn alles einen Schlüssel für Herr Göllners Wohnung?«

»Do is amoi der Albert söba, daun der Walta, sei Neffe und i«, erklärte sie freimütig. Und ergänzte nach einigen Sekunden des Nachdenkens. »I glaub, da Dokta Holzbauer, des is da Hausoazt vom Albert, hod a an Schlissl. Damida ind Wohnung eine kau, fois wos is midn oidn Hean.« Sie nickte bekräftigend mit dem Kopf. »Jo. Via Schlissln gibts zam. Vielleicht hod de Hausvawoitung a no an, des waas i oba net genau.«

»Hatte Herr Göllner in letzter Zeit Besuch von Menschen, die sonst nie kommen oder noch nie vorher da waren«, wollte Sandegger jetzt wissen.

»Ned doss i wissad«, erwiderte die Eiblinger, »da Albert lebt recht zruckzogn und kriagt nur wenig Bsuach. Aussa mia kummt nur sei Neffe regelmässig vurbei, so an, zwa Moi in da Wochn. Und zu sein Geburtstog kummt imma da Bezirksvuasteha vurbei und bring eam Bleamerln und irngd a guats Flascherl vorbei. Is a netta Kerl, dea Dokta Thaler.«

»Also ist Ihnen in letzter Zeit nichts aufgefallen, das auf einen ungebetenen Besucher hingedeutet hätte«, fasste Sandegger zusammen und wollte schon zur nächsten Frage weitergehen, als Frau Eiblinger offensichtlich etwas eingefallen war.

»Na jo, vielleicht is des nua a Bledsinn, oba …«, sie blickte den Kriminalbeamten fragend an.

»Sprechen Sie ruhig, Frau Eiblinger«, ermunterte Sandegger sie. »Wie soll ich sonst beurteilen können, ob das ein Blödsinn ist oder eine heiße Spur?«

»Do haums a wida recht«, ein breites Lächeln hatte sich über das gutmütige Gesicht der Frau gelegt. »Oba Sie diafn net lochn, wauns a Bledsinn is. Vasprochn?«

Sandegger versprach es und die Eiblinger legte los. »Oiso vurgestan am Nochmittog woa i midn Albert beim Oazt. Des mocht sunst meistns da Walta, oba der hod an dem Tog ka Zeid ghobt. Könnt i a Glasl Wossa haum, i bin gaunz ausdrocknd.«

Nachdem Frau Eiblinger die ersten Dehydrierungssymptome mit dem Leeren eines Kruges Wasser in einem Zug erfolgreich bekämpft hatte, fuhr sie fort. »Wia ma zruck kumam san in die Wohnung, hob eam in sei Zimma gfiat. Do hob i aufm Parkettboden so a Stickl von an Hundstrimmerl liegn gsehn, so, wia mas hoit mit da Soin mitnimmt, wenn ma auf da Strossn in die Scheisse gstiegn is.«

Sandegger befürchtete schon wieder eines dieser schrecklich unerheblichen Details anhören zu müssen, doch er sollte angenehm überrascht werden.

»Wia ma weggaungan san, woa der Dreck no net do, wäu des warad ma aufgfoin. Und auf meine Schuach und die vom Albert woa ka Futzal von dem Zeig zfinden«, versicherte sie nachdrücklich. »Oiso wos haast des? Dos jemand, währnd wia beim Oazt woan, in da Wohnung gwesn sei muass. Oda vielleicht net?« Sie strahlte über das ganze Gesicht und Sandegger musste anerkennen, dass an der Schlussfolgerung der Frau nichts auszusetzen war.

»Wie ist denn eigentlich das Verhältnis zwischen dem Onkel und dem Neffen?«, war die nächste Frage Sandeggers.

»No jo, meistens recht guad, immerhin san die beidn jo die anzigen zwa, die von da Famülie no do san«, erklärte die Eiblinger. »Oba i finds schenant, wie si der junge Herr Anwalt«, sie betonte die beiden Wörter ausdrücklich, »von an oidn Pensionistn des Göd vuan und hintn eineschiam hod lossn.« Sie schüttelte den Kopf. »Guad, da Albert hod a guade Pension und brauchn duad er a net vü. Oba des ghert si net. Erst letzte Wochn hod a dem Walta wida 2000 Euro gem. Und i hob imma glaubt, die Herrn Anwöte vadinan so vü.«

Das war nach der Sache mit dem Hundstrümmerl in der Wohnung die zweite interessante Information. »Hat es gelegentlich auch Streit zwischen den beiden gegeben wegen des Geldes?«, fasste Sandegger nach.

»Wengan Göd ned«, erklärte die Frau, »oba wegn a boa Grundstickln, die da Albert von seina Frau gerbt hod. Olle in da Gegend von Mistlboch, do is die Else her gwesn. Letzte Wochn ham sa sie wieda amoi aubrüüd wegen die Äcka.«

»Und worum ist es bei diesem Streit gegangen?«

»So genau waas i des a net«, gab die Eiblinger vor, »oda glaubns goa, ich belausche meinen Arbeitgeber.« In ihrer künstlichen Erregung hatte die gute Frau den letzten Halbsatz plötzlich in astreinem Hochdeutsch gesprochen.

»Na, des dua i ned, wirkli ned. Oba die beidn ham so gschrian, doss ma goa ned aundas kenann hat, ois wos hean. Da Walta woid unbedingt, doss da Albert endli seine Föda vakauft. Er häd a guats Aubod aun da Haund, ho a brüd. Oba der Albert woit absolut ned. ›Nur über meine Leiche‹, hod a zrug brüd.«

Damit war die bisher so ergiebige Informationsquelle aber versiegt. Die letzten rein routinemäßigen Fragen brachten keinerlei Hinweise mehr, aber Sandegger war mit dem Ergebnis des Gespräches durchaus zufrieden.

Kurz vor 18 Uhr ließ er Frau Eiblinger wie versprochen mit einem Polizeifahrzeug nach Simmering bringen, damit Herr Eiblinger nicht zu lange auf sein ›Papperl‹ warten musste.

*

Oberinspektor Wallner hatte eben einen alarmierenden Anruf von seinem Freund Miki Schneckenburger erhalten, der ihn unter dem Siegel striktester Vertraulichkeit über das für das Kommissariat sehr unangenehme Ergebnis der Sitzung im Innenministerium in Kenntnis gesetzt hatte. Nachdem er den gewaltigen, urplötzlich aufgetauchten Frust wieder einigermaßen in den Griff bekommen hatte, war er sofort zu Sandegger geeilt und hatte seinen Stellvertreter informiert. Der alte Pragmatiker war gar nicht so sehr über diese Entwicklung überrascht. »Als gelernter Österreicher habe ich mit so etwas Ähnlichem bereits gerechnet«, bekannte er. »Und wenn ich ehrlich sein soll, dann würde ich als Politiker wahrscheinlich ganz genauso vorgehen. Immerhin ist der Vorwurf, dem alten Albert sein Lieblingsspielzeug nicht rechtzeitig weggenommen zu haben, wirklich nicht von der Hand zu weisen. Wahrscheinlich hätte sogar ich derjenige sein müssen, der eine entsprechende Maßnahme in die Wege leitet.«

Die echte Sauerei war nach übereinstimmender Ansicht beider Beamter, dass mehr oder weniger willkürlich ein Verantwortlicher bestimmt und den Medien zum Fraß vorgeworfen werden sollte.

»Wenn es wirklich soweit kommen sollte, werde ich den feinen Herrschaften aber einen Strich durch die Rechnung machen«, kündigte der Stellvertreter Wallners an. »Ich bin ohnehin der ideale Kandidat. Von den zu den aktiven Zeiten Göllners noch im Dienst befindlichen Kollegen bin ich der Ranghöchste und damit die ideale Wahl für den Sündenbock.«

Wallner blickte ihn konsterniert an. Die Frage, was Sandegger nach einer möglicherweise unehrenhaften Entlassung aus dem Polizeidienst machen würde, stand dem Oberinspektor ins Gesicht geschrieben.

»Keine Angst«, beruhigte ihn sein Stellvertreter, »ich habe seit einiger Zeit ein interessantes Angebot aus der Privatwirtschaft. Sicherheitschef in einem Einkaufszentrum im Nordosten der Stadt, das in zwei Jahren seine Pforten aufmachen soll. Mehr als doppelt soviel Geld, Dienstwagen zur privaten Nutzung und zusätzlich noch eine fette Jahresprämie. Ich werde jetzt halt ernsthafter über diese Option nachdenken als bisher.«

Wallner war baff über diese spontane Eröffnung, wie wenig man doch von Menschen wusste, mit denen man Tag für Tag zusammenarbeitete. »Und was gibt es da eigentlich noch zu überlegen?«, wollte er wissen. Die Frage war zwar scherzhaft gemeint, klang aber völlig ernst.

»Ich hänge nun einmal an meiner Arbeit hier, an den Kollegen und an dem alten Kasten, in dem wir uns befinden«, bekannte Sandegger. »Und das ist etwas, das man mit Geld nicht kaufen kann.«

»Also gut, dann müssen wir eben darauf setzen, dass Göllner hereingelegt worden ist«, skizzierte Wallner, der von dem Bekenntnis seines Kollegen richtig gerührt war, die Alternativstrategie. »Doch wie sollen wir das beweisen. Um 20 Uhr treffe ich mich mit Mario Palinski, der bereits darüber nachdenkt. Es wäre gut, wenn du bei dem Treffen dabei sein würdest.«

Sandegger, der für den Abend nichts anderes vorhatte und gerne Pizza aß, sagte zu an dem Gespräch bei ›Mama Maria‹ teilzunehmen.

*

Margit hatte Palinskis Anruf sofort nach dem ersten Signalton angenommen. »Na endlich, Mario. Ich versuche seit mehreren Stunden alle 30 Minuten dich zu erreichen. Aber du hast dich ja wieder einmal erfolgreich aus der modernen Kommunikationsgesellschaft ausgeklinkt«, meinte sie mit leicht vorwurfsvoller Süffisanz.

»Na, ein paar Stunden wird die Menschheit ja wohl ohne Palinski auskommen«, brummte der Kritisierte. »Bislang ist die Welt auch noch nicht auseinandergebrochen, wenn ich einmal zwei, drei Stunden nicht zu erreichen war.«

»Das könnte diesmal anders sein«, säuselte Margit, um dann »Jetzt warte doch einen Moment« in den Hörer zu schreien.

»Ich warte ohnehin«, erwiderte der überraschte Palinski. »Solange du willst, liebe Margit. Aber auf was?«

»Entschuldige, das hat Florian gegolten«, Margits Stimme hatte wieder ihren üblichen, sehr angenehmen Tonfall angenommen. »Er steht neben mir und muss dir ganz dringend etwas sagen, ich übergebe kurz.«

»Hallo Mario«, meldete sich sein Assistent, »ich habe ein paar ganz interessante Ansätze zum Fall ›Göllner‹ im Computer gefunden. Das solltest du dir unbedingt so bald wie möglich ansehen.«

»Sehr gut, Florian«, lobte der Chef, »am besten, du kommst heute mit zum Pizzaessen zu ›Mama Maria‹. Da kannst du Oberinspektor Wallner und mich informieren. Abgesehen davon bin ich ohnehin bald im Büro.« Palinski wollte schon auflegen, doch Florian erinnerte ihn noch rechtzeitig daran, dass Margit ›wie ein Geier‹, komische Vergleiche hatte der Bursche, dachte Palinski, darauf wartete, wieder mit ihm zu sprechen.

»So, jetzt zu dir und den weltbewegenden Neuigkeiten, die nicht warten können«, flachste er den guten Geist in seinem Büro an.

»Wie du meinst«, Margit reagierte leicht patzig auf den erkennbaren Mangel an Ernst. »Falls du aber in den nächsten Sekunden der Meinung sein solltest, dass ich recht und du unrecht hattest, dann erwarte ich eine Entschuldigung von dir. Hörst du, eine Entschuldigung.« Sie machte eine kurze, fast genießerisch anmutende Pause. »Willst du die schonende Variante oder die Kurzfassung hören?«

»Die Kurzfassung«, entschied sich Palinski. Leichtsinnigerweise, wie er etwas später selbstkritisch zugeben musste. Nachdem er sich bei Margit entschuldigt hatte.

»Also gut, auf deine Verantwortung.« Langsam fand Margit anscheinend Gefallen an dem immer grausamer werdenden Spiel. »Dein Schwiegersohn wird in zwei Stunden hier im Büro sein und muss wirklich dringend mit dir sprechen. Denn seine Frau, deine Tochter, ist spurlos verschwunden.«

Nach dem ersten Schock musste Palinski vor allem einmal etwas richtig stellen. »Guido ist nicht mein Schwiegersohn und Tina ist in Paris. Wir haben heute Nachmittag mit ihr telefoniert und es geht ihr gut. Also was soll der Quatsch?«

»Du musst lernen zuzuhören, mein Bester«, gab ihm Margit Kontra, »und auf die Details zu achten. Was du mir entgegnet hast, weiß ich natürlich alles. Ich spreche von Fritz Sterzinger, der nach eigenen Angaben eine Silvana Godaj geheiratet hat. Deren Vater du sein sollst, wie er behauptet. Er hat mich gewarnt, dass du wahrscheinlich nicht die geringste Ahnung davon haben wirst. Silvanas Mutter hieß Veronika.« Margit hörte ein leises Stöhnen am anderen Ende der Leitung. »Na, klingelt es jetzt bei dir? Also, dein Schwiegersohn wird gegen 19 Uhr hier sein. Das wärs.«

»Kannst du damit beginnen, eine große Kanne sehr starken Kaffees vorzubereiten«, flüsterte Palinski hilflos. »Ich bin schon unterwegs.«

Besorgt blickte Wilma ihn an. »Ist was passiert Liebling? Du bist ja kasweis im Gesicht. Willst du ein Glas Wasser?«

Wortlos starrte Palinski die Frau an, mit der er seit nahezu einem Vierteljahrhundert zusammen war, ohne sie geehelicht zu haben. Nachdem, was er ihr jetzt erzählen musste, war das vielleicht sogar gut so. Schließlich konnte sich Wilma dadurch nicht von ihm scheiden lassen.

»Also mein Schatz, ich muss dir jetzt etwas erzählen. Etwas, das bisher unwichtig war und jetzt sehr wichtig geworden sein könnte.« Krampfhaft versuchte er die richtigen Worte zu finden.

»Ungefähr ein halbes Jahr, bevor ich dich kennengelernt habe«, begann er und Wilma hörte mit wachsender Aufmerksamkeit zu.

*

Der Zug aus Innsbruck war pünktlich um 18.35 Uhr am Wiener Westbahnhof eingefahren, sodass Sterzinger bereits kurz nach 19 Uhr aus dem Taxi kletterte, das vor dem Hause Döblinger Hauptstraße 17 gehalten hatte.

Im Zug hatte er sich, weniger aus Sorge denn aus Langeweile, überlegt, wie ihn Mario Palinski, der heute von einer Minute zur anderen nicht nur Vater, sondern auch Schwiegervater geworden war, empfangen würde. Sterzinger hatte sich eine etwas frostige, von Misstrauen oder zumindest Skepsis geprägte Atmosphäre vorgestellt, bestenfalls höfliche Neugierde.

Mit dem, was ihn jetzt tatsächlich erwartete, hatte er nie und nimmer gerechnet. Die Menschen, die ihn hier erwarteten, schienen sich tatsächlich zu freuen ihn kennenzulernen. Wenn diese Freude auch durch den Anlass seines Kommens, das Verschwinden Silvanas, deutlich gedämpft wurde.

Nur dem kleinen Buben, offenbar der Sohn dieser Margit, mit der er heute mehrmals telefoniert hatte, war die ganze Sache offensichtlich egal. Er saß vor einem kleinen Fernsehgerät und sah sich ein Kindervideo an.

Beide Frauen, die zweite hieß Wilma und war allem Anschein nach mit Silvanas Vater liiert, hatten ihn sogar umarmt. Palinskis Assistent hatte sich höflich mit Florian vorgestellt und völlig glaubhaft versichert, dass auch er sich freue die Bekanntschaft zu machen.

Und Silvanas Vater hatte sofort darauf bestanden, Mario genannt und geduzt zu werden, denn ›wenn du meine Tochter geheiratet hast, dann bist du mein Schwiegersohn, Fritz. Und der sollte mich nicht siezen.‹

Dennoch war den guten Leuten durchaus anzumerken, dass ihnen der ›freudige‹ Schock ganz schön in die Glieder gefahren sein musste. Zumindest Mario und Wilma. Was wirklich kein Wunder war. Nachdem die Runde ein paar Gläser Sekt zum Willkommen getrunken hatte, lockerte die Stimmung ein wenig auf.

»Hast du ein Bild von Silvana dabei«, Palinski konnte seine Neugierde nicht mehr länger unterdrücken und riss Sterzinger das Foto mit seiner Ältesten förmlich aus der Hand. Stolz blickte er auf die schlanke, hochgewachsene Brünette mit einem spitzbübischen Lächeln im Gesicht. »Die Figur hat sie von ihrer Mutter«, meinte er dann, »die Augen könnten von mir sein. Gott sei Dank ist es nicht umgekehrt.« Palinski klopfte sich demonstrativ auf die nicht mehr weg zu leugnende Wampe, die aus dem ehemals ranken Jüngling immer mehr das machte, was man ein ›gstandenes Mannsbild‹ nannte.

»Wieso, was stimmt nicht mit Veronikas Augen«, scherzte Wilma und sicherte sich damit einen freundlichen Lacher der kleinen Runde. So richtig unbeschwert war die Stimmung aber nicht. Konnte sie auch nicht, wussten inzwischen doch alle Anwesenden, dass Silvana verschwunden war, seit sie vorgestern nach dem Einchecken ihr Hotel in Wien verlassen hatte. Und dass das der Grund war, der Sterzinger nach Wien gebracht hatte.

»An sich wäre die Situation nicht so beunruhigend, wie sie auf den ersten Blick wirken mag«, relativierte das neue Familienmitglied. »Silvanas künstlerische Ader veranlasst sie hin und wieder urplötzlich und ohne Vorwarnung ein, zwei Tage zu verschwinden, um neuen Ideen nachzuhängen und sie zu entwickeln. Das hat mich zunächst ganz fertig gemacht, jetzt habe ich mich daran gewöhnt. Es ist eben nicht einfach, mit einem Genie zusammenzuleben«, meinte er entschuldigend. »Vielleicht hat sie sich ja auch diesmal nur eine kleine Auszeit genehmigt.«

Was Sterzinger aber Sorgen machte, war, dass sich eine Wiener Anwaltskanzlei bei ihm gemeldet und erkundigt hatte, warum Frau Sterzinger-Godaj nicht zu dem vereinbarten Ersatztermin erschienen war und auch nicht angerufen hatte. »Angeblich wollte sie eine einstweilige Verfügung erwirken, gegen wen weiß ich nicht. Und daher benötigte der Anwalt dringend einige Details.« Von diesem Gespräch doch etwas beunruhigt, hatte er sofort versucht Silvana über ihr Handy zu erreichen.

»Als es plötzlich in unserem Schlafzimmer geklingelt hat, habe ich erst bemerkt, dass sie ihr Mobiltelefon zu Hause vergessen hat.« Eine Ortung über das Funksignal schied damit aus.

»Hast du schon die Polizei eingeschaltet«, wollte Palinski wissen. »Nein«, musste Sterzinger zugeben, »ich habe zwar gestern Abend von zu Hause aus nochmals mit dem Sicherheitschef des ›Vienna Palace‹ telefoniert. Der hat mir aber mitgeteilt, dass die Polizei Abgängigkeitsanzeigen erst nach 48 Stunden entgegennimmt. Wobei ich nicht einmal weiß, ab welchem Zeitpunkt diese Frist gerechnet wird.«

»Das zumindest werden wir noch heute Abend klären, um das Notwendige veranlassen zu können«, meinte Palinski zu Sterzinger und blickte auf die Uhr. Es war bereits kurz vor 20 Uhr und Zeit, Wallner und Sandegger im ›Mama Maria‹ zu treffen.

Margit und ihr Sohn Markus verabschiedeten sich, um endlich nach Hause zu gehen.

Wilma wollte zunächst einmal kurz in die Wohnung schauen, um Harrys Zimmer für den Familienneuzuwachs aus Südtirol herzurichten. Die höflichen Proteste Sterzingers, er wollte nicht stören und könnte ins Hotel gehen, wischte sie mit einem energischen »Das wäre ja noch schöner, kommt überhaupt nicht in Frage« vom Tisch. Sie schien überhaupt Gefallen an dem unverhofft aufgetauchten Familienzuwachs gefunden zu haben, denn sie wollte die weitere Entwicklung der Geschichte um keinen Preis versäumen und daher unbedingt ins Restaurant nachkommen. »Vielleicht kann ich ja irgendwie behilflich sein.«

Palinski fand, dass sich seine Partnerin in dieser doch etwas heiklen Angelegenheit ganz hervorragend verhalten hatte, und war sehr stolz auf Wilma.

3

Vier Tage bevor sich Sterzinger auf den Weg nach Wien machen sollte, hatte sich seine Frau Sonntag Mittag liebevoll von ihm verabschiedet, war in ihren Wagen gestiegen und nach Innsbruck gefahren. Dort hatte sie sich mit einer Freundin zum Kaffee getroffen. Als sie etwas später hatte telefonieren wollen, hatte sie bemerkt, dass sie ihr Handy nicht mithatte. Sie war sicher das gute Stück zuletzt zum Aufladen des Akkus auf ihrem Nachttisch abgelegt zu haben. Und da lag es wahrscheinlich noch immer. Da die Powerfrau nicht ohne dieses für sie unentbehrliche Kommunikationsmittel sein konnte, hatte sie einen Umweg über den Flughafen gemacht und sich ein Wertkartenhandy besorgt.

Dann war Silvana Sterzinger-Godaj nach Salzburg gefahren und hatte sich ein Zimmer in einem Hotel nahe der Autobahnabfahrt genommen. Danach hatte sie ihre Großmutter aus einem Seniorenstift in der Nähe von Hallwang abgeholt und war mit ihr zum Abendessen in die Stadt gefahren. Da sich Oma und Enkelin längere Zeit nicht gesehen hatten, war es recht spät geworden, bis Silvana ins Bett gekommen war.

Am nächsten Morgen war sie früh aufgebrochen und nach einer Kaffeepause in der Raststätte Ansfelden bereits gegen 11.30 Uhr im Palacehotel Vienna an der Wiener Ringstraße eingetroffen. Da das für sie reservierte Zimmer zu diesem Zeitpunkt noch nicht bezugsbereit war, hatte Silvana ihr Gepäck im Hotel und den Wagen in der Tiefgarage gelassen und sich trotz leichten Nieselns zu Fuß ins Zentrum begeben. Wozu gab es denn Regenschirme.

Die junge Frau hatte sich für die vor ihr liegende Woche ein sehr dichtes Programm vorgenommen.

Vor allem würde die begnadete Zuckerbäckerin an der Spitze des Patissierteams der ›European Gourmet Hotels‹ (EGH) stehen. Eine außergewöhnliche Auszeichnung für die erst 26-Jährige, die immerhin so weltberühmte Könner dieses Faches wie Jean Louis Bartullet vom ›Negresco‹ in Nizza, Urs von der Höh ›Baur au Lac‹, Zürich, Luigi Santanello ›San Domenico Palace‹, Taormina und Hermann Schmankerle ›Vienna Palace‹ in die am kommenden Freitag beginnende ›Wiener Internationale Koch- und Konditoren-Schau‹, der inoffiziellen Europameisterschaft der Köche und Konditoren, führen würde. Nicht jeder der mehrheitlich doppelt so alten Herren war von der Vorstellung, von einer Frau angeführt zu werden, begeistert gewesen. Aber alle sieben Männer hatten die einstimmige Entscheidung des Nominierungskomitees der EGH schließlich akzeptiert. Nicht zuletzt, da sie, wenn zum Teil auch etwas widerwillig, die außerordentliche Kreativität, das hervorragende handwerkliche Können und die erstaunliche organisatorische Begabung der Ururenkelin des legendären Antal Godaj anerkannten.

Und Silvana hatte das Unerwartete geschafft. Was vor dem ersten Treffen der acht besten Patissiers der Welt vor sechs Wochen in Gstaad noch wie ein eifernder, rettungslos inhomogener Haufen gewirkt hatte, war zwei Tage später den internationalen Medien als zusammengeschweißtes, bestens eingespieltes Team präsentiert worden.

Neben diesem, drei Tage dauernden Event wollte Silvana die Zeit nützen, um mit einem Wiener Anwalt ihre Chancen in einem möglicherweise unumgänglichen Rechtsstreit mit der ›Goday Exklusiv GmbH‹ auszuloten und eine geeignete Strategie zur Durchsetzung ihrer Interessen zu ventilieren. Ehe die Sache zu Gericht ging, wollte sie ein Gespräch mit Oskar Laplan, dem geschäftsführenden Gesellschafter, führen. Sie hoffte, mit Vernunft und Diplomatie die zwischen ihr und dem Mehrheitseigentümer des von ihrem Großvater mitbegründeten Unternehmens bestehenden Meinungsverschiedenheiten doch noch friedlich aus der Welt schaffen zu können.

Und nicht zuletzt war da die Sache mit ihrem Vater, von dem sie erst vor wenigen Monaten, nach dem völlig unerwarteten Tod ihrer Mutter, erfahren hatte. Sein Name war Mario Palinski und er lebte in Wien-Döbling.

Als Kind hatte Silvana einen Vater sehr vermisst. Alle ihre Freundinnen und Schulkollegen hatten Väter, die sie nach dem Unterricht abholten, mit ihnen lustige Sachen unternahmen und in den Ferien ans Meer oder sonst wohin fuhren. Ihre Mutter hatte die verschiedenen Lebensabschnittspartner viel zu rasch gewechselt und dazu immer wieder unverbindliche, egoistische Typen angeschleppt, die weder Talent noch Lust gezeigt hatten, die Vaterrolle bei dem Mädchen anzunehmen.

Silvana hatte gelegentlich versucht mit ihrer Mutter darüber zu sprechen, doch Veronika Godaj war nie richtig auf dieses Thema eingegangen und hatte sich immer in nichtssagende Ausreden geflüchtet.

Das Mädchen hatte das für sich so interpretiert, dass die Erfahrungen ihrer Mutter mit dem Mann, der sie gezeugt hatte, derart schlecht gewesen sein mussten, dass sie für alle Zeiten von einer dauerhaften Beziehung genug hatte. Ihre unbewusste Sehnsucht nach dem Vater war daher permanent überlagert von einem latenten Gefühl der Verachtung für diesen Menschen.

Bei der Durchsicht der Unterlagen ihrer Mutter war sie allerdings auf einige Briefe gestoßen, die das Bild, das sie bisher gehabt hatte, total auf den Kopf stellten. In einem Gespräch mit der Großmutter, die auf Wunsch ihrer Tochter bisher ebenfalls zu diesem Thema geschwiegen hatte, hatte sich schließlich herausgestellt, dass sie Mario Palinski, den Namen hatte sie jetzt ebenfalls erfahren, scheinbar völlig zu Unrecht verachtete.

»Es war einzig und alleine die Entscheidung deiner Mutter, deinen Vater aus ihrem und damit auch deinem Leben herauszuhalten«, hatte die Omi zugegeben. »Mario war ein sehr netter, junger Mann, der sich trotz seiner Jugend sicher nicht vor der Verantwortung gedrückt hätte. Nun, Veronika wollte es anders. Möglich, dass es der Altersunterschied war«, hatte Ildiko Godaj spekuliert. »Vielleicht hatte sie Angst davor, dass er sie später einmal verlassen würde. Immerhin ist dein Vater sechs Jahre jünger. Deine Mutter hat deinen Vater sehr geliebt und keinen anderen Mann jemals wieder so nahe an sich herangelassen.«

Seit damals träumte Silvana davon, Mario Palinski kennenzulernen. Der Besuch in Wien war eine sehr verlockende Möglichkeit dazu. Aber sie war noch nicht soweit, sich das ganz bewusst einzugestehen.

Auf ihrem Bummel durch die Innere Stadt verabsäumte es die junge Frau nicht, ihr professionelles Interesse am aktuellen Schaffen der Wiener Spitzenkonditoren zu stillen. Sie kannte keine Stadt, in der auf einer Fläche von zwei, vielleicht drei Quadratkilometern eine derartige Ansammlung hervorragender Fachleute des süßen Handwerks mit künstlerischen Attitüden anzutreffen war. Von ›Demel‹

waren es nur wenige Schritte zum ›Lehmann‹. Einige Meter weiter und man war beim ›Heiner‹. Oder man ging vom Graben zum Neuen Markt, wo die Kurkonditorei ›Oberlaa‹ ihr sensationelles Angebot bereithielt. Auch der ›Sluka‹ nahe dem Rathaus und zahlreiche Geheimtipps im Zentrum und in den übrigen Stadtteilen stellten eine permanente Versuchung für die Bewohner und Gäste der Stadt dar.

Bei ihrem letzten Stopp, einer kleinen, eher unbekannten Konditorei in der Nähe der Rotenturmstraße, war sie vom Eigentümer angesprochen worden, der die, ein kleines Diktiergerät benutzende, Frau zunächst für eine Gastronomiekritikerin gehalten hatte. Nachdem Silvana sich vorgestellt und ihre professionelle Neugierde deklariert hatte, hatte sich der alte Konditor geschmeichelt gefühlt und der jungen Kollegin mit dem berühmten Namen einen Blick in seine ›Zauberküche‹ gestattet. Das hatte schließlich dazu geführt, dass sie mit einiger Verspätung zu ihrem Termin mit Dr. Haselberger eingetroffen war. Das hatte sich als nicht weiter schlimm erwiesen, denn der Rechtsanwalt war bei Gericht aufgehalten worden. »Dem Herrn Doktor tut das sehr leid«, hatte ihr die Kanzleileiterin versichert, »aber das Gericht ist bei einer auswärtigen Tagsatzung und die dauert leider viel länger als angenommen.«

»Gut«, hatte Silvana gemeint, »dann gehe ich wieder. Ich habe noch einige Dinge zu erledigen und werde ab etwa 20 Uhr im Hotel sein, im ›Vienna Palace‹. Ich würde mich freuen, wenn der Doktor später Zeit fürs Abendessen oder zumindest einen Drink mit mir hätte. Als mein Gast natürlich.«

Ein Blick auf den Kalender hatte der Kanzleileiterin bestätigt, dass ihr Chef am Abend keinen Termin mehr hatte, »zumindest ist keiner eingetragen.«

Silvana hatte in der Hotelbar warten wollen und für alle Fälle die Rufnummer ihres neuen Wertkartenhandys bekannt gegeben. »Falls er nicht ins Hotel kommen kann, soll mich der Herr Doktor doch bitte anrufen.«

Das war am Montag kurz nach 16.30 Uhr gewesen.

*

Heute war Mittwoch und bereits 20 Minuten nach 20 Uhr. Mama Maria hatte für die Runde das kleine Extrazimmer reserviert. Nachdem Palinski seinen Freunden vom Koat Döbling, zu denen auch Ministerialrat Schneckenburger gestoßen war, als ›Überraschungsgast‹ einen Schwiegersohn präsentiert und von seiner seit nunmehr 48 Stunden verschwundenen Tochter berichtet hatte, begann die polizeiliche Maschinerie anzulaufen.

Wallner erklärte sich sofort für zuständig, da der Anzeiger Fritz Sterzinger in Wien bei seinem Schwiegervater Mario Palinski residierte. Und der war nun einmal in Döbling zu Hause.

Ein Anruf im ›Vienna Palace‹ brachte die Bestätigung, dass sich Silvana nach wie vor nicht im Hotel eingefunden hatte. Der Oberinspektor setzte sofort ein Tatortteam in Bewegung, das den in der Tiefgarage des Hotels abgestellten Wagen und das Gepäck der Vermissten nach möglichen Hinweisen untersuchen sollte.

Als erfolgversprechendste Maßnahme zur raschen Ermittlung des aktuellen Aufenthaltsortes Silvanas wäre jetzt eine Funkpeilung mit Hilfe ihres Handys erste Priorität gewesen. Da dieses vergessen im gemeinsamen Schlafzimmer der Sterzingers in Südtirol lag, hatte sich dieser Punkt von selbst erledigt.

Man konnte richtig sehen, wie enttäuscht Sterzinger darüber war.

»Aber so effizient, wie diese Fahndungsmaßnahme klingt, ist sie in der Praxis bei weitem nicht«, relativierte Wallner. »Falls Ihre Frau wirklich entführt worden sein sollte, hätte man ihr das Telefon sicher sofort abgenommen. Und falls eine vermisste Person von sich aus untertaucht, dann entledigt sie sich in aller Regel auch des Handys. Jedes Kind weiß ja heute schon, dass man damit aufgespürt werden kann.«

An die Möglichkeit, dass Silvana hatte freiwillig verschwinden wollen, hatten Wallner und, wie es schien, auch Fritz überhaupt nicht gedacht, schoss es Palinski durch den Kopf. Vielleicht hatte sie ihr Telefon absichtlich zu Hause liegen lassen.

»Entschuldigen Sie, Herr Sterzinger«, begann Wallner, »ich muss Sie jetzt etwas fragen, das ein wenig ungehörig wirken und vielleicht auch etwas schmerzhaft sein wird. Können Sie ausschließen, dass Ihre Frau möglicherweise einen anderen Mann getroffen und sich mit ihm in irgendeiner Form abgesetzt hat? Auf den Punkt gebracht, dass sie vielleicht gar nicht gefunden werden will.« Er spürte, wie der sympathische Südtiroler unter dieser Vorstellung litt, aber da musste der leider durch. »Immerhin ist Ihre Frau volljährig und sehr attraktiv, wenn ich das nach Betrachtung des Fotos so sagen darf.«

Man konnte deutlich merken, wie schwer sich Sterzinger tat, nicht sofort und vehement gegen diese aus seiner Sicht ungeheuerliche Vermutung zu protestieren. Doch er war klug und beherrscht genug, um die prinzipielle Notwendigkeit dieser Frage einzusehen und nicht in die Luft zu gehen.

Ja, er schien sogar einige Sekunden ernsthaft über die Möglichkeit nachzudenken, ehe er entschieden verneinte.

»Nein, das kann ich mir nicht vorstellen. Sicher wird Silvana von vielen Männern in einer mehr oder weniger direkten Art verehrt, ja sogar angehimmelt. Und das gefällt ihr , wie es wahrscheinlich jeder Frau gefallen würde. Sie hätte sicher genug Möglichkeiten, sich mit Männern zu treffen, da sie beruflich sehr viel unterwegs ist. Aber sie ist so offen und selbstbewusst, dass sie mir sagen würde, wenn es zwischen uns nicht mehr stimmte. Nein, ich bin sicher, dass sie nicht wegen eines anderen Kerls verschwunden ist.«

Das klang logisch, fand Palinski, die Polizei war allerdings nicht so leicht zu überzeugen. Zu oft schon hatten von der Treue ihrer Frauen überzeugte Männer vor lauter Egozentrik die Hörner auf ihrer Stirn nicht gesehen oder nicht sehen wollen.

Sterzinger schien die nach wie vor vorhandene Skepsis zu spüren, denn er lieferte ein weiteres überzeugendes Argument. »Und überlegen Sie bitte auch noch eines. Meine Frau hat sich die letzten fünf Monate intensiv auf die am Wochenende stattfindende ›Internationale Koch- und Konditoren-Schau‹ hier in Wien vorbereitet. Vor sechs Wochen ist sie zum Kapitän des hochkarätigen ›EGH-Teams‹ ernannt worden, das die Gruppe auf dieser Veranstaltung vertreten wird. Als erste Frau in der Geschichte dieser Hotelvereinigung übrigens. Und jetzt, ausgerechnet einige Tage vor diesem für Silvana so wichtigen Ereignis, das immerhin als inoffizielle Europameisterschaft der Köche und Konditoren gilt, soll sie sich absetzen? Das ergibt doch überhaupt keinen Sinn.«

»Gut, das können wir also mit größter Wahrscheinlichkeit ausschließen«, zeigte sich Wallner überzeugt, wenn auch zögerlich. »Dann müssen wir aber davon ausgehen, dass sie entführt worden ist und gegen ihren Willen festgehalten wird. Das heißt, wir werden jetzt sofort die bundesweite Fahndung veranlassen und Europol einschalten.«

Er stand auf. »Ich werde das Bild verwenden, das Sie mir gezeigt haben? Oder besitzen Sie vielleicht ein anderes, auf dem Ihre Frau noch besser zu erkennen ist?«, fragte er Sterzinger. Der holte seine Brieftasche heraus, suchte ein wenig herum und brachte dann ein Porträtfoto zum Vorschein. »Das hier hat sie für den Katalog der Konditorenschau machen lassen«, erklärte er.

Palinski, der einen kurzen Blick darauf werfen konnte, ehe Wallner es an sich nahm, war sich jetzt absolut sicher, dass Silvana seine Augen hatte.

»Kann ich kurz dein Büro benützen«, wollte Wallner von dem stolzen Vater wissen. Ehe Palinski antworten konnte, war Florian aufgestanden. »Kommen Sie, Herr Oberinspektor, ich bringe Sie hinüber.«

In der Zwischenzeit hatte auch das Bundeskriminalamt in Person Michael Schneckenburgers begonnen sich nützlich zu machen. Zunächst nur inoffiziell. Dem Ministerialrat war es nach einigen Fehlversuchen gelungen, Rechtsanwalt Haselberger, den er von einigen Veranstaltungen her kannte, auf einem Empfang der Deutschen Handelskammer aufzutreiben.

Nach einer kurzen Erklärung, immerhin kannte der Anwalt bereits einen Teil der Geschichte, konnte der Ministerialrat mit ihm einen Termin für morgen früh 8 Uhr in seinem Büro vereinbaren. Früher als dem Nachtmenschen Haselberger lieb war. Aber »Wir wollen doch alle, dass Frau Sterzinger-Godaj so rasch wie möglich gefunden wird. Und Sie werden sicher einiges dazu beitragen können«, hatte ihn der Ministerialrat überzeugt.

Inzwischen hatte ein Zeitungsverkäufer das Lokal betreten und warb um Käufer für die Abendausgabe der morgigen ›Wiener Zeit‹. Erwartungsgemäß wurde die erste Seite von der in großen, fetten Lettern gesetzten Schlagzeile ›Pensionierter Kriminalbeamter erschießt Liebespaar‹ beherrscht. Palinski winkte den Kolporteur herbei und nahm ihm zwei Exemplare der Zeitung ab. Eines für den Eigenbedarf und eines als milde Gabe für die Polizei. Ein großzügiger Schmattes sicherte ihm das freundliche Grinsen des Mannes.

Kopfschüttelnd wandte sich Palinski zu seinem Schwiegersohn und raunte ihm zu: »Es ist wie verhext. Da ist wochenlang überhaupt nichts los und man glaubt schon, das Verbrechen ist ein für alle Mal ausgerottet. Und dann, ganz plötzlich, ist wieder ein Fall da. Nicht genug damit, dass der ›wachsame Albert‹ in der Gegend herumknallt und plötzlich zwei Tote auf der Straße liegen. Nein, dann muss auch noch meine Tochter, die ich übrigens nicht einmal persönlich kenne, verschwinden.« Sterzinger verstand nicht ganz und wartete höflich auf weitere Erklärungen.

»Das geht schon die ganze Zeit so. Wann immer ich mit einem Fall zu tun bekomme, batsch, ist auch schon ein zweiter da. Und weißt du, was das Beste daran ist?«

Das wusste Sterzinger nicht, aber er hoffte es bald zu erfahren.

»Das Eigenartige daran ist, dass bisher der eine Fall meistens irgendwie mit dem zweiten zu tun gehabt hat. Verrückt, was? Ich werde dir das jetzt erklären.«

In dem Moment betrat Wilma das Restaurant, kam zum Tisch und setzte sich auf den Platz, den Wallner vorher innegehabt hatte.

»Hallo, junger Vater«, begrüßte sie Palinski lächelnd, gab ihm einen Kuss auf die Wange und brachte den ebenso frisch gebackenen Schwiegerpapa auf völlig andere Gedanken.

Somit musste der arme Sterzinger weiterhin im Dunkeln tappen, was das kryptische Geschwätz Palinskis von vorhin betraf. Aber er trug sein Schicksal mannhaft.

Jetzt waren Wallner und Florian zurückgekommen.

»So, die Fahndung läuft, ich glaube, im Moment können wir nicht sehr viel mehr machen«, meinte der Oberinspektor zu Sterzinger. »Aber sobald uns morgen der Bericht der Spurensicherung vorliegt, werden wir mehr wissen.« Um Sterzingers zweifelndem Blick zu begegnen, ergänzte Wallner: »Keine Sorge, irgendetwas finden die Kollegen sicher, das uns weiterhilft. Die finden immer etwas.«

»Was ist mit Silvanas Großmutter?«, wollte Sterzinger jetzt wissen, »ich glaube, ich muss die alte Dame langsam vom Verschwinden ihrer Enkelin informieren. Was soll ich ihr bloß sagen?«

»Wie ist das Verhältnis zwischen Ihrer Frau und der Großmutter?«, meldete sich Sandegger zu Wort.

»Die beiden haben eine sehr enge, vertrauensvolle Beziehung zueinander«, erläuterte der Befragte. »Wahrscheinlich sogar eine intensivere als Silvana mit ihrer Mutter hatte. Meine Frau wollte die Oma auf dem Weg nach Wien sogar besuchen.«

»Na, dann sollten wir vielleicht einmal mit der alten Dame sprechen. Eventuell kann sie uns etwas Sachdienliches erzählen«, mutmaßte Wallner. »Am besten ich bitte Franca morgen Vormittag kurz bei der alten Dame vorbeizuschauen.«

Franca Wallner, geborene Aigner, war, wie der Name zu Recht vermuten ließ, des Oberinspektors bessere Hälfte. Die gebürtige Salzburgerin war stellvertretende Leiterin der Kriminalabteilung am Koat Josefstadt und im Augenblick auf Besuch in ihrer alten Heimat. Wie der Zufall so spielte.

»Darf ich Sie um Namen, Anschrift und Telefonnummer der Großmama bitten?«, ersuchte Wallner und Sterzinger lieferte prompt. Bis auf die Telefonnummer, die er nicht kannte. Aber das war nicht weiter schlimm.

Zwei Minuten später war das erledigt und Franca ließ alle Anwesenden schön grüßen. Unbekannterweise auch den ›Schwiegersohn‹.

»Ich hoffe, Sie werden uns nicht für unsensibel halten, aber wir müssen auch über unseren zweiten Fall sprechen«, meinte Miki Schneckenburger zu Sterzinger. »In dieser Sache macht sogar der Innenminister persönlich Druck und damit ist das, zumindest offiziell, die Causa Numero Uno.«

Natürlich verstand Sterzinger, was sonst hätte er tun sollen. Tatsächlich fühlte er sich wirklich besser als in den Tagen vorher. Immerhin geschah jetzt etwas und er hatte den Eindruck, dass die Angelegenheit bei diesen Männern in guten Händen war. Vor allem baute er nach wie vor darauf, dass seine Silvana sehr gut in der Lage war, auf sich selbst Acht zu geben. Zumindest bisher war das immer so gewesen.

*

In der Nähe der Oper betrat einer der derzeit berühmtesten Tenöre der Welt, Gian Franco di Bari, der eben einen triumphalen Manrico abgeliefert und vom begeisterten Wiener Publikum gezählte 14 Vorhänge dafür erhalten hatte, mit seinem Gefolge das bekannte Haubenlokal ›Le Plaisir‹. Die Gäste, viele davon hatten die Vorstellung besucht und waren selbst eben erst gekommen, wie das Personal sparten ebenfalls nicht mit Applaus für den prominenten Besucher. Großzügig gestattete der mediengeile Star den nachdrängenden Fotografen und einem Kameramann einige Aufnahmen, ehe der Restaurantchef die wie wild mit ihren Blitzlichtern blitzende Meute freundlich, aber bestimmt wieder ab- und zur Tür hinausdrängte.

An einem Tisch gleich neben dem von di Bari und seiner Runde saß Rechtsanwalt Dr. Walter Göllner und löffelte an einem ›Sorbet von tropischen Früchten‹. Ihm gegenüber delektierte sich ein älterer, grauhaariger Herr mit einer dicken Hornbrille an einer Portion ›Mousse au chocolate‹. Beide hatten sich durch den Auftritt des Sängers nur kurz stören lassen und ihr Gespräch gleich wieder fortgesetzt. Das heißt, eigentlich sprach fast nur der Anwalt, sein Gast hingegen machte sich eifrig Notizen, nickte hin und wieder mit dem Kopf und starrte gelegentlich nachdenklich ins Leere.

»Natürlich würde ich mich für ihre Bemühungen in geeigneter Form erkenntlich zeigen«, meinte der jüngere Mann gerade zu dem älteren, wie der Ober im Vorübergehen aufschnappen konnte. Worum es dabei ging, wusste er nicht.

Da der jüngere Mann beim Bezahlen der Rechnung über 300 Euro lediglich ein Trinkgeld von 12,40 Euro liegen ließ und sich damit für die Bemühungen der Servicemannschaft nicht gerade in geeigneter Form erkenntlich zeigte, sollte sich Johann Meller, so der Name des Obers, noch nach Tagen genau an eine bestimmte Aussage und das dazugehörende Gesicht erinnern können.

*

Wesentlich weniger lukullisch war das heutige Abendessen Silvana Sterzinger-Godajs ausgefallen. Nur dank ihres besonders feinen, geschulten Geschmacksinns war es ihr möglich gewesen, den pampigen, auf einem Plastikteller servierten Brei als eine Art Erdäpfelpüree zu identifizieren, wie der Kartoffelbrei in Wien genannt wurde. Es handelte sich dabei offenbar um ein mit heißem Wasser angerührtes Fertigprodukt, das noch dazu schrecklich versalzen war.

Obwohl sie inzwischen sicher war, dass sowohl das in einem Krug servierte Trinkwasser als auch der morgendliche Tee mit einem starken Schlafmittel versetzt worden waren, konnte sie nicht anders, als zu trinken. Um das permanent starke Durstgefühl zu bekämpfen, unter dem sie zu leiden hatte, seit sie sich in diesem schrecklichen, kargen Kellerabteil befand.

Anders als durch die Einwirkung von Sedativa über die Getränke konnte sie sich den dauernden Dämmerzustand, in dem sie sich in den letzten Stunden befunden hatte, in den wenigen kurzen Momenten, in denen sie einigermaßen klar war, nicht erklären.

Sie wusste nicht, wie lange sie bereits in diesem Kobel ohne Tageslicht festgehalten wurde, da man ihr ihre Armbanduhr abgenommen hatte. Sie schätze ihre Anwesenheit an diesem wahrlich ungastlichen Ort auf zwei Tage, sicher war sie sich aber keineswegs.

Gott sei Dank hatte sie ihr neues Handy, kurz bevor man ihr ihre Sachen weggenommen hatte, instinktiv aus der Tasche entfernt und direkt am Körper versteckt. An einer Stelle, an der sie aus mehreren Gründen hoffte nicht untersucht zu werden.

Dann hatte man ihr die Tasche weggenommen und ihre Kleidung abgetastet. Glücklicherweise nicht genau genug. Der unbekannte Entführer, wegen des aufdringlichen Rasierwassers war sie trotz Augenbinde sicher, dass es sich um einen Mann gehandelt hatte, war zwar ziemlich grob gewesen, schien aber doch genügend Anstand zu haben, einer Frau nicht so ohne weiteres in den Slip zu greifen.

Allerdings war es ihr bisher nicht möglich gewesen, eine Verbindung herzustellen. Noch nicht, hoffentlich. Sie befürchtete, dass sie sich hier in einem Keller weit unter dem Straßenniveau befand und von dicken Mauern umgeben war. Aber vielleicht würde man sie ...

Silvana versuchte krampfhaft wach zu bleiben und den Gedanken fertig zu denken. Aber der Beruhigungsdrink zeigte bereits wieder Wirkung und gleich darauf war sie erneut eingeschlafen.

*

Nachdem Sandegger die Ausgangssituation des Falles ›Albert Göllner‹ nochmals kurz in Erinnerung gerufen hatte, machte er Wilma und Sterzinger ausdrücklich klar, dass die nun folgenden Informationen streng vertraulich waren. »Falls bekannt wird, dass ich über laufende Ermittlungen plaudere, komme ich in Teufels Küche«, schärfte er den beiden ein.

»Es sieht nach wie vor schlecht aus für den alten Mann«, fasste er schließlich zusammen. »Auf der Pistole, aus der die Schüsse abgegeben worden sind, befinden sich nur die Fingerabdrücke Göllners. Er bestreitet auch gar nicht die Schüsse abgegeben zu haben, beharrt aber darauf, die Waffe mit Schreckschussmunition geladen und nur in die Luft geschossen zu haben.«

»Darf ich auch etwas dazu sagen?«, schüchtern meldete sich Sterzinger zu Wort.

»Ich bitte darum«, räumte Wallner ein, obwohl Sandegger über die vermutlich unqualifizierte Unterbrechung nicht erfreut zu sein schien.

»Mir ist gerade ganz spontan eine Geschichte eingefallen, die ich in einem Buch von Salcia Landmann[1] gelesen habe«, meinte er, »und die irgendwie auf diese Situation passt.«

[1] Salcia Landmann »Der jüdische Witz«

»Na, dann lass einmal hören«, ermunterte ihn Palinski. »Vielleicht kommen wir auf diesem Umweg weiter.«

»Ein alter Mann kommt zum Rabbi und sagt: ›Du, ich hab geheiratet a junges Weib und das schenkt mir jetzt a Kind. Ist das nicht a Wunder?‹ Der Rabbi überlegt kurz, dann sagt er: ›Ich muss dir jetzt erzählen a Geschicht. Ein Kolleg von mir is gegangen durch die Wüste mit nix dabei außer sein Regenschirm. Plötzlich a schreckliches Gebrüll, a fürchterlicher Löwe nimmt Anlauf und will mein Kollegen zerfleischen. Der hat gesendet a Stoßgebet gegen Himmel, hat sein Schirm angelegt wie ein Gewehr und die Augen zugemacht. Dann is gegangen Bumm und der Löwe war tot.‹

›Was für a Wunder‹, lobte der werdende Vater, ›Gott sei gepriesen.‹ ›Gar ka Wunder‹, korrigierte ihn der Rabbi, ›hinter mein Freund ist auch einer gstanden und hat gschossn mit ein echten Gewehr.‹«

Herzhaftes Gelächter belohnte den guten Vortrag sowie die trefflich gesetzte Pointe. Sogar der italienische Kellner, der sich verdächtig langsam am Tisch vorbeigeschlichen hatte, hatte den Witz mitbekommen.

»Molto buono, questo scherzo, icke musse mir merke die Geschicht, Signore«, er klopfte dem neuen Gast anerkennend auf die Schulter.

»Wenn ich das richtig verstehe, dann sind Sie der Meinung, dass Albert Göllner die tödlichen Schüsse gar nicht abgegeben hat«, meinte Sandegger nachdenklich. »Dass eine zweite Person gleichzeitig zweimal scharf und vor allem gezielt geschossen hat. Sozusagen akustisch versteckt hinter den beiden Schüssen Göllners.«

»Das erscheint zunächst zwar etwas weit hergeholt«, Wallner nickte abwägend mit dem Kopf, »aber es würde die Aussage Göllners bestätigen.«

»Mir ist der Gedanke auch schon gekommen«, räumte Sandegger ein. »Einige Bewohner des benachbarten Gemeindebaus geben an Schüsse gehört zu haben. Einer spricht von mehreren Schüssen. Einer hat angeblich drei gehört, wieder ein anderer sogar vier. Sie haben sich aber nichts weiter dabei gedacht, weil sie die gelegentlichen Eskapaden Göllners kennen und ihm sogar dankbar dafür sind. Immerhin ist das die sicherste Gegend Döblings, wahrscheinlich der ganzen Stadt.«

»In unserer Datenbank habe ich einen Fall entdeckt, in dem die Fingerabdrücke auf den Patronen eine entscheidende Rolle gespielt haben«, warf jetzt Florian Nowotny ein. »Falls Göllner die scharfe Munition selbst geladen hat, müssten sich eigentlich seine Fingerprints auf den Hülsen befinden.«

»Also, dass man auch von Patronenhülsen Abdrücke abnehmen kann, habe ich nicht gewusst«, gab Palinski zu. »Ich habe immer gedacht, die Oberfläche ist zu glatt.«

»Im Internet wird ausdrücklich darauf hingewiesen, dass die Untersuchung der Patronen häufig selbst von Profis übersehen wird. Dabei denken angeblich die wenigsten Kriminellen daran, beim Nachladen Handschuhe zu verwenden.« Florian war stolz auf seinen Beitrag zum Thema und Palinski auf seinen cleveren Schützling.

»Das ist ein guter Hinweis«, erkannte auch Sandegger an, »wir werden das morgen sofort nachprüfen. Obwohl die Prints oft nicht sehr gut erkennbar sind.«

»In einer Abhandlung zu dem Thema kommt ein Mitarbeiter von Scotland Yard zu dem Schluss, dass Fingerabdrücke auf Patronen zwar häufig keine positive Identifizierung erlauben. Aber sie liefern in der Regel ausreichend Merkmale, um Personen als Täter ausschließen zu können«, gab Florian nochmals seinen Senf dazu.

Senf von allererster Güte, wie Palinski fand. Er hatte sich die Fotos vom Tatort, vor allem jene mit den beiden Leichen, lange angesehen.

»Komisch«, murmelte er, »da stimmt doch etwas nicht. Wie groß ist, war der getötete Mann eigentlich?«, wollte er von Sandegger wissen.

»Josef Hilbinger war nicht sehr groß«, Sandegger blätterte in seinen Unterlagen, »er war bloß ..., hier stehts ja, er war nur 1,73, die Frau war vier Zentimeter größer.«

»Der Treffer genau in die Stirn sieht so aus, als ob der Einschusswinkel ziemlich genau 90 Grad betragen hat«, stellte Palinski fest. »Wenn Göllners Schuss vom zweiten Stock, bei einem Altbau also aus einer Höhe von mindestens acht Metern, getroffen hätte, müsste da nicht der Eintritt der Patrone in einem wesentlich spitzeren Winkel erfolgt sein?«

»Das kommt auf die Kopfhaltung Hilbingers im Moment des Eindringens der Patrone an.« Sandegger sah sich die Fotos noch einmal genau an. »Im Prinzip haben Sie aber völlig recht«, bestätigte er Palinskis Vermutung. »Dass ein Schuss aus dem zweiten Stock im rechten Winkel in die Stirn eingedrungen sein soll, ist sehr unwahrscheinlich. Das hätte dem Kollegen Kreuzbacher eigentlich auffallen müssen. In seinem Bericht steht kein Wort davon.«

»Göllners Aussage wird immer glaubwürdiger. Wie es aussieht, könnte ein unbekannter Zweiter, der sich auf der Straße gegenüber befunden haben muss, die beiden gezielten Schüsse auf das Paar abgegeben haben«, resümierte Wallner. »Als Arbeitshypothese für das Wie gibt das schon einmal eine ganze Menge her. Aber wie sieht es jetzt mit dem Wer und dem Warum aus?«

»Dieser Unbekannte muss irgendwie und irgendwann dafür gesorgt haben, dass Göllners Waffe mit scharfer Munition geladen worden ist«, nahm Sandegger den Ball wieder auf. »Dafür spricht die Aussage der Haushaltshilfe, die fest davon überzeugt ist, dass jemand in der Wohnung gewesen sein muss, während sie Göllner zum Arzt begleitet hat.« Er fuhr sich nervös durch die Haare, wie er es immer tat, wenn er Blut geleckt hatte. Nur im sprichwörtlichen Sinn natürlich.

»Ferner muss der Täter Göllners Gewohnheiten sehr gut kennen und gewusst haben, dass dieser so reagieren würde, wie er reagiert hat. Und das innerhalb eines ganz bestimmten Zeitfensters. Oder glaubt jemand allen Ernstes, dass der Mörder Nacht für Nacht auf der Lauer gelegen ist, um ja präsent zu sein, wenn dann endlich einmal alle Voraussetzungen zusammentreffen?«

Nein, das nahm keiner der Anwesenden an. »Das schränkt die Zahl der in Frage kommenden Personen erheblich ein«, fuhr Wallners Stellvertreter fort. »Ich würde sagen, auf zwei, maximal drei.«

»Bleibt die Frage nach dem Motiv«, entfuhr es Palinski. »Hat irgendjemand von euch eine Idee, warum man die beiden jungen Leute umgebracht haben könnte?«

»Da gibt es grundsätzlich zwei Möglichkeiten«, stellte Sandegger fest. »Entweder jemand wollte den Mann oder die Frau loswerden, aus welchem Grund auch immer. Wer weiß, vielleicht sogar beide. Oder …«, er räusperte sich ein, zwei Mal, ehe er weitersprach »… jemand wollte dem alten Göllner was anhängen.«

»Was ist denn über die beiden Opfer bekannt?«, wollte Wallner wissen.

»Nach Aussagen ihrer Mutter hat Marika Estivan Biologie studiert und daneben halbtags in einer Tierhandlung gearbeitet«, wusste Sandegger. »Josef Hilbinger ist, war vermutlich arbeitslos. Wir haben bei ihm eine Terminkarte des AMS[2] gefunden. Er hat noch Freitag vergangener Woche einen Termin mit seinem Betreuer gehabt, seinen letzten Termin.«

»Und woher kannten sich die beiden?«, wollte Ministerialrat Schneckenburger wissen.

»Sie haben beide im gleichen Haus in der Gersthofer Straße gewohnt. Waren aber kein Paar, nicht einmal befreundet, sondern nur Bekannte, hat Frau Estivan ausgesagt.« Sandegger wirkte etwas skeptisch. »Das muss natürlich nicht stimmen, Mütter wissen auch nicht immer alles. Angeblich hat Hilbinger eine Partnerin für einen Job gebraucht. In einer Spieldokumentation sollten sie ein Paar mimen. Dafür hat Marika angeblich 500 Euro bekommen.«

»Und wer soll diese Dokumentation gemacht haben?«

»Das hat die Frau nicht gewusst. Nur, dass Josef den Job angeblich im Arbeitsamt bekommen hat«, Sandegger schüttelte verneinend den Kopf. »Und nein, am Tatort war nichts zu finden, was auf Film- oder Videoaufnahmen schließen ließ. Übrigens haben in dieser Nacht nirgendwo in Wien Dreharbeiten stattgefunden, zumindest nicht offiziell.«

»Also vielleicht ein Trick, um sicherzustellen, dass sich die Opfer zu einer bestimmten Zeit an einen bestimmten Ort befanden«, schlussfolgerte Wallner. »Wo sie nur etwas in eine ganz bestimmte Richtung andeuten mussten, um Albert Göllners Aufmerksamkeit auf sich zu lenken.«

»Der schoss dann wie erwartet zur Abschreckung in die Luft, während der Mörder, übrigens ein ausgezeichneter Schütze, wie es aussieht, die beiden jungen Menschen tötete.« Sandegger räusperte sich neuerlich. »Dann musste er nur noch verschwinden, ehe die Polizei eintraf. Ein

[2] Arbeitsmarktservice, früher Arbeitsamt

simpler und dennoch höchst raffinierter Plan«, musste der Experte anerkennen. »Wer aber hatte einen Grund, Marika oder Josef zu töten, und warum? Da steht uns noch einige Arbeit bevor, bis der Fall gelöst sein wird.«

»Und das solltet ihr so rasch wie möglich tun«, mahnte Miki Schneckenburger. »Besser gestern als heute, denn der Minister schleift bereits die langen Messer für das große Opferfest am Altar der Medien.«

4

Franca Wallner, die nach dem gestrigen Anruf ihres Mannes sofort telefonischen Kontakt mit Ildiko Godaj aufgenommen und einen Termin für heute Morgen vereinbart hatte, saß bereits um 7.30 Uhr in der Halle des Seniorenstifts ›Sonnenberg‹ und wartete auf Silvanas Großmutter. Die sportliche, mit ihren 73 Jahren wie eine attraktive Mittfünfzigerin wirkende Frau erschien pünktlich und in Begleitung eines alten Herrn in einem für diese Tageszeit und in dieser Umgebung etwas übertrieben wirkenden, überkorrekten, dunkelgrauen Anzug.

»Das ist Baron Mirko Bodovich, ein Freund«, stellte sie vor und der alte Kavalier ließ es sich nicht nehmen, Franca mit einem Handkuss zu begrüßen. Dem ersten dieser Art im Leben der Kriminalbeamtin und hoffentlich auch dem letzten. Denn auf diese anachronistische, im speziellen Fall noch dazu spürbar feuchte Höflichkeit konnte sie für die Zukunft gut verzichten. »Und das ist Franca Wallner, eine Bekannte meines Schwiegerenkels. Mit ihr werde ich jetzt nach Wien fahren. Danke, dass du meine Reisetasche getragen hast.«

Der alte Galan stellte das Gepäckstück, das er für die Dame seines Herzens, für die er Ildiko zu halten schien, gehorsam getragen hatte, ebenso gehorsam ab. Dann schlug er die Hacken zusammen und beugte sich über Ildikos Hand, um sie, Abschied nehmend, ein weiteres Mal abzuschlecken. Franca wollte den alten Herrn erst gar nicht in

Versuchung führen und entzog sich durch einige beiläufig wirkende Schritte in Richtung Rezeption einem neuerlichen Anschlag auf ihren inzwischen wieder trockenen Handrücken.

»Eine gute Fahrt den Damen«, nuschelte der alte Galan, drehte sich am Platz um und humpelte in Richtung Frühstücksraum davon.

»Mirko ist ja ein Schatz«, flüsterte Ildiko Franca zu, »aber er ist ein wenig lästig und fürchterlich neugierig. Ich habe mir gedacht, es wird besser sein, unser Gespräch nicht hier zu führen.«

»Eine gute Idee«, stimmte Franca zu. »Und was für einen Ort schlagen Sie vor?«

»Ach Gott«, meinte Ildiko harmlos, »auf der Fahrt nach Wien werden wir genügend Zeit haben, das Thema ›Silvana‹ ausführlich zu besprechen.«

Jetzt war Franca, was selten vorkam, etwas perplex. »Ach, Sie denken wirklich daran, nach Wien zu fahren. Das war nicht nur ein Ablenkungsmanöver, um Ihren Baron loszuwerden?«

»Aber nein, mein Kind, ganz und gar nicht. Sie haben gestern Abend doch gesagt, dass Sie mich heute noch sprechen möchten, bevor Sie nach Wien fahren.« Die alte Dame lachte die Kriminalbeamtin unschuldig an. »Und da habe ich gedacht, das wäre eine ausgezeichnete Gelegenheit, wieder einmal aus diesen alten Mauern auszubrechen. Im Übrigen bin ich die Einzige noch lebende Verwandte Silvanas, außer ihrem Vater natürlich. Und mit Sicherheit die Einzige, die die ganzen Hintergründe der Laplan-Geschichte kennt.« Sie blickte Franca verschwörerisch an und senkte die Stimme etwas. »Ich bin überzeugt davon, dass das Verschwinden meiner Enkelin mit ihren Plänen und damit mit diesem unmöglichen Oskar zu tun hat. Dabei war sein Vater so ein reizender Mensch. Also, ich möchte mit Ihnen nach Wien fahren. Ich zahle auch die Hälfte des Benzins.«

Jetzt musste Franca lachen. »Das wird nicht notwendig sein, Frau Godaj, natürlich nehme ich Sie gerne mit. Wahrscheinlich ist das sogar eine gute Idee, denn ich wüsste im Moment gar nicht, was ich Sie alles fragen soll. Das wissen meine Kollegen in Wien besser.« Sie stand auf und nahm die Reisetasche ihrer Mitreisenden. »Na, dann wollen wir. Ich muss allerdings noch kurz bei meinen Eltern vorbeischauen und meine Sachen holen.«

»Tun Sie das, mein Kind«, Ildiko Godaj machte einen sehr zufriedenen Eindruck, »ich habe Zeit.«

*

Sandegger hatte als Erstes heute Morgen das kriminaltechnische Labor kontaktiert und ersucht, die Patronen in der von Albert Göllner abgefeuerten Waffe auf Fingerabdrücke zu untersuchen. Konsequenterweise hatte er gleichzeitig einen Schusstest angefordert, um Göllner mit dessen Ergebnis entweder endgültig festnageln oder von der Leine lassen zu können.

»Ich habe geglaubt, es steht ohnehin außer Zweifel, dass die tödlichen Schüsse aus der Waffe stammen«, entschuldigte sich der Dienst habende Beamte, »sonst hätten wir den Test schon längst durchgeführt.«

»Das war kein Vorwurf, Herr Kollege«, hatte Sandegger beruhigt, »auch ich war bisher dieser Ansicht. Aber es haben sich neue Gesichtspunkte ergeben.« Dazu kam diese verdammte Sparwelle, die die Polizei zwang, auf alle nicht wirklich erforderlichen Untersuchungen zu verzichten. Der Gedanke daran hatte den Inspektor ganz zornig gemacht. Manchen Leuten ist ein ausgeglichenes Budget wichtiger als das Schicksal womöglich unschuldiger Menschen, war es ihm durch den Kopf gegangen.

Jetzt hatte er die Anwaltskanzlei ›Baltus, Denggler, Haselberger und Partner‹ betreten und war gebeten worden im Warteraum Platz zu nehmen. Da, wie er befürchtet hatte, der Anwalt noch nicht erschienen war.

»Der Herr Doktor hat vorhin angerufen und lässt sich entschuldigen. Er steckt im Stau auf der Tangente, hofft aber in Kürze hier einzutreffen«, beschied ihm die nicht sehr freundliche Kanzleikraft.

Komisch, dachte Sandegger, der sich informiert hatte. Was machte ein Mensch, der im 17. Bezirk wohnte und mit dem Auto in den 1. Bezirk fahren wollte, auf der Südost-Tangente. Das war genauso, wie wenn man von München nach Stuttgart über Frankfurt fahren würde. Für den Inspektor stand fest, dass es sich dabei um eine Lüge handeln musste, und er hoffte im Interesse von Haselbergers Mandanten, dass dem Anwalt bei Gericht geschicktere Ausreden einfielen.

»Nun denn, auch gut«, meinte er zu der barschen Kanzleikraft, »dann fange ich eben mit Ihrer Befragung an. Sie haben ja mit Frau Sterzinger-Godaj gesprochen. Also erzählen Sie einmal.«

*

Obwohl sich Sterzinger seit vorgestern einredete, keine übermäßigen Sorgen um seine Frau haben zu müssen, da Silvana bisher mit allen Problemen sehr gut selbst fertig geworden war, hatte er letzte Nacht sehr schlecht geschlafen. Er hatte sich zwar mit der Überlegung getröstet, dass im Falle einer Entführung seiner Frau sicher schon eine

Lösegeldforderung erhoben worden wäre und die Liebe seines Lebens tatsächlich nur wieder einmal, einem Impuls folgend, plötzlich nach Paris, Moskau oder London gejettet war. Nur weil sie von der außerordentlichen Leistung irgendeines Patissiers gehört hatte und sich an Ort und Stelle selbst davon überzeugen wollte. In ihrem genialen, künstlerischen ›Wahnsinn‹ war sie gelegentlich unberechenbar. In solchen Situationen konnte sie ganz schön unzuverlässig sein, was die Kommunikation mit den ihr nahe stehenden Menschen betraf.

So war sie einmal zum Obstmarkt nach Bozen unterwegs gewesen, hatte im Autoradio von einem neuen, sensationellen Pasticciere in Massa Marittima gehört und war einfach ein paar 100 Kilometer weitergefahren.

Damals hatte sie sich immerhin abends gemeldet und mitgeteilt, dass sie erst am nächsten Tag wieder zu Hause sein würde. Dass sie sich diesmal nicht gemeldet hatte, lag sicher daran, dass sie ihr Handy vergessen hatte.

Das war alles andere als ein überzeugendes Argument, das hatte auch Sterzinger gewusst und die Angst hatte ihn neuerlich wie eine Welle erfasst. Eine Welle, die von Mal zu Mal größer geworden war und ihn immer mehr zu verschlucken gedroht hatte.

Erst in den frühen Morgenstunden war es ihm gelungen, für einige Stunden in einen unruhigen Schlaf zu fallen.

Jetzt saß er mit Wilma und Palinski beim Frühstück und ließ die Bemühungen der beiden, ihn ein wenig abzulenken, dankbar über sich ergehen.

Wilma hatte kurzfristig die nächsten beiden Tage freigenommen, um sich um den unerwarteten, durchaus willkommenen Familienzuwachs zu kümmern. Insgeheim befürchtete sie wohl, dass ihr Mario die ganze Angelegenheit zu sehr aus der etwas distanzierten, kriminologischen Sicht angehen würde. Obwohl er als Vater Silvanas höchstpersönlich involviert war. Und dem wollte sie ihren sympathischen ›Stiefschwiegersohn‹ nicht aussetzen.

»Ich finde es toll, dass du keine Sekunde lang in Frage gestellt hast, Silvanas Vater zu sein«, erkannte Sterzinger gerade an, »obwohl du lediglich mein Wort dafür hast.«

»Ich bin fast sicher, dass sich Mario der Sache auch angenommen hätte, wenn du als völlig Fremder in sein Büro gekommen wärst«, antwortete Wilma stellvertretend. »Das ist so seine Art, dazu faszinieren ihn solche Probleme viel zu sehr.«

»Ja, aber nur gegen ein gewaltiges Honorar«, warf Palinski ein und zwinkerte dabei mit einem Auge. »Mindestens ein Wochenende für die Familie im ›Rittener Hof‹.«

Auch Sterzinger lachte, allerdings mehr höflich als belustigt. »Die konkrete Situation ist eine Sache, aber die Nachricht, dass man angeblich Vater einer 26-jährigen Tochter sein soll, eine ganz andere.«

»Wenn Veronika mich als Vater bezeichnet hat, dann bin ich der Vater. Abgesehen von meiner Mutter und Wilma«, er nahm liebevoll die Hand der Frau, die er seit fast 25 Jahren nicht geheiratet hatte, »ist Veronika die wichtigste Frau in meinem Leben gewesen. Ihr verdanke ich sehr viel und ihrer Tochter würde ich jederzeit helfen, auch wenn sie nicht meine Tochter wäre.«

»Wieso hat sich deine Beziehung zu Silvanas Mutter nur auf fünf Monate in diesem speziellen Sommer beschränkt?«, wollte Sterzinger wissen und auch Wilma blickte durchaus interessiert.

»Es mag vielleicht so aussehen, als ob ich die Beziehung zu Veronika plötzlich abgebrochen hätte«, räumte Palinski ein, »aber so war es nicht. Ich habe in diesem Sommer am Wörthersee gejobbt. Zunächst als Lohndiener, dann als

Hilfsportier im ›Peninsula-Hotel‹ in Pörtschach. Ich war noch keine 20 Jahre alt und völlig unerfahren, vor allem, was Frauen betraf. Veronika hat die Tagesbar in der Hotelhalle geführt, zusammen mit einer Praktikantin aus einer Hotelfachschule. So ist es gekommen, dass wir uns sehr oft gesehen haben.« Palinski nahm einen Schluck Kaffee.

»Als sie dann das erste Mal abends mit mir ausgegangen ist, war ich stolz wie ein König und habe mich für den ›Aufreißer‹ schlechthin gehalten. Aber nicht ich habe Veronika genommen, sondern sie mich. Heute weiß ich das, damals habe ich mir weiß Gott was darauf eingebildet, eine um sechs Jahre ältere Frau herumgekriegt zu haben.«

Die Wochen bis Ende September waren eine wunderschöne Zeit für das ungleiche Paar gewesen. Da war der postpubertäre Jurastudent vor seinem dritten Semester, der gelegentlich noch Wimmerln im Gesicht bekam. Dort die ungemein attraktive, erfahrene Frau, die von vielen Männern verehrt und begehrt wurde.

»Am Anfang war ich unheimlich eifersüchtig auf all diese Machos, die die Bar belagert haben und die schleimenden Gagas aller Altersstufen«, erinnerte sich Palinski. »Aber Veronika hatte die wunderbare Gabe, mit allen gut auszukommen, sie in die Schranken zu weisen, ohne dass ihr die Abgewiesenen böse gewesen wären.«

Sterzinger nickte zustimmend und Wilma hatte den Verdacht, dass ihm das irgendwie bekannt vorkam.

»Und nach wenigen Tagen hatte mir Veronika klargemacht, dass es eben zu ihrem Job in der Bar gehörte, selbst die anlassigsten Männer nicht ganz vor den Kopf zu stoßen«, erinnerte Palinski sich. »Gleichzeitig hat sie mir das Gefühl vermittelt, dass es privat nur einen Mann für sie gab, mich.« Er blickte verträumt vor sich hin. »Das war ein wunderbares Gefühl.«

Zu Saisonschluss ging man auseinander, mit der unausgesprochenen Absicht, die Beziehung trotz der rund 200 zwischen Wien und Graz liegenden Kilometer irgendwie fortzusetzen.

»Als ich Veronika nach einigen Tagen unter der angegebenen Adresse erreichen wollte, hat sie da niemand gekannt«, Palinski schüttelte traurig den Kopf. »Sie hatte mir eine falsche Adresse gegeben, keine Ahnung warum.«

»Wahrscheinlich wollte sie die Beziehung von Anfang an auf den Sommer begrenzen«, vermutete Wilma, der die auch ihr bisher zum Teil unbekannten Details unter die Haut gegangen zu sein schienen.

»Hast du nie versucht Veronika auszuforschen?«, wollte Sterzinger wissen.

»Natürlich, aber ich habe zunächst keine Ahnung gehabt, wie. Ich meine, die Telefonbücher durchsucht habe ich ohnehin. Immer wieder. Und für einen Privatdetektiv war einfach kein Geld da.« Palinski atmete hörbar ein. »Vor allem aber war ich ungemein verletzt, habe mich verraten gefühlt. Es war eine schlimme Zeit. Dann habe ich …«, er blickte Wilma liebevoll an, »... dieses Mädchen hier kennengelernt und alles hat wieder anders ausgesehen.«

»Hast du Silvanas Mutter eigentlich geliebt?«, Sterzinger war nicht von der neugierigen Sorte, schoss es Wilma durch den Kopf. Just in diesem Moment begann das Telefon zu läuten.

»Eine gute Frage«, meinte Palinski, stand auf und ging zum Apparat. Er wechselte einige Worte mit dem Anrufer und kam dann an den Tisch zurück.

»Das war Helmut Wallner«, informierte er die beiden, »er bittet mich, ein Gespräch mit diesem Albert Göllner zu führen. Ich soll mir einen Eindruck über den Mann verschaffen. Er will wissen, ob ich finde, dass er spinnt oder klar im Kopf ist.«

»Aber ist das nicht die Aufgabe eines Psychiaters?«, warf sein Schwiegersohn nicht ganz zu Unrecht ein.

»Meine Freunde bei der Polizei sind der Meinung, dass ich so etwas wie gesunden Menschenverstand habe. Und nicht ganz im Polizeischema denke.« Sein Schwiegervater war sichtlich stolz auf seinen Ruf, fand Sterzinger.

»Ich soll ja nicht die Frage beantworten, ob Göllner im pathologischen Sinne Defizite hat, sondern ob seine Aussage glaubhaft erscheint oder nicht«, stellte Palinski klar. »Und darum werde ich mich jetzt auch gleich kümmern.«

»Kann ich mitkommen«, wollte Sterzinger wissen. »Sonst fällt mir noch die Decke auf den Kopf.«

»Klar«, freute sich Palinski, »gerne. Immerhin sehen vier Augen mehr als zwei und das gilt auch für die Ohren und das Hören. Übrigens bringt Franca Silvanas Großmutter mit nach Wien. Helmut erwartet die beiden kurz nach Mittag im Kommissariat.«

Fünf Minuten später waren die beiden gegangen und ließen eine leicht enttäuschte Wilma zurück. Sie hatte sich schon darauf eingestellt, Fritz durch Wien zu schleifen, um ihn von seinen Sorgen abzulenken. Am meisten ärgerte sie aber, dass Wallners Anruf exakt in dem Augenblick gestört hatte, als Mario auf eine Frage eingehen wollte, deren Beantwortung sie sehr, aber wirklich sehr interessiert hätte.

*

Die Pressekonferenz des Innenministers sollte heute ausnahmsweise bereits um 10 Uhr beginnen. Jetzt war es einige Minuten über die Zeit und vom Minister weit und breit nichts zu sehen. Die Pressesprecherin Fuscheés versuchte, die langsam unruhig werdende Meute mit kleinen anekdotischen Happen ruhig zu stellen. Was nicht wirklich gelang, da die gute Frau schon lange in dieser Funktion war und die meisten der anwesenden Journalisten ihre ausgelutschten Geschichten bereits kannten.

Ministerialrat Schneckenburger, als Vertreter des Ministers im Bundeskriminalamt bei Presseveranstaltungen immer auf seinem Posten, um seinem Chef bei kniffligen oder allzu ins Detail führenden Fragen zur Seite zu stehen, trat ans Mikrofon und bat um Aufmerksamkeit.

»Der Herr Minister lässt sich für die Verspätung entschuldigen«, schummelte er, der keine Ahnung hatte, wo der Alte solange blieb »aber ein äußerst wichtiges, unaufschiebbares Telefonat hat leider den Terminplan ein wenig durcheinandergebracht. Wenn Sie sich inzwischen vielleicht an dem kleinen Buffet stärken wollen, das wir für Sie vorbereitet haben.«

Das Ablenkungsmanöver war durchaus gut gemeint und im Prinzip auch richtig. Was Schneckenburger übersehen hatte, war, dass von den köstlichen Canapés, den in Blätterteig gehüllten Würstchen und den herrlichen Petit fours kaum noch etwas übrig geblieben war. Viele Vertreter der vierten Macht waren es gewöhnt, sich zu bedienen, wann sie wollten und nicht, wenn sie dazu aufgefordert wurden. Die Reaktion auf die von vielen als schlichte Pflanzerei angesehene Aufforderung war daher entsprechend ambivalent.

Was der Ministerialrat ebenfalls nicht wusste, war, dass der Minister tatsächlich ein wichtiges, wenn auch nicht unbedingt unaufschiebbares Gespräch mit dem Bundeskanzler führte, dem die in dem Fall ›Göllner‹ steckende Brisanz inzwischen bewusst geworden war.

»Also Josef, ich baue darauf, dass du die Sache im Griff hast«, stellte Dr. Waidling klar. »Eine weitere Diskussion über Unzulänglichkeiten im Sicherheitsapparat können wir uns derzeit nicht leisten. Und so einen Anruf wie den heute von Professor Fender-Beissen möchte ich nicht mehr erleben.«

»Es ist wirklich zum Haare ausreißen«, warf der Minister ein, »dass das weibliche Opfer nicht nur tot, sondern auch die Nichte eines grünen Bezirksrates ist.«

»Wenn du das so den Medien sagst«, meinte der Kanzler mit eisiger Stimme, »dann gibt es noch heute Abend einen neuen Innenminister. Etwas mehr Pietät, Josef, wenn ich bitten darf.«

»Aber so habe ich das doch nicht gemeint«, der sonst so selbstsichere Fuscheé war plötzlich genau das Gegenteil. »Ich meinte nur …«

»Es ist völlig schnurz, was du gemeint hast. Wir werden leider nicht an dem gemessen, was wir meinen, sondern an dem, was wir sagen«, brummelte der Regierungschef. »Zumindest, wenn sich das gesprochene Wort besser gegen uns verwenden lässt als unsere Intentionen. Du kennst doch die Opposition und die Medien genauso gut wie ich. Also mach keinen Mist, dir fehlen immerhin noch mehr als sechs Monate auf die Ministerpension.«

Damit hatte der Bundeskanzler das Gespräch einfach beendet und der leidlich verunsicherte Innenminister machte sich endlich auf den Weg zur Pressekonferenz.

Als Fuscheé mit insgesamt 20 Minuten Verspätung erschien, war das Buffet so gut wie kahl gefressen. Lediglich ein rundes Dutzend speziell für Veganer vorbereiteter Sandwichs zeigte sich völlig unberührt von dem vorangegangen Ansturm.

Der Minister hatte sich inzwischen wieder gefangen und trat in der für ihn typischen Pose eines Volkstribuns vor die Medienvertreter. Nach ein paar entschuldigenden Worten, bei welchen er nicht davor zurückschreckte, in einem Halbsatz tatsächlich gar nicht ausgesprochene Grüße des Bundeskanzlers einfließen zu lassen, ging es los mit der lästigen Fragerei.

Die erste Fragestellerin, eine langjährige Mitarbeiterin des größten Kleinformats im Lande, brachte die Sache sofort auf den Punkt.

»Ist es richtig, dass der Todesschütze schon vor Jahren durch den unkontrollierten Umgang mit einer Schusswaffe auffällig geworden und der Polizei bekannt war?«, wollte die Hyäne in Frauenkleidern wissen.

»Bei Albert Göllner, den Sie unter bewusster Negierung der Unschuldsvermutung als ›Todesschützen‹ bezeichneten«, Fuscheé konnte es nicht lassen, zurückzuschießen, »handelt es sich um einen äußerst verdienten, ehemaligen, leitenden Kriminalbeamten des Koats Döbling. Mit seiner auch im Ruhestand vorbildlichen Präsenz an der Verbrechensfront hat er dafür gesorgt, dass der untere Abschnitt der Billrothstraße die sicherste Gegend Wiens ist. Die Bewohner dieser Gegend sind dem ›wachsamen Albert‹, wie sie ihn liebevoll bezeichnen, sehr dankbar.«

Dieser Punkt könnte sogar an seinen Chef gehen, hoffte Schneckenburger.

»Ist es nicht, um es freundlich zu formulieren, etwas extrem, den ruhigen Schlaf der Bürger mit zwei Toten zu erkaufen«, die alte Häsin dachte nicht daran, Fuscheé vom Haken zu lassen. »In einem Interview zum schrecklichen Tod seiner Nichte hat Bezirksrat Eiselbach völlig richtig gemeint, es könne unmöglich angehen, dass die Bürger das Recht selbst in die Hand nehmen. Auch wenn das damit verfolgte Ziel grundsätzlich anerkennenswert ist.«

»Das ist völlig richtig. Doch es steht absolut noch nicht fest, dass Herr Göllner die tödlichen Schüsse wirklich abgegeben hat. Und zweitens hätte er, wenn er wirklich geschossen haben sollte, nur Nothilfe leisten wollen. Diese allerdings im weiteren Verlauf erheblich überschritten«, wie Fuscheé einräumte. »Und Herr Bezirksrat Eiselbach, dem ich mein aufrichtiges Beileid ausdrücken möchte, wird sicher nicht der Meinung sein, dass die Bürger angesichts einer Vergewaltigung die Augen zumachen und weitergehen sollten, ohne der bedrängten Frau zu helfen. Was unsere Gesellschaft braucht, ist mehr Zivilcourage. Natürlich innerhalb der gesetzlichen Grenzen.«

»Einmal abgesehen von dem speziellen Fall«, jetzt hatte sich der Korrespondent einer großen deutschen Zeitung gemeldet, »ist das Zuschauen der Polizei bei den noch so gut gemeinten und von der Bevölkerung geschätzten bürgerwehrähnlichen Aktivitäten dieses zweifellos verdienten Mannes nicht zumindest ein eklatanter Verstoß gegen die Dienstvorschriften der Polizei und damit gegen das Disziplinarrecht? Man muss sich doch die Frage stellen, ob die Kollegen dem Treiben irgendeines anderen Bürgers, einem, der nicht jahrelang im selben Korps gedient hat, tatenlos zugesehen hätten. Ich meine nein.«

Damit hatte der Mann den Finger genau auf die Wunde gelegt. Mit einer Präzision, die der Minister unter anderen Umständen offen bewundert hätte.

»Eine entsprechende Untersuchung wurde bereits in die Wege geleitet«, der Minister blieb bewusst knapp bei dieser Antwort. »Wie lautet die nächste Frage?«

In der Art ging es eine Zeit lang weiter und der Minister schaffte es in bewährter Manier, die Antworten so zu formulieren, dass die Fragesteller zufrieden schienen, ohne dass er sich dabei wirklich fest gelegt hätte.

Die Pressekonferenz war fast an ihrem Ende angelangt, als ein Mitarbeiter Schneckenburgers den Saal betrat und dem Ministerialrat eine Nachricht überreichte. Der überflog sie rasch und reichte sie dann dem Minister weiter.

Ein Blick auf das Blatt ließ Fuscheés Miene aufleuchten. Die Neuigkeit, die er gleich verkünden würde, bedeutete, dass der auf der Polizei und damit auch auf ihm lastende Druck mit einem Schlag beseitigt war. Oder zumindest fast.

»Wie ich eben erfahre, wurden die Projektile, mit welchen Marika Estivan und Josef Hilbinger getötet worden sind, nicht aus der Waffe Albert Göllners abgefeuert. Sehr wohl aus dem gleichen Modell, aber nicht aus derselben Waffe.« Der Minister kostete den vom erstaunten Raunen der Anwesenden begleiteten Augenblick des Triumphes aus, eher er noch etwas nachschob.

»Darüber hinaus wurde festgestellt, dass sich auf den Patronen in der Waffe Göllners keine Fingerabdrücke des alten Herrn befunden haben. Dafür wurden Abdrücke einer dritten, noch unbekannten Person gefunden.« Er überlegte, was das wohl zu bedeuten hatte. Dann entschloss er sich für den einfacheren Weg und meinte »Was das aus kriminalistischer Sicht bedeutet, wird Ihnen jetzt Herr Ministerialrat Schneckenburger erläutern.«

Der gute Miki war heilfroh, bei der gestrigen Besprechung anwesend gewesen zu sein. Ohne die dabei erhaltenen Informationen hätte er jetzt ziemlich alt ausgesehen. So nutzte er die Chance, zu brillieren.

»Damit scheint bewiesen, dass die Aussage Göllners zutrifft. Dass er vermeintlich nur mit Schreckschussmunition und vor allem ungezielt geschossen hat.« Er nahm einen Schluck aus dem vor ihm stehenden Wasserglas.

»Hätte Göllner seine Waffe selbst mit scharfer Munition geladen, so hätten sich seine Fingerabdrücke auf den

Patronenhülsen befinden müssen. So aber hat jemand ohne Göllners Wissen die Platzpatronen gegen scharfe Munition ausgetauscht.« Er atmete tief durch. Damit waren seine Freunde vom Koat Hohe Warte aus dem Schneider. »Was eine Theorie bestätigt, die von der Kriminalpolizei bereits verfolgt wird.«

»Das ist gut für Göllner«, bekräftigte der unangenehme Mensch aus Süddeutschland. »Abgesehen von der nunmehr neu zu stellenden Frage nach dem tatsächlichen Täter bleibt die eine weiter offen. Hätte die Polizei nicht unabhängig davon Herrn Göllners Waffe schon längst sicherstellen müssen? Scheinbar hat sein offenbar notorisches Verhalten den Täter ja erst zu dieser Täuschung verleitet. Ohne Göllners frühere Ballereien wäre dieser Mord in der Form sicher nie passiert.«

*

Silvana hatte sich trotz des erheblichen Durstgefühls, das sie plagte, entschlossen vorläufig nichts mehr von den ihr angebotenen Getränken zu sich zu nehmen. Zumindest solange sie es ohne Flüssigkeit aushalten konnte. Aber falls ihr Verdacht zutraf und sie durch das dem Wasser und Frühstückstee beigemengte Beruhigungsmittel in einem permanenten Dämmerzustand gehalten werden sollte, war das die einzige Möglichkeit, wieder klar werden und denken zu können.

Sie tat so, als ob sie die Getränke zu sich nahm, für den Fall, dass sie beobachtet wurde. In Wirklichkeit schüttete sie die Flüssigkeit in den Kübel, den man ihr zur Verrichtung ihrer Notdurft in eine Ecke des Verschlages gestellt hatte.

Tatsächlich wurde sie schon nach kurzer Zeit klarer im Kopf und war in der Lage, über ihre Situation nachzudenken. Sie hatte nach wie vor ihr Handy, das ihr bislang allerdings nichts genützt hatte, da sie keine Verbindung zustande brachte. Und daher nicht angepeilt werden konnte, schlussfolgerte sie. Die Sekretärin des Anwalts hatte zwar ihre neue Nummer, aber das war keine Garantie dafür, dass sie diese der Polizei bekannt gab. Immerhin waren Telefonnummern etwas derart Selbstverständliches, dass es zweifelhaft war, ob das Gespräch darauf kommen würde. Falls die Polizei überhaupt schon mit der Sache befasst war.

Sie musste also unbedingt danach trachten, zumindest für kurze Zeit an einen Ort zu gelangen, von dem aus eine Verbindung mit der Außenwelt möglich war. Da drängte sich als Erstes das WC auf. Bisher hatte sie, zwar angeekelt, aber doch widerspruchslos hingenommen, dass man ihr lediglich einen Kübel zugestanden hatte. Würde es glaubwürdig sein, plötzlich dagegen aufzubegehren?

Was kam noch in Frage? Ja, ein Badezimmer, immerhin hatte sie seit mindestens 48 Stunden nicht einmal die Möglichkeit gehabt, die Hände zu waschen. Wie würde ihr Aufpasser auf eine derartige Bitte reagieren? Oder war es eine äußerst burschikos wirkende Frau, die von Zeit zu Zeit und durch eine Gesichtsmaske unkenntlich gemacht nach ihr sah. Eine Frau hätte wahrscheinlich mehr Verständnis für den Wunsch nach einer Dusche. Andererseits waren Männer möglicherweise doch ritterlicher, wenn es um die kleinen Bedürfnisse einer schwachen Frau ging. Die ihnen noch dazu mehr oder weniger ausgeliefert war. Na egal, sie konnte es sich ohnehin nicht aussuchen. Nur hoffen, dass sie ihren Wunsch ausreichend glaubwürdig darstellte, damit er nicht nur als übertriebener Hygienespleen eines Luxusweibchens angesehen wurde.

Sie versuchte, ihre Körperausdünstung aufzunehmen. Stank sie schon oder roch sie zumindest ungewaschen? Seltsam, für die betroffene Person war das gar nicht so leicht feststellbar. Das hatte wohl mit Gewöhnung zu tun.

Plötzlich fiel ihr etwas ein, was zweifellos das Argument schlechthin sein würde, um ihren Wunsch nach dem Besuch eines Badezimmers zu rechtfertigen. Auch war das fast nicht gelogen, denn normalerweise hätte der ganz natürliche Zustand, für den sie sogar vorsorglich Dichtungsmaterial mit sich führte, bereits vor einigen Tagen eintreten sollen. Was er noch nicht getan hatte, aber das konnten ihre Entführer nicht wissen. Und würden es wohl kaum genau nachprüfen wollen. Dazu kam, dass sich das Indiz dafür in der Handtasche befand, die man ihr abgenommen hatte.

In so einer Situation würde man ihr doch sicher nicht den Besuch eines Badezimmers verwehren, hoffte sie. Falls es in diesem alten Gemäuer so etwas überhaupt gab.

Komisch, dieser Ansatz eines Plans, eigentlich war es ja bestenfalls der Ansatz zum Ansatz eines Plans, wie auch immer, reichte auf jeden Fall aus, ihre bedrückte, durch den Durst zusätzlich belastete Stimmung schlagartig zu verbessern. Das Prinzip Hoffnung fand wieder einmal auf eindrucksvolle Art und Weise Bestätigung. Jetzt musste nur noch ihr Bewacher erscheinen, dann konnte es losgehen.

*

Franca Wallner und Ildiko Godaj verstanden sich prächtig. Obwohl die alte Dame um mehr als 40 Jahre älter war und Francas Großmutter hätte sein können, sprachen die beiden Frauen miteinander, als ob sie sich seit Jahren kannten. Kurz nach Mondsee hatte Ildiko Franca das Du angeboten und von dem Moment an ging es mit dem Gespräch noch besser voran als zuvor.

Bis Linz kannte die junge Kriminalbeamtin die komplette Geschichte des Godaj-Clans bis zu dem Augenblick, da ihr Mann Arpad plötzlich und ohne ein Wort zu sagen verschwunden war.

»Weißt du«, meinte Ildiko nachdenklich, »darüber kommst du dein Leben lang nicht hinweg. Obwohl das jetzt schon 38 Jahre her ist, wache ich nachts manchmal auf und suche ihn neben mir. Und wenn ich realisiere, dass er nicht da ist, nie mehr da sein wird, dann muss ich heute noch genauso weinen wie damals.«

»Und du hast nichts mehr von ihm gehört, keine Vermutung, wo er sich aufhalten könnte?«, Franca konnte es nicht fassen.

»Ich habe nie mehr von ihm gehört. Doch ich habe einen starken Verdacht, was passiert sein könnte. Nach Arpads Verschwinden wurde gemunkelt, er sei vor der Polizei geflüchtet, weil er in Zusammenhang mit dem Mord an einer Prostituierten gesucht worden ist.«

»Aber da war doch nichts dran an dem Verdacht«, Franca hatte die Frage bewusst so formuliert, um die neue Freundin nicht zu verletzen.

»Natürlich nicht. So ein Unsinn, Arpad hätte keiner Fliege etwas zuleide tun können«, entgegnete Ildiko entrüstet. »Und wenn er wirklich unbedingt eine andere Frau hätte haben wollen, dann hätte er sich bloß einmal umschauen müssen. Mein Arpad war ein wunderschöner Mann«, sie kramte in ihrer Tasche und brachte ein altes Schwarz-Weiß-Foto zum Vorschein. »Der hätte es nie und nimmer nötig gehabt, zu einer Hure zu gehen.«

Franca betrachtete den auf eine altmodische, irgendwie exotische Art tatsächlich recht attraktiv wirkenden Mann mit gewaltigem Schnauzbart. »Ja«, stimmte sie zu, »der Herr sieht sehr gut aus.«

»Ein paar Tage später ist Oskar Laplan mit der Kopie eines Kaufvertrages und 200 000 Schilling bei mir erschienen und hat mir weismachen wollen, dass Arpad ihm seine Hälfte an der Firma für 2,2 Millionen abgekauft hat. Die 200 000 sollte er mir im Auftrag meines Mannes geben, die 2 Millionen hätte Arpad mitgenommen.« Sie schüttelte zornig den Kopf. »Das war der nächste Unsinn. Mein Mann hätte uns mindestens die Hälfte des Betrages zurückgelassen und nicht mit 200 000 abgespeist. Ich wette, Oskar hätte uns 1,2 Millionen übergeben sollen und hat uns eine Million ganz einfach vorenthalten.«

»Und du hast das so akzeptiert?«, wunderte sich Franca.

»Ja, was hätte ich denn machen sollen? Ich habe den sogenannten Kaufvertrag von einem Anwalt und einem Wirtschaftstreuhänder prüfen lassen. Arpads Anteil war gut und gerne 1 Million mehr wert als die 2,2, die vereinbart worden waren. Aber eine Anfechtung wäre auf zu unsicheren Beinen gestanden und daher habe ich die Finger davongelassen.« Energisch schüttelte sie den Kopf. »Ich wollte mit der Sache einfach nichts mehr zu tun haben, sie hinter mir lassen. Ich bin dann mit Veronika von Wien weg und nach Innsbruck gezogen.«

»War das nicht ein wenig voreilig?«, warf Franca ein. »Immerhin ging es doch um eine Menge Geld für dich und deine Tochter.«

»Ach, Geld war nicht das Problem. Wir waren zwar nie reich, aber da wir immer eher sparsam gelebt haben, war immer mehr als genug da. Das Haus in Hietzing hat auch einiges gebracht. Also nur wegen des Geldes hätte ich nicht geklagt.« Die alte Dame fixierte einen Punkt irgendwo am östlichen Horizont. »Ich hätte mehr für Arpads Ehre kämpfen müssen. Ich war aber so zornig, dass sich mein Mann nie bei mir gemeldet hat. Ich bin heute manchmal noch stocksauer auf den Kerl. Eine Geschichte, die so endet, hört nie richtig auf«, philosophierte sie. »Wie soll man loslassen, wenn man keine Gelegenheit dazu bekommen hat?«

Darauf wusste auch die für ihr Alter bereits erstaunlich reife und lebenserfahrene Franca keine Antwort.

»Ich bin absolut sicher, dass dieser unmögliche Mensch, dieser Oskar Laplan auch etwas mit dem Verschwinden Silvanas zu tun hat«, wechselte Ildiko abrupt in die Gegenwart. »Sie war am Sonntagabend noch mit mir beisammen, hat mir von ihren Schwierigkeiten mit ›Goday Exklusiv‹ erzählt, dass sie mit dem jungen Laplan unbedingt sprechen, ihn unter Umständen auch verklagen muss. Er will ihr doch tatsächlich verbieten, unter ihrem Namen ein eigenes Unternehmen zu betreiben. Mein Gott, was war der alte Viktor Laplan für ein Gentleman, ein richtiger Sir. Und sein Sohn ist das exakte Gegenteil. Sieht ihm zwar äußerlich ähnlich, aber charakterlich ist er ein richtiges Schwein.« Sie lachte nervös auf. »Dabei bin ich gar nicht sicher, ob man mit diesem Vergleich den armen Tieren nicht schrecklich Unrecht tut.«

»Ich habe das Gefühl, es wird bald gelingen, Silvana auszuforschen«, Franca wollte ein wenig Optimismus verbreiten. »Falls man ihr das Handy nicht weggenommen hat, wird sie über eine Funkpeilung sicher rasch zu orten sein.«

»Leider hat sie ihr Mobiltelefon zu Hause vergessen«, informierte die alte Dame ihre neue Freundin. »Deswegen hat sie sich am Flughafen in Innsbruck auch noch schnell ein Wertkartenhandy besorgt.«

Mit einem Schlag war Franca hellwach. Hatten die bisherigen Informationen lediglich den Hintergrund des Falles beleuchtet, so war ein Wertkartenhandy möglicherweise ein ganz konkreter Ansatz für die Erhebungen. Vor allem einer, den in Wien noch keiner kennen konnte. Woher auch?

»Kennst du vielleicht die Rufnummer dieses Handys?«, fragte sie Ildiko. Die verneinte, aber Franca blieb dennoch optimistisch. Falls an diesem Sonntag nicht allzu viele Wertkartenhandys am Flughafen Innsbruck verkauft worden waren, müsste über die Netzbetreiber festzustellen sein, welche Nummern an diesem Abend aktiviert worden waren und welche davon sich derzeit im Raum Wien befanden. Damit musste sich doch etwas anfangen lassen.

»Ist das gar eine Spur?«, wollte Ildiko wissen, der die plötzliche Erregung der Kriminalbeamtin nicht entgangen war.

»Ich hoffe es«, antwortete Franca, während sie bereits die telefonische Verbindung mit ihrem Mann herstellte. Helmut wusste sicher, wie diese Information am besten zu verwerten war.

*

Wallner hatte Palinski als Leiter des ›Instituts für Krimiliteranalogie‹ und Fritz Sterzinger als seinen auf Besuch in Wien weilenden Schwiegersohn vorgestellt. Albert Göllner hatte auf Anhieb die hinter der gewagten Wortschöpfung steckende inhaltliche Bedeutung richtig gedeutet und damit einen ersten beeindruckenden Beweis für seine wache Intelligenz geliefert. Damit war er der bisher Einzige, der überhaupt einigermaßen kapiert hatte, worum es dabei ging. Nämlich um die vergleichende Betrachtung der Kriminalliteratur mit realen Verbrechen und dem Aufzeigen der wechselseitigen Koinzidenz.

Als Nächstes hatte Göllner festgestellt, dass er Palinski vom Fernsehen her kannte. »Sie waren doch der, der mit dem Chauffeur eines Stadtrats, den Namen habe ich mir nicht gemerkt, verhandelt hat. Der, der seinen Chef und dann sich selbst erschossen hat.«

Palinski hatte genickt, er erinnerte sich nur zu gut an die mörderischen Tage im September des Vorjahres, deren Höhepunkt und tragisches Ende der spektakuläre, von mehr als 18 Millionen Fernsehzuschauern beobachtete Mord an Stadtrat Ansbichler sowie der Selbstmord seines Chauffeurs gewesen war.

»Damals müssen Sie ja in Wien bekannt gewesen sein wie ein bunter Hund«, hatte Göllner zu Recht vermutet. »Sagen Sie, waren Sie nicht auch einmal mit einer Art Geiselbefreiung auf der Döblinger Hauptstraße in den Nachrichten?« Auch das traf zu und hatte sich Anfang dieses Jahres abgespielt.

Also, Palinski hatte nach dem mehr als einstündigen Gespräch über Kriminalfälle, Kriminalromane und gemeinsame Bekannte nichts am Verstand und dem Erinnerungsvermögen des alten Herrn auszusetzen, der Mann war nach wie vor voll da. Bewundernswert.

Wallner, der sich gleich nach Vorstellung der beiden Besucher hatte verabschieden müssen, war plötzlich wieder zurückgekommen.

»Ich habe eine gute Nachricht für Sie, Herr Göllner«, kündigte er an, »der Schusstest hat ergeben, dass die tödlichen Kugeln nicht aus Ihrer Waffe stammen. Sie sind damit aus dem Schneider. Ob wir Ihnen wegen der Herumschießerei eine Ordnungsstrafe verpassen müssen, kann ich nicht sagen. Das wird wohl höheren Ortes entschieden werden.«

Göllner war sichtlich befriedigt, obwohl ihm der Gedanke an eine Ordnungsstrafe nicht ganz zu schmecken schien.

»Wieso, das mache ich doch seit Jahren so. Seither hat das Verbrechen keine Chance mehr auf der Billrothstraße.«

»Das mag schon stimmen«, räumte der Oberinspektor ein. »Rein rechtlich ist das trotzdem nicht in Ordnung. Stellen Sie sich einmal vor, jeder schießt in der Gegend herum.«

»Das geht natürlich nicht«, zeigte sich Göllner scheinbar einsichtig. »Allerdings bin ich nicht jeder.« Er lachte verschmitzt. »Klingt ganz schön arrogant, was? Na, Sie haben schon recht. Es wird langsam Zeit, dass andere Acht geben. Wer hat jetzt eigentlich die scharfe Munition in meine Waffe getan?«

»Das werden wir auch noch herausfinden«, versprach Wallner. Jetzt wandte er sich an Sterzinger. »Übrigens, meine Frau hat mich eben aus der Gegend Amstetten angerufen. Frau Godaj wird in spätestens zwei Stunden in Wien sein. Ihre Frau hat in Innsbruck übrigens noch …«

»Sagten Sie Godaj?«, unterbrach Göllner den Oberinspektor.

»Ja, ich sagte Godaj«, bestätigte der. »Darf ich wissen, warum Sie das interessiert?«

Göllner war aufgestanden und zu einem Tisch mit Lade gegangen. Die zog er heraus und entnahm ihr eine ziemlich dicke Aktenmappe.

»Hat diese Frau Godaj etwas mit einem Arpad Godaj zu tun, der 1967 spurlos verschwunden ist«, Göllners Gesicht hatte die angespannten Züge eines höchst konzentrierten Jagdhundes angenommen.

Trotz seiner Verblüffung schaffte es Sterzinger, mit dem Kopf zu nicken.

»Ist die besagte Dame etwa gar Frau …«, er führte den Ordner näher an seine Augen heran, »Ingrid, nein, I l d i k o«, er buchstabierte den ungewohnten Vornamen förmlich, »Godaj?«

Wieder nickte Sterzinger. »Ja, das ist die Großmutter meiner Frau. Woher wissen Sie ...«

Göllner hielt den Aktenordner in die Höhe. »Der Fall der Sonja Katzenbach war der Einzige in meiner Laufbahn, der ungelöst geschlossen worden ist. Arpad Godaj stand einige Zeit unter dem dringenden Verdacht, diese Prostituierte ermordet zu haben. Ich persönlich habe zwar nie geglaubt, dass er die Tat begangen hat, aber einige Kollegen waren da anderer Meinung.«

Nachdem sich Göllner wieder zu seinen Besuchern gesetzt hatte, fuhr er fort. »Wie Sie sich vorstellen können, ist ein ungelöster Fall so etwas wie ein dicker schwarzer Fleck auf der weißen Weste eines Kriminesers. Deswegen habe ich mir eine komplette Kopie des Aktes angefertigt und nach meiner Pensionierung mit nach Hause genommen. Für mich ist dieser Fall nämlich noch nicht abgeschlossen.«

Wallner schüttelte verwundert den Kopf. Göllner, der die Geste missverstanden haben musste, fuhr den Oberinspektor fast an. »Schon gut, ich weiß, das ist verboten. Aber es war mir ein Bedürfnis. Und wenn ich deswegen eine zweite Ordnungsstrafe bekommen sollte, dann ist mir das egal. Scheißegal, hören Sie.«

Wallner lachte nur und deutete mit einer Handbewegung an, dass das nicht so gemeint gewesen war. Da musste auch Göllner lächeln, aber nur so lange, bis er erfuhr, warum Frau Godaj auf dem Weg nach Wien war.

* * * * *

Sandegger verachtete die meisten Anwälte, seiner Meinung nach waren sie lediglich präpotente Schmeißfliegen, die sich immer dort niederließen, wo es am meisten stank. Er räumte zwar ein, dass es gelegentlich Ausnahmen von dieser

Regel gab. Ja, er selbst kannte sogar zwei, drei Angehörige dieser Spezies, die ganz anständige Menschen waren.

Zu diesen seltenen Exemplaren zählte Sandegger Herrn Dr. Herfried Haselberger nicht. Ganz im Gegenteil, falls Arroganz, Dummheit und Selbstgefälligkeit als Dreikampf dumpfer Beschränktheit je olympische Disziplin werden sollten, der Anwalt hätte hervorragende Chancen, erster Olympiasieger zu werden.

Nicht nur, dass ihn Haselberger über eine Stunde hatte warten lassen, hatte sich der Kerl bei dem nachfolgenden, nur durch die Androhung einer formellen Vorladung erzwungenen Gespräch wie eine höchst unwillige Primadonna benommen. Den permanenten Versuchen, sich bei der simpelsten Antwort hinter dem Anwaltsgeheimnis oder dem Datenschutz zu verstecken, hatte Sandegger mit dem Hinweis widersprochen, dass diese wertvollen Rechtsgüter wohl kaum dazu vorgesehen waren, gegen den eigenen Mandanten eingesetzt zu werden. Richtig zum Reden hatte der Oberinspektor Haselberger erst mit der durchaus glaubhaften Androhung gebracht, ihn wegen Behinderung polizeilicher Ermittlungen anzuzeigen und der wahrscheinlich entführten Frau bei gegebener Gelegenheit zu einer Beschwerde bei der Anwaltskammer zu raten. Wobei er sich liebend gerne als Zeuge zur Verfügung stellen würde.

Und so hatte es immerhin fast drei Stunden gedauert, bis Sandegger in Erfahrung gebracht hatte, wofür unter normalen Umständen 15 Minuten völlig gereicht hätten. Dass nämlich Silvana Sterzinger-Godaj und ihr Anwalt am Morgen nach ihrem Verschwinden einen Termin mit Oskar Laplan gehabt hätten. Dabei hätte über gewisse, zwischen den beiden bestehende Auffassungsunterschiede gesprochen werden sollen, deren Ursachen auf den Vertrag zwischen Arpad Godaj und Viktor Laplan zurückgingen.

Falls es bei diesem Gespräch zu keiner Einigung in einigen wesentlichen Punkten gekommen wäre, hätte seine Mandantin die Inanspruchnahme gerichtlicher Hilfe nicht ausgeschlossen.

Nachdem Sandegger kurz vor Mittag endlich die Kanzlei verlassen hatte, führte Haselberger über sein privates Handy ein Gespräch. Dabei teilte er der Person am anderen Ende der Verbindung mit, dass die Polizei den ganzen Vormittag da gewesen sei und ihn zu der besagten Person befragt hätte. »Sie werden damit rechnen müssen, dass dieser Sandegger auch bei Ihnen vorbeikommen wird«, warnte der Anwalt.

»Lässt sich das nicht verhindern?«, kam die unfreundliche Antwort.

»Kaum«, meinte Haselberger, »aber wozu auch. Schließlich haben Sie mit der Sache nichts zu tun. Haben Sie doch nicht, oder?«

*

Gegen Mittag erschien endlich Silvanas Bewacher und brachte ihr das, was der Entführer euphemistisch als Mittagessen bezeichnete. Obwohl die junge Frau ziemlich Hunger hatte, wollte sie die sich bietende Gelegenheit nicht mit der Aufnahme eines mit Wasser angerührten, im günstigsten Fall sättigenden Etwas verplempern.

»Es ist mir … sehr unangenehm«, Silvana sprach sehr langsam und schleppend, um den Eindruck zu erwecken, nach wie vor unter dem Einfluss der sedierenden Mittel zu stehen, die ihr über das Trinkwasser zugeführt werden sollten. »Aber ich benötige dringend etwas aus meiner Handtasche. Etwas, was nur Frauen und nur an ganz bestimmten Tagen benötigen.«

»Und was soll das sein?«, der Tiefe der Stimme nach zu schließen handelte es sich bei ihrem Bewacher tatsächlich um einen Mann. Silvana wusste nicht, ob das ein Vorteil war oder nicht. Sie dachte nicht weiter darüber nach, das würde sich ohnehin gleich zeigen.

»Und ich müsste unbedingt duschen«, fuhr Silvana fort, »nach zwei Tagen ohne Wasser riecht man auch ohne Menstruation nicht allzu gut.«

Der Mann murmelte irgendetwas Unverständliches, der Tonfall verriet aber, dass ihm das eben Gehörte ziemlich peinlich, ja unangenehm war.

»Es tut mir leid, Ihnen Schwierigkeiten zu machen«, gab sich Silvana bewusst klein und unterwürfig, »aber gegen die Natur kann man nichts machen.«

»Ich muss erst telefonieren«, sagte ihr Bewacher jetzt etwas deutlicher. »Ich komme gleich wieder.«

Ein paar Minuten später war der Mann wirklich wieder zurück. Der, wie Silvana jetzt, da er aus dem Dunkel heraus- und an sie herantrat, erkennen konnte, mindestens 1,90 große und sicher mehr als 100 Kilogramm schwere Kerl legte ihr ein Tuch über die Augen und verknüpfte es hinter ihrem Kopf. »Kommen Sie ja nicht auf die Idee, das Tuch herunterzunehmen, ehe ich es Ihnen sage.«

Silvana nickte, überlegte gleichzeitig, wie ihre Chancen waren, den neben ihr gehenden und sie am Oberarm haltenden Riegel durch einen gezielten Tritt in sein Allerempfindlichstes außer Gefecht zu setzen. Sie hatte schon als Schülerin einen entsprechenden Selbstverteidigungskurs absolviert und sich dank ihrer diesbezüglichen Kenntnisse in der Vergangenheit ein, zwei allzu hitzige Burschen vom Leib halten können.

Da sie keine Ahnung hatte, wo sie überhaupt war und ob bzw. gegebenenfalls wie viele Leute sich noch an diesem

Ort befanden, ließ sie den Gedanken an einen Fluchtversuch dann gleich wieder fahren.

Nach 22 Stufen nach oben gelangten die Entführte und ihr Bewacher zu einem Gang, den sie nach links weitergingen. Nach 18 Schritten, einige davon über einen leicht knarrenden Holzboden, blieben sie stehen. Der Mann öffnete auf der rechten Seite eine Tür und schob Silvana in den dahinter befindlichen Raum. »Jetzt können Sie das Tuch von den Augen nehmen«, gestattete er ihr. »Aber kommen Sie bitte auf keine dummen Gedanken, während Sie im Bad sind. Und beeilen Sie sich, ich will nicht ewig vor der Tür Wache halten.«

Auf einem kleinen Tisch fand Silvana ihre Handtasche sowie ein großes Handtuch. Der Raum war bis zu einer Höhe von etwa 2 Metern gekachelt und machte einen sauberen, längere Zeit nicht benützten Eindruck. Die Ausstattung war schon vor 20 Jahren nicht mehr modern gewesen, aber die alte, Email beschichtete Wanne mit Handbrause hatte durchaus nostalgischen Charme.

Rasch holte Silvana das Handy aus ihrem Slip. Sie überlegte, ob sie einen Anruf riskieren oder sich darauf konzentrieren sollte, das Gerät an einem Platz zu verstecken, an dem es von einer Funkpeilung erfasst werden konnte. Sie entschloss sich für Zweiteres, da ihr ein Gespräch angesichts ihres vor der Tür stehenden Bewachers zu riskant erschien.

Der Raum war mindestens 3,5 Meter hoch, Tageslicht kam lediglich durch ein knapp unter Deckenhöhe befindliches Oberlicht. Die Mauern des Hauses schienen ziemlich dick zu sein, mindestens 80 cm, wie die Wandtiefe vor dem kleinen Klappfenster verriet.

Um keinen Verdacht zu erwecken, drehte Silvana jetzt das Wasser auf und schaltete auf Duschbetrieb. Während das Rauschen des Wassers dem Mann vor der Tür das beruhigende Gefühl vermittelte, dass seine Gefangene in der Wanne saß, lotete diese die Empfangsqualität in dem Raum aus. Wenn die Anzeige am Display nicht log, dann musste hier ein einigermaßen einwandfreier Austausch von Funksignalen möglich sein.

Als Nächstes stellte sich die Frage nach dem Wo? Wo sollte sie das Handy platzieren? So, dass es einerseits bei einem oberflächlichen Blick in den Raum nicht auffiel und andererseits ein Optimum an Empfang gewährleistet war.

Am besten schien ihr der von unten nicht einsehbare Mauerbereich vor dem Oberlicht zu sein. Allerdings war es das einzige Versteck in dem Raum und würde als Erstes untersucht werden, falls jemand auch nur den geringsten Verdacht schöpfen sollte.

Ein weiteres Problem war die Höhe des Raumes, die ein direktes Hinterlegen des Mobiltelefons nicht zuließ. Silvana würde das Handy werfen und hoffen müssen, dass es dabei nicht beschädigt und ihr Bewacher das dabei unweigerlich auftretende Geräusch nicht hören würde.

Jetzt stieg sie wirklich in die Wanne, die Chance auf Körperhygiene wollte sie auf jeden Fall nützen. Und vielleicht half ihr das kalte Wasser, sich ein besseres Versteck für ihr Handy einfallen zu lassen.

Während die Tropfen auf ihren Körper prasselten und sie für einen kurzen Augenblick ihre momentane Misere ein wenig vergessen ließen, sondierte sie sorgfältig den kleinen Raum. Da waren kaum weitere Verstecke zu entdecken. Es sei denn … Ja, das könnte gehen. Nachdenklich blickte sie auf einen riesigen Korb, der oben mit einem verschließbaren Stoffüberzug abgedeckt war. Solche Körbe waren früher sehr häufig zum Sammeln bzw. vorübergehenden Aufbewahren von schmutziger Wäsche benutzt worden. Heute hatten diese Dinger immer öfter nur mehr dekorativen Charakter. Hoffentlich auch in diesem Badezimmer.

Vorsichtig stieg sie aus der Wanne, ohne das Wasser abzudrehen. Sie ging zu dem Korb und blickte hinein. Der war leer bis auf ein kleines Handtuch, das so richtig geeignet erschien, Silvanas Wertkartenhandy zusätzlich gegen neugierige Blicke zu schützen. Soviel sie wusste, wurden Funkwellen durch Textilien nicht abgehalten.

Entschlossen wickelte sie das Gerät in das Handtuch und wollte es vorsichtig auf den Boden des Korbes legen. In dem Moment kam ihr eine Idee, die sie, ohne nachzudenken, sofort in die Tat umsetzte. Sie holte das Handy heraus und tippte die Handynummer ihres Mannes ein. Nachdem die Verbindung hergestellt war, brach sie diese sofort wieder ab.

Jetzt müsste ihr Mann eigentlich die Anzeige eines kurzen Anrufes einer ihm unbekannten Person und einer ebenso unbekannten Rufnummer auf dem Display seines Mobiltelefons haben. Fritz war zwar nicht sehr gut im Rätselraten, aber er würde hoffentlich richtig vermuten, um wen es sich dabei handelte.

Anschließend stellte sie ihr Gerät noch auf ›Vibrieren‹, wickelte es neuerlich in das Handtuch und deponierte es wieder im Korb.

»Noch fünf Minuten, sonst komme ich hinein«, tönte es da von vor der Tür. Ihr Bewacher wurde langsam ungeduldig.

»Ich bin gleich soweit«, rief Silvana, »ich muss nur noch die Wanne etwas säubern.«

Schnell zog sie sich an, drehte das Wasser ab und richtete sich die Haare ein wenig mit den Händen zurecht.

»Sie können jetzt hereinkommen«, rief sie dann und band sich selbst die Binde vor die Augen.

Einige Minuten später war sie wieder in ihrem Verlies und löffelte die versalzene, inzwischen kalt gewordene Pampe, die wohl eine Art Gemüsesuppe darstellen sollte. Dann trank sie den Krug Wasser auf einen Zug aus und war erwartungsgemäß schon bald eingeschlafen.

5

Nachdem Oberinspektor Wallner die Wohnung Albert Göllners verlassen hatte, hatte er zunächst die Innsbrucker Polizei gebeten, dringend dem Hinweis auf ein am Sonntag vermutlich zwischen 15 und 17 Uhr am Flughafen Kranebitten gekauftes Wertkartenhandy nachzugehen. Dann war er zu der Zweigstelle des Arbeitsmarktservice am Währinger Gürtel gefahren.

Die für Hilbinger zuständige Betreuerin, inzwischen musste man wohl ›zuständig gewesene‹ sagen, wusste nichts von einem Job bei einer Filmproduktion. »Vielleicht hat sich der Vorgemerkte diese Arbeit unten im Job-Center aus den dort aufliegenden Angeboten herausgesucht. Fragen Sie einmal im Halbstock nach.«

Auch dort hatte Wallner wenig Erfolg mit seinen Fragen. Obwohl der Mann am Informationsschalter Hilbinger auf dem Foto erkannte und sich erinnerte, ihn vor einigen Tagen gesehen zu haben, wusste niemand etwas von einer Filmproduktion. In der Datenbank des AMS waren ebenfalls keinerlei Hinweise zu finden.

Enttäuscht wollte Wallner schon das Job-Center verlassen, als ihn ein junger Bursche ansprach. »Ich glaube, ich habe den Mann auf dem Foto am Montag auf der Straße vor dem AMS gesehen. Hilft Ihnen das weiter?«

»Das kommt ganz darauf an, was Sie mir erzählen können«, meinte Wallner. Lukas Matzler, so der Name des aufmerksamen Beobachters, wollte aber nicht hier sprechen.

»Möglicherweise schnappt jemand ein falsches Wort auf und der Hilbinger bekommt Probleme«, befürchtete er und bestand auf einem externen Plätzchen.

In einem nahe gelegenen Kaffeehaus schockierte Wallner Matzler gleich einmal mit der Mitteilung, dass »Hilbinger keine Probleme mehr bekommen kann. Er ist nämlich tot. Also erzählen Sie jetzt, was Sie wissen.«

Montagmorgen, kurz vor 8 Uhr, war Matzler, wie mehrere andere Arbeitssuchende auch, vor dem Eingang zum Arbeitsmarktservice gestanden und hatte darauf gewartet, dass die Tür aufgesperrt wurde. »Da hat mich plötzlich ein Mann zur Seite genommen und gefragt, ob ich an 1000 Euro interessiert wäre.« Er lachte bitter. »So eine blöde Frage. Wer von uns ist nicht an so viel Geld interessiert.« Dafür hätte er in der Nacht von Dienstag auf Mittwoch mit seiner Freundin an einer Spieldokumentation mitwirken müssen. »Für ein bis zwei Stunden Arbeit 1000 Euro, das klang wie ein Traum. Leider habe ich an diesem Abend bereits etwas vorgehabt, das ich nicht mehr verschieben konnte. Also habe ich ablehnen müssen. Ist mir nicht leicht gefallen, das können Sie mir glauben.«

»Was immer es war«, klärte ihn Wallner auf, »es hat Ihnen und Ihrer Freundin mit Sicherheit das Leben gerettet. Jetzt aber weiter im Text.«

Matzler hatte dann den danebenstehenden Hilbinger herbeigerufen, den er vom Sehen kannte. »Der Josef war auch häufig hier und hat sich nach Jobs umgesehen«, erklärte er.

Dann waren die Türen des AMS geöffnet worden und Matzler war hineingegangen. »Als Josef 10 Minuten später nachgekommen ist, hat er mich angegrinst und den Daumen in die Höhe gehalten. Dann hat er mir sogar einen

Zwanziger gegeben, von den 200 Euro, die er als Anzahlung bekommen hat. Später wollte er mir noch weitere 80 Euro Vermittlungsprovision zahlen.«

Der Mann hatte fast Tränen in den Augen. »War ein anständiger Kerl, der Josef. Was ist ihm denn eigentlich passiert?«

Nachdem Matzler erfahren hatte, was passiert und wie knapp er an Hilbingers Schicksal vorbeigeschrammt war, wurde er sehr nachdenklich und einsilbig. Rasch trank er seinen Kaffee aus und wollte gehen. Aber Wallner hielt ihn zurück.

»Halt, mein Bester, ich benötige jetzt noch eine möglichst genaue Personenbeschreibung des Mannes, der Ihnen und dann Hilbinger diesen Job angeboten hat. Oder noch besser, kommen Sie bitte mit aufs Kommissariat, damit wir nach Ihren Angaben eine Phantomzeichnung anfertigen können.«

Matzler, der nichts weiter vorhatte, hatte nichts dagegen einzuwenden.

»Etwas würde mich noch interessieren«, meinte der Oberinspektor, während sie in Richtung Hohe Warte fuhren. »Warum wollten Sie Ihre Aussage eigentlich nicht gleich drüben im Arbeitsmarktservice machen?«

»Neben der Notstandshilfe dürfen wir monatlich nur einen ganz bestimmten Betrag dazuverdienen«, erklärte Matzler. »Und der Nebenverdienst, der Hilbinger angeboten worden ist, ist deutlich darübergelegen. Ich wollte nicht, dass das möglicherweise von den falschen Ohren gehört wird.« Leise fügte er hinzu. »Obwohl das jetzt ohnehin völlig gleichgültig wäre.«

*

Palinski und Sterzinger waren noch eine weitere Stunde bei Albert Göllner gesessen und hatten aufmerksam zugehört, wie der ehemalige Chefinspektor über den mysteriösen Mord an Sonja Katzenbach und das ebensolche Verschwinden des zunächst Hauptverdächtigten Arpad Godaj reflektiert hatte.

»Ich war mir damals ganz sicher«, hatte der alte Herr nachdrücklich betont, »dass dieser Oskar Laplan mehr mit der Sache zu tun hatte, als es zunächst den Anschein hatte. Aber der Bursche war aalglatt und wir hatten nicht den geringsten Ansatzpunkt, um gegen ihn vorzugehen.« Er hatte die beiden Zuhörer ernst angeblickt.

»Und es gibt keinen Grund anzunehmen, dass aus dem Wolf, der Laplan bereits damals war, inzwischen ein Lamm geworden ist. Im Gegenteil. Falls Ihre Frau«, er hatte Sterzinger jetzt direkt angesprochen, »vorgehabt haben sollte mit diesem Kerl zu sprechen, dann hoffentlich nicht alleine. Der Mensch ist so glatt, dass man schon einen Zeugen braucht, wenn man ihn nur nach der Uhrzeit fragt.«

»Vielleicht sollten wir diesem Laplan einmal auf den Zahn fühlen«, hatte Palinski angeregt. »Es ist ja durchaus möglich, dass Silvana mit ihm telefoniert und ihm etwas mitgeteilt hat, was uns auf der Suche nach ihr weiterhilft.«

»Vielleicht hat sie ihm ihre neue Handynummer gegeben«, war Sterzinger voll Hoffnung gewesen, »wenn wir die bekämen, würde uns das richtig weiterbringen. Haben Sie vielleicht ein Telefonbuch?«, hatte er sich dann bei Göllner erkundigt.

Die Rufnummern der ›Goday Exklusiv GmbH‹ und von Oskar Laplan waren rasch gefunden.

Auf gut Glück hatte Palinski als Erstes im Werk im 20. Bezirk angerufen. Hier hatte er sich mit »Palinski, Kommissariat Döbling« gemeldet, einem mit Oberinspektor Wallner abgestimmten und gedeckten ›sachdienlichen Schwindel‹.

»Der Herr Kommerzialrat Laplan ist nicht im Hause«, hatte ihm eine freundliche Sekretärin verraten. »Soviel mir bekannt ist, ist er im Moment im Stadtbüro zu erreichen.«

Also hatte Palinski sein Glück nochmals versucht, diesmal im Büro an der noblen Adresse Tegetthoffgasse 3. Doch da hatte sich niemand gemeldet außer einem Anrufbeantworter, der einen Ansprechpartner aus Fleisch und Blut für die Zeit nach der Mittagspause, also ab 14 Uhr, in Aussicht gestellt hatte.

»Bis dahin sind wir selbst dort«, hatten sich die beiden Männer überlegt und Göllner versprochen, ihn über die weitere Entwicklung auf dem Laufenden zu halten und waren gegangen.

Jetzt standen die beiden vor einem weiblichen Zerberus im kommerzialrätlichen Vorzimmer, der nicht daran dachte, dem Wunsch der beiden nachzukommen und Laplan zu fragen, ob er einem kurzen Gespräch auch ohne vorhergegangene Terminvereinbarung zustimmen würde.

»Da könnte ja jeder kommen«, argumentierte die Gestrenge, »stellen Sie sich einmal vor, was das für ein Chaos bedeutete.«

»Aber hier geht es doch um eine Ausnahmesituation. Immerhin ist Frau Godaj vor einigen Tagen spurlos verschwunden.« Palinski versuchte, freundlich zu bleiben. »Wir können Herrn Laplan natürlich auch offiziell vorladen lassen, wenn Ihnen das lieber ist.«

Jetzt griff der Zufall ordnend ins Geschehen ein und ließ den mit einer offiziellen Vorladung bedrohten Kommerzialrat aus der tapezierten Doppeltür treten.

»Was ist denn hier los, Frau Waldner?«, er blickte die beiden Eindringlinge unfreundlich an. »Wer soll wohin vorgeladen werden?«

Nachdem Palinski die Situation erklärt und Sterzinger vorgestellt hatte, lud Laplan die beiden etwas freundlicher gestimmt in seine geheiligten Hallen ein. Der riesige, an die 100 Quadratmeter große Besprechungsraum neben seinem Büro war voll geräumt mit altem, wertvoll aussehendem Mobiliar. An einer Wand standen mehrere gläserne Schaukästen mit alten Fotos, Diplomen, Pokalen und anderen Erinnerungsstücken, die sämtlich offenbar aus der ruhmreichen Vergangenheit der ›Goday Exklusiv‹ stammten. Ja, Sterzinger glaubte sogar auf einem der alten Schwarz-Weiß-Fotos Silvanas Großvater Arpad Godaj erkannt zu haben.

Laplan, dem der Blick Sterzingers nicht entgangen war, nickte zustimmend. »Ja«, bestätigte er, »das ist der große Arpad Godaj gewesen, der Opapa Ihrer Frau.«

»Wieso gewesen?«, wollte Palinski wissen. »Soviel mir bekannt ist, ist Herr Godaj zwar verschwunden, das heißt aber nicht, dass er nicht mehr am Leben ist. Wissen Sie etwas, was wir nicht wissen?«

»Nein, nein«, Laplan, der für Sekundenbruchteile einen etwas irritierten Eindruck gemacht hatte, hatte sich rasch wieder gefasst. »Aber Arpad müsste heute schon …«, er überlegte einige Sekunden, »… nun ja, um die 85 Jahre alt sein. Sie haben recht«, räumte er ein, »da kann er durchaus noch am Leben sein. Ich habe ihn wohl in meiner Erinnerung unbewusst älter gemacht, Sie entschuldigen. Aber es ist schon so lange her, dass er weggegangen ist.«

Sterzinger war jetzt dicht an eine der Vitrinen herangetreten. »Und diese persönlichen Erinnerungsstücke hat Herr Godaj damals alle zurückgelassen?«, wollte er wissen.

»Das sind keine persönlichen Erinnerungsstücke, sondern quasi ›Relikte‹. Alle wurden von ihm selbst in die Firma eingebracht«, entgegnete Laplan. »Für Werbezwecke und dergleichen. Außerdem hatte er sich seinerzeit wohl kaum mit überflüssigem Gepäck belasten wollen. Sie kennen doch sicher den Grund seines plötzlichen Verschwindens.«

Palinski, der Laplans Versprecher von vorhin und seine Reaktion darauf etwas anders interpretierte, kam das alles viel zu glatt, fast unwirklich vor.

»Könnten wir jetzt zum Anlass Ihres Besuches kommen, meine Herren«, monierte Laplan, »ich habe in 10 Minuten meinen nächsten Termin.«

»Natürlich«, konzedierte Palinski. »Frau Sterzinger-Godaj ist seit Montagabend verschwunden und wird jetzt von der Polizei gesucht.«

»Ach, wie schlimm«, warf Laplan ein, »jetzt verstehe ich auch, warum sie nicht zu unserem Termin am Dienstagvormittag erschienen ist. Ich habe mich schon gewundert, dass sie nicht einmal angerufen hat. Wie schrecklich.«

»Wie wir wissen, haben Sie und Frau Sterzinger einige … Auffassungsunterschiede, die besprochen werden sollten«, Palinski blickte Laplan direkt an. »Können Sie uns verraten, worum es dabei geht?«

»Das kann ich nicht, zumindest nicht ohne Zustimmung von Frau Sterzinger-Godaj, wir haben nämlich Stillschweigen vereinbart. Aber«, Laplan lächelte Sterzinger milde an, »ich versichere Ihnen, dass diese Auffassungsunterschiede nicht das Geringste mit dem Verschwinden Ihrer Frau zu tun haben. Auf das lief Ihre Frage ja wohl hinaus?«

»Können Sie uns wenigstens sagen, ob Frau Sterzinger-Godaj am Tag ihres Verschwindens hier oder in Ihrem Werk angerufen und eine Nachricht oder eine Telefonnummer hinterlassen hat«, so schnell gab sich Palinski nicht geschlagen. »Etwas, aus dem wir vielleicht auf ihre nächsten Schritte schließen könnten?«

»Soviel ich weiß, nein«, antwortete Laplan, ohne zu zögern. »Aber ich werde sicherheitshalber nachfragen.« Er betätigte die Gegensprechanlage und erkundigte sich bei Frau Waldner. »Und rufen Sie in der Brigittenau an, ob dort irgendein Anruf eingegangen ist«, beauftragte er den Vorzimmerdrachen.

Während die drei Männer auf die Antwort Frau Waldners warteten, fühlte sich Sterzinger veranlasst zu erklären. »Meine Frau hat nämlich ihr Handy zu Hause vergessen und sich unterwegs ein neues gekauft. Wir kennen aber ihre neue Rufnummer nicht. Vielleicht hat meine Frau die Nummer ja hier bekannt gegeben«, hoffte er.

Frau Waldners Rückmeldung machte dieser Hoffnung einen abrupten Garaus. Weder hier im Büro noch im Werk war letzten Montag ein Anruf Frau Sterzinger-Godajs eingegangen. Und auch an keinem anderen Tag danach.

Enttäuscht verabschiedeten sich die beiden Besucher und verließen das Büro in gedrückter Stimmung. Als sie den dem Sekretariat vorgelagerten Eingangsbereich passierten, wurde Sterzinger plötzlich ganz hektisch.

»Laplan hat gelogen«, flüsterte er aufgeregt, »Silvana ist hier gewesen und ich kann es beweisen.« Palinski verstand zunächst allerdings überhaupt nichts.

»Da, schau her«, Sterzinger deutete auf einen neben dem Eingang befindlichen Schirmständer. »Der Schirm mit der hell-dunkelgrünen Bespannung. Ich wette, wenn du den öffnest, findest du die Aufschrift ›Godaj Original‹ darauf. Davon gibt es nur ein einziges Stück.«

Palinskis Überraschung auf diese völlig unerwartete Mitteilung war groß. »Dann geh doch nochmals zu Frau

Waldner und lenke sie ab. Nicht, dass sie mir in die Quere kommt, während ich das gute Stück näher ansehe. Wenn das mit dem Schirm wirklich etwas zu bedeuten hat, ist es sicher besser, Laplan erfährt nicht, dass wir davon wissen.«

»Ja, was soll ich ihr denn sagen?«, Sterzinger wirkte leicht gestresst.

»Na, bitte sie doch einfach ein Taxi für uns zu bestellen.«

So geschah es, dass Sterzinger tat, was Palinski gesagt, und der wiederum das, was sein Schwiegersohn angeregt hatte. Und es war genauso, wie der eine vorher gesehen hatte. Das ›Godaj Original‹ auf dem Schirm war nicht nur einmal, sondern gleich viermal nicht zu übersehen.

Später sollte ihm Sterzinger erklären, dass es sich dabei um das Muster eines Werbeträgers für eine neue, von Silvana entwickelte Geschäftsidee handelte. Und zwar um den Prototyp.

Damit stand einwandfrei fest, dass seine Tochter hier gewesen sein und Laplan gelogen haben musste. Im technischen Sinne war dem Herrn Kommerzialrat eigentlich gar keine Lüge vorzuwerfen, schoss es Palinski plötzlich durch den Kopf. Denn sie hatten ihn ja nur gefragt, ob Silvana angerufen hätte, und nicht, ob sie hier gewesen wäre. Aber diese Spitzfindigkeit war im Moment wirklich nur reinste Korinthenkackerei, musste er sich eingestehen. Und für so etwas war jetzt wirklich keine Zeit.

*

Francas kleiner, grüner Golf und das Taxi mit Palinski und Sterzinger an Bord trafen zur gleichen Zeit vor dem Kommissariat auf der Hohen Warte ein.

»Oma Godaj«, Sterzinger schien sich wirklich zu freuen, die Großmutter seiner Frau zu sehen, »was machst du denn hier?«

»Hallo Fritz«, begrüßte ihn die alte Dame. »Erstens habe ich dir schon mehrmals gesagt, du sollst nicht Oma zu mir sagen, sondern Ildiko oder was immer du magst. Bloß nicht Oma, das macht einen so alt. Und zweitens bin ich aus demselben Grund hier wie du, nehme ich an. Ich möchte helfen, Silvana zu finden. Franca war so nett, mich mitzunehmen.«

Dann wandte sich die sinnlichste 70-jährige, die Palinski je gesehen hatte, dem ihr bisher nicht persönlich bekannten Vater ihrer Enkelin zu.

»Und du musst Mario sein«, sagte sie dem durchaus Geständigen auf den Kopf zu. »So wie ich dich vom Foto her kenne plus ein paar Jahre dazu, du hast dich gut gehalten. Musst ja auch schon bald auf die 50 zugehen.« Sie zog den um zwei Köpfe größeren Palinski zu sich herab und küsste ihn auf beide Wangen. »Ich kann mir schon vorstellen, was Veronika an dir gefunden hat.«

»Also, ich werde nächsten Monat erst 46«, protestierte der sich von soviel selbstverständlicher Herzlichkeit etwas überrollt fühlende Palinski halbherzig, gleichzeitig durchaus geschmeichelt durch die im Übrigen freundliche Beurteilung. »Das mit Veronika tut mir sehr, sehr leid.« Er nahm Ildikos Hand und hielt sie einige Sekunden lang.

»Tja, eine unübersichtliche Kurve, ein betrunkener Autofahrer, der noch dazu zu schnell unterwegs war und schon war es passiert«,

Ildikos Stimme klang verdächtig belegt. »Und die Ironie der Geschichte ist, dass dem schuldigen Kerl außer einer Rissquetschwunde am Knie nichts geschehen ist. Veronikas Auto ist dagegen 12 Meter tief in eine Schlucht gestürzt. Und sie war wieder einmal nicht angegurtet. Nach Aussagen des Arztes muss sie bereits tot gewesen sein, als der Wagen am Grund der Schlucht aufgeschlagen war. Genickbruch.«

Sie schluckte mehrmals, dann wurde ihre Stimme wieder fester. »Das Leben geht weiter. Wenigstens hat Silvana jetzt einen Vater.«

»Aber den muss sie erst noch kennenlernen«, warf Palinski ein. »Und darum sollten wir jetzt einen Gang zulegen und danach trachten, sie so rasch wie möglich zurückzubekommen.«

Vorsichtig drängte er die alte Dame und Sterzinger ins Gebäude, in dem Franca bereits verschwunden war.

In Wallners Zimmer summte es wie in einem Bienenstock. Das zeitliche Zusammentreffen zweier Fälle, von denen der eine von erheblicher politischer Brisanz und der zweite aufgrund der persönlichen Verquickung Palinskis ebenfalls von ganz besonderer Bedeutung war, hatte die sonst etwas lockere organisatorische Struktur der Kriminalabteilung völlig durcheinandergebracht. Wer meinte, dass Chaos pur die Szene beherrschte, der irrte gewaltig. Wallner, Sandegger und ihre Kollegen und Kolleginnen arbeiteten trotz größter Flexibilität und enormem Druck mit ungeheuerer Präzision. Aber unter Vernachlässigung, ja zeitweise sogar völliger Aufgabe formaler Kriterien.

»Also, wie ist jetzt der letzte Erkenntnisstand im Fall ›Albert Göllner‹?«, rief Wallner in die Runde. »Und wie geht es weiter?«

»Göllner selbst ist als Verdächtiger definitiv ausgeschieden«, begann Sandegger. »Da der Täter oder die Täterin sehr gut über die Gewohnheiten Göllners Bescheid gewusst und Zugang zu seiner Wohnung gehabt haben musste, bleiben derzeit nur zwei Personen übrig, die diese Voraussetzungen erfüllen. Das ist einerseits der Neffe, der Anwalt Dr. Walter Göllner. Und andererseits Frau Anna Eiblinger, die Haushaltshilfe.« Er atmete tief durch.

»In Anbetracht der Aussage des Zeugen Matzler und dem nach seinen Angaben angefertigten Phantombild kommt praktisch aber nur eine Person in Frage«, Sandegger deutete auf den an der Pinwand haftenden Computerausdruck. »Nämlich Walter Göllner.«

»Das ist ja alles gut und schön und ich stimme mit deiner Schlussfolgerung völlig überein«, meinte Wallner. »Nur, was für einen Grund sollte der Anwalt gehabt haben, seinen Onkel in eine derartige Situation zu bringen?«

»Das weiß ich auch noch nicht«, räumte Sandegger ein. »Aber eines ist mir aufgefallen. Der Neffe lässt keine Gelegenheit aus, seinen Onkel als unzurechnungsfähig darzustellen. Vielleicht meint er es durchaus gut mit dieser Strategie, will seinen Mandanten auf diese Weise vor einem Schuldspruch bewahren.«

»Oder er will Sachwalter seines Onkels werden«, fiel Palinski dem Inspektor fast ins Wort. »Weil er sich daraus einen Vorteil verspricht. Ich kann mich dunkel erinnern, dass wir so einen ähnlichen Fall in der Datenbank haben. Ich werde gleich einmal Florian darauf ansetzen.«

Während Palinski sein Handy zog, fing irgendein anderes, in diesem Raum befindliches an, auf penetrant laute Weise polyphon auf sich aufmerksam zu machen.

Der Anruf galt Sterzinger, der sich eine Entschuldigung murmelnd auf den Gang begab, um das Gespräch anzunehmen. Gleich darauf kam er wieder herein und platzte heraus: »Silvana ist in Sicherheit, sie hat eine E-Mail ins Hotel geschickt.« Er war ganz aufgeregt und glücklich. »Gott sei Dank, es ist ihr nichts geschehen.«

Palinski, der trotz seines gleichzeitig laufenden Gesprächs mit seinem Assistenten mit einem Ohr mitgehört hatte, war ungemein erleichtert über diese gute Nachricht. Andererseits störte ihn irgendetwas daran. War es der Zeitfaktor oder die Unfähigkeit, eine Frau, besser, eine zwar unbekannte Tochter, immerhin aber doch jemand von seinem Fleisch und Blut, zu verstehen, die sich so unverantwortlich und saublöd verhalten sollte? Ganz einfach verschwand, niemandem Bescheid sagte, anscheinend wichtige Termine schmiss und plötzlich sollte nichts gewesen sein. Nein, das kam ihm nicht ganz koscher vor.

»Sage deinen Leuten im Hotel, sie sollen die E-Mail hierher weiterleiten an …«, er blickte Wallner fragend an. »Wie lautet deine E-Mail-Adresse?« Der Oberinspektor nannte sie und Sterzinger gab sie zum ›Rittener Hof‹ durch.

Nachdem er die Verbindung beendet hatte, versuchte er noch festzustellen, von wem ein am Display als ›Nicht angenommen‹ ausgewiesenes Gespräch gekommen war. Aber da war nur eine ihm unbekannte Rufnummer feststellbar.

»Also, ich bin so erleichtert«, verkündete Sterzinger. »Darf ich alle Anwesenden und natürlich auch Wilma zur Feier des Tages zu einem exquisiten Abendessen einladen?«

»Das ist sehr nett von Ihnen«, erkannte Wallner an, der nicht sehr fröhlich wirkte und dem Frieden ebenfalls noch nicht zu trauen schien. »Und ich für meinen Teil werde gerne darauf zurückkommen. Aber warten wir noch etwas ab. Zumindest, bis wir den genauen Text der Nachricht kennen.«

Inzwischen hatte Palinski sein Gespräch mit Florian beendet.

Während sie auf das Eintreffen der E-Mail warteten, berichtete Wallner, dass »in der fraglichen Zeit am Sonntagnachmittag am Flughafen in Innsbruck zwei Wertkartenhandys verkauft worden sind. Da Frau Sterzinger-Godaj mit Kreditkarte bezahlt hat, war die eindeutige Zuordnung des Kaufes problemlos möglich. Wir warten jetzt auf die Nachricht des entsprechenden Netzbetreibers, der die zu den Gerätedaten passende Rufnummer ermitteln und dann eine Funkpeilung durchführen soll.«

Inzwischen war die E-Mail aus Südtirol eingetroffen. Wallner, dessen Physikverständnis auf der Rückseite einer Briefmarke bequem Platz gehabt hätte, war immer wieder fasziniert von den Möglichkeiten moderner Kommunikationstechnologie.

Er warf einen kurzen Blick auf den Text, dann druckte er die Nachricht viermal aus und reichte Ildiko, Sterzinger, Palinski und Sandegger jeweils einen Ausdruck.

»Bitte sehen Sie sich die Nachricht einmal genau an«, forderte er die vier auf, »das gilt besonders für Sie, gnädige Frau und für Herrn Sterzinger. Ist die Mitteilung zweifelsfrei von Silvana oder möchte uns jemand damit auf eine falsche Fährte locken?«

»Ich finde die Adresse, an die die E-Mail gegangen ist, irgendwie sonderbar«, sagte Palinski ganz langsam. So, als ob ihm etwas auf der Zunge lag, aber noch nicht ganz dazu bereit war, von dieser herunterzukommen.

Fragend blickte ihn Wallner an. »Was ist an office@rittenerhof.com auszusetzen«, wollte er wissen.

»Nun ja, das klingt so verdammt offiziell für eine Adresse, an die eine Frau eine Botschaft an ihren Mann schickt«, überlegte Palinski. »Immerhin scheint das Hotel über eine eigene Domain zu verfügen. Oder? Da hat der Hotelier doch sicher auch seine eigene E-Mail-Adresse.« Er blickte fragend zu Sterzinger, der zustimmend mit dem Kopf nickte.

»Ich muss Mario recht geben«, meinte er sichtlich enttäuscht. »Da ist einmal das mit der Adresse. Dazu kommt, dass mich Silvana niemals mit ›Lieber Fritz‹ ansprechen würde. Sie nennt mich immer ›Friedl‹. Für meine Frau bin ich nicht Fritz, sondern Friedl. Silvana unterschreibt auch nie mit ihrem vollen Namen, sondern immer nur mit Silv.« Er nahm das Blatt in die Hand und deutete offenbar auf eine bestimmte Passage. »Ferner sind da einige Ausdrücke, die eher untypisch für sie sind. Hier zum Beispiel ›ausklinken‹, das würde sie nicht sagen. Ebenso wenig ›mach dir keine Sorgen, ich bin o. k.‹. Sie mag diese Amerikanismen nicht, verwendet stattdessen ›ich bin in Ordnung« oder noch eher ›mir geht es gut‹. Für mich gibt es nur zwei Möglichkeiten«, er schüttelte traurig den Kopf. »Entweder sie hat diese Nachricht unter Druck verfasst und die Auffälligkeiten bewusst eingefügt, damit ich stutzig werde. Oder sie stammt überhaupt nicht von ihr.«

»Dann neige ich eher zur Annahme, dass die Nachricht überhaupt nicht von ihr stammt«, meldete sich Palinski nochmals. »Denn die Office-Adresse ist mir zu auffällig. Die wäre dem Entführer sicher ins Auge gesprungen, so wie sie mir sofort aufgefallen ist.«

»Was will man uns mit dieser Nachricht eigentlich mitteilen«, Ildiko nahm das vor ihr liegende Blatt und begann zu lesen.

»Lieber Fritz, mach dir keine Sorgen, ich bin o. k. Aber mir geht es nervlich nicht so gut und ich muss mich einige Zeit ausklinken. Muss zu mir finden. Keine Angst, ich bin rechtzeitig wieder zurück. In Liebe Silvana.«

»Man will uns beruhigen, verhindern, dass wir tiefer in die Suche nach Frau Sterzinger-Godaj einsteigen und den Entführern zu nahe kommen.« Wallner überlegte, welche Absicht noch hinter diesem Manöver stecken konnte. »Möglicherweise hat die Entführung ja mit diesem Kochwettbewerb am Wochenende zu tun und irgendjemand will sich die Konkurrenz Ihrer Frau bzw. Enkelin vom Leib halten.« Der Inspektor glaubte sichtlich nicht an diese Möglichkeit, ganz ausschließen konnte er sie auch nicht.

»Ist schon bekannt, von wo die E-Mail abgeschickt worden ist?«, wollte Palinski wissen. Wallner verneinte, wollte die entsprechende Recherche sofort veranlassen. »Obwohl das in den meisten Fällen nichts bringt«, schränkte er eine möglicherweise zu hohe Erwartungshaltung von Haus aus ein.

»Eines scheint diese Nachricht zu beweisen«, stellte der Oberinspektor fest. »Irgendjemand wurde durch unsere bisherigen Aktivitäten veranlasst, ein Ablenkungsmanöver zu starten. Vielleicht nur ganz allgemein, vielleicht aber auch, weil der- oder diejenige meint, dass wir bereits zu nahe an sie oder ihn herangekommen sind. Wer könnte das sein?«

»Da fällt mir spontan dieser Herr Laplan ein«, entfuhr es Sterzinger. Und er berichtete der Runde von dem Besuch im Büro dieses Mannes und vor allem von dem besonderen Schirm. »Das ist doch ein deutlicher Beweis dafür, dass der Kerl Dreck am Stecken haben muss. Warum sonst lügt er uns an.«

»Da haben Sie schon recht«, stimmte Wallner zu, »obwohl ein geschickter Anwalt wahrscheinlich eine plausible Erklärung finden würde. Aber das ist auf jeden Fall eine interessante Spur. Bloß, wenn Laplan gar nicht weiß, dass Sie den Schirm gesehen haben, wahrscheinlich noch gar nicht bemerkt hat, dass da der Schirm Ihrer Frau steht, warum sollte er dann gerade jetzt eine fingierte E-Mail losschicken?«

Palinski grübelte über etwas nach, das ihn schon die ganze Zeit beschäftigt hatte. Dann kam ihm plötzlich die Erleuchtung,

»Ich glaube, ich weiß, was Laplan zu diesem Schritt veranlasst haben könnte«, rief er aus. »Wenn er mit der Entführung zu tun haben sollte, dann geht es ihm wahrscheinlich nur um Zeitgewinn. Fritz hat ihm nämlich vor dem Verlassen seines Büros in aller Unschuld mitgeteilt, dass sich seine Frau gerade ein neues Handy besorgt hat. Falls man das noch nicht bei ihr gefunden haben sollte, wird man neuerlich danach zu suchen beginnen.«

»Nur gut, dass wir das auch schon erfahren«, murrte Wallner vorwurfsvoll. Nicht zu Unrecht, musste Palinski zugeben. Diese Information hätte eigentlich absolute Priorität haben müssen.

»Tut mir leid«, murmelte er entschuldigend, »das ist mir selbst gerade erst bewusst geworden.«

»Dann müssen wir jetzt einen Zahn zulegen, damit wir etwas weiterbringen, ehe das Handy gefunden wird«, Wallner war nicht nachtragend. »Besser noch eine ganze Brücke.« Er lachte unlustig, tippte die Nummer des Mobilnetzbetreibers ein und ließ sich mit einem leitenden Mitarbeiter verbinden, den er von einem früheren Fall her kannte.

*

Florian Nowotny, Palinskis findiger Assistent, hatte sich sofort nach dem Auftrag seines Chefs an die Arbeit gemacht. Das bedeutet, die umfangreiche Datenbank ›Crimes – facts and ideas‹, das Kernstück und den ganzen Stolz des ›Instituts für Krimiliteranalogie‹, gezielt nach Hinweisen auf Verbrechen zu durchforsten, in denen die Entmündigung einer Person bzw. die Rolle des für diese bestellten

Sachwalters in einem Verbrechen eine substanzielle Rolle spielte. Egal, ob in einem realen oder in einem erfundenen, nur in der Literatur existenten Kriminalfall. Denn, so lautete Palinskis oberstes Credo, das reale Verbrechen beeinflusste die Autoren von Romanen, Drehbüchern und Kurzgeschichten. Umgekehrt wurden aber auch die Verbrecher von zu Papier oder auf Leinwand und Bildschirm gebrachten Krimis in ihren Handlungen beeinflusst.

Die große Kunst dabei war, genau jene Suchwörter zu erahnen, die den reichen vorhandenen Fundus erst zugänglich machten. Dazu benötigte man sehr viel Erfahrung oder ein hohes Maß an Intuition. Am besten beides.

Palinski hatte viel Erfahrung, Florian dagegen sehr viel Intuition. Und obwohl der junge Kollege erst seit wenigen Tagen mit der Datenbank arbeitete, war er bereits erfolgreicher als sein mehr als doppelt so alter Mentor.

Florians heutige Recherchen hatten sehr rasch eine Menge Hinweise zutage gebracht, die alle darauf hinausliefen, dass der Machthaber seine Verfügungsgewalt missbraucht hatte, um sich vor allem einen Vermögensvorteil zu verschaffen. Das Ergebnis seiner Arbeit ließ sich also in der konkreten Frage zusammenfassen: Was besaß der 78-jährige Albert Göllner, das sein Neffe an sich bringen bzw. zu seinem Vorteil nutzen konnte?

Auftragsgemäß rief er das Kommissariat Hohe Warte an, ließ sich mit Sandegger verbinden und teilte ihm das Ergebnis seiner Arbeit mit.

Das Erste, was dem Inspektor dazu einfiel, war die Information, die er von Anna Eiblinger erhalten hatte. Die gute Frau hatte von einem Streit zwischen Onkel und Neffen gesprochen, bei dem es um einige Äcker in der Nähe von Mistelbach gegangen war. Wer weiß, vielleicht sollten diese Äcker in Baugrund umgewandelt werden oder man hatte Öl gefunden, dachte Sandegger in einem Anfall von Scherz. Was auch immer, irgendetwas konnte aus den relativ billigen, landwirtschaftlich genutzten Flächen rasch Goldgruben machen. Wenn dem so sein sollte und Walter Göllner wusste davon, dann hatten sie endlich ein Motiv.

*

Silvana hatte das Gefühl, eben erst eingeschlafen zu sein, als sie unsanft aus ihren wirren Träumen gerissen wurde. Ihr vermummter Bewacher stand vor ihr und blickte auf sie hinunter. Als er bemerkte, dass sie aufgewacht war, fuhr er sie mit scharfer Stimme an: »Wo haben Sie das Handy versteckt?«

Verschlafen richtete sich die Frau auf. »Was wollen Sie von mir, ein Handy? Wer sagt Ihnen denn, dass ich ein Handy habe.«

»Heutzutage hat jeder Mensch ein Handy«, keifte der Mann. »Ich weiß genau, dass Sie auch so ein Ding haben. Also her damit. Oder muss ich Sie erst filzen?«

Inzwischen war Silvana soweit munter, dass ihr Verstand wieder klaglos zu funktionieren begann. »Was ich Ihnen jetzt sage, werden Sie mir sicher nicht glauben«, sagte sie mit freundlicher, bewusst etwas unterwürfig klingender Stimme. »Ich habe mir tatsächlich am Montag ein Handy gekauft. Diese Dinge sind doch wirklich praktisch. Aber da ich nicht gewusst habe, dass man zunächst den Akku aufladen muss, ehe man telefonieren kann, hat es nicht funktioniert, als ich meinen Mann anrufen wollte. So habe ich es im Auto liegen lassen«, sie blickte treuherzig zu dem Mann auf. »Typisch Frau, was?«, meinte sie und lachte dazu.

Der Mann war zwar nach wie vor misstrauisch, aber Gott sei Dank mehr einfältig als brutal. Denn er schlug nicht einfach zu, um die Wahrheit aus ihr herauszuprügeln, wie sie das in einschlägigen Filmen gesehen hatte. Nein, er schien erst einmal zu überlegen, ob an ihrer Geschichte etwas dran sein konnte. Vielleicht sollte sie mit ein wenig vordergründiger Logik nachhelfen.

»Glauben Sie wirklich, ich hätte nicht schon längst die Polizei angerufen, falls ich die Möglichkeit dazu gehabt hätte? Sie würden schon längst im Gefängnis sitzen, wenn dem so wäre. Und – sehen Sie irgendwo einen Polizisten?«

Das schien das erfreulich schlichte Gemüt zu überzeugen. Um auf Nummer sicher zu gehen, legte Silvana noch eins drauf. »Wenn Sie mir immer noch nicht glauben, nehmen Sie meinen Autoschlüssel, fahren Sie in die Tiefgarage des Hotels ›Vienna Palace‹ und sehen Sie in meinem Wagen nach. Einem silbergrauen BMW 320 mit dem Kennzeichen BZ 20 344.«

»Nein, nein«, murmelte der Gute, »das ist nicht notwendig. Ich glaube Ihnen schon. Aber ich hatte den Auftrag, Sie zu fragen. Entschuldigen Sie die Störung«, sagte der Mann noch, dann war Silvana wieder alleine.

Sie hatte das Gefühl, dass die zu diesem Zeitpunkt völlig unplausibel wirkende Suche nach dem Handy irgendetwas Entscheidendes bedeuten musste. Also auf dem Mist ihres Aufpassers war diese Idee sicher nicht gewachsen. Das hatte er mit der Bemerkung, im Auftrag gehandelt zu haben, bestätigt.

Wer hatte ihm also den Auftrag gegeben? Und warum gerade jetzt? War ihren Entführern die Gefahr, die ein Telefon in den Händen ihres Opfers darstellte, erst jetzt bewusst geworden? Oder hatten sie irgendwie erfahren, dass sie sich erst vor wenigen Tagen Ersatz für das zu Hause vergessene Gerät beschafft hatte? Aber von wem hätten sie das erfahren können, wer außer ihrer Großmutter wusste davon? Niemand, soweit sie sich erinnern konnte. Und Oma hatte sicher niemandem davon erzählt.

Sie merkte, wie ihr die Augen wieder zuzufallen begannen. Ehe sie einschlief, nahm sie sich ganz fest vor, sich mit dieser Frage später ausführlich auseinanderzusetzen.

*

»Sagen Sie mir ehrlich, Herr Sandegger«, Albert Göllner führte den Inspektor in sein Wohnzimmer, »halten Sie mich für unzurechnungsfähig?«

»Aber nein, wie kommen Sie darauf?«, entgegnete der Befragte. »Ich hoffe, einmal, wenn ich in Ihrem Alter sein werde, noch so auf Zack zu sein wie Sie. Sowohl geistig als auch körperlich.«

»Mein Neffe will mir unbedingt einreden, dass ich zumindest zeitweise nicht mehr Herr meiner Sinne bin«, beklagte der alte Mann. »Für morgen hat er sogar schon einen Termin bei einem Psychiater vereinbaren wollen. Er will mich offenbar unbedingt entmündigen lassen.«

»Na, na, so schnell geht das auch wieder nicht«, beruhigte ihn Sandegger. »Und falls es notwendig werden sollte, werde ich gerne für Sie aussagen.«

»Ich verstehe überhaupt nicht, was das überhaupt soll«, wunderte sich Göllner. »Gut, solange ich unter Verdacht stand, die beiden jungen Leute erschossen zu haben, wollte er auf zeitweise Unzurechnungsfähigkeit plädieren und mich so vor einer Verurteilung bewahren. Das habe ich ja noch eingesehen, auch wenn es mir nicht gefallen hat.« Er schüttelte entrüstet den Kopf. »Aber jetzt, nachdem dieser Vorwurf weggefallen ist, will er mich nach wie vor verrückt reden. Ich weiß nicht, was er damit bezweckt.«

»Ich nehme an, Ihr Neffe würde sich zu Ihrem Sachwalter bestellen lassen«, vermutete der Inspektor. »Welche Vorteile könnte Dr. Göllner aus der Führung Ihrer Geschäfte ziehen?«

Der alte Herr überlegte einige Zeit, dann zuckte er bedauernd mit den Achseln. »Ich habe keine Ahnung, ich habe ja fast nichts. Meine Pension und das, was Sie hier in der Wohnung sehen. Ja, und die 3 400 Euro auf einem Sparbuch sind wohl kaum genug Anreiz für eine Veruntreuung. Vor allem, wenn er Geld benötigt, braucht er mich bloß zu fragen. Aber als Anwalt verdient er doch sehr gut.«

Sandegger notierte sich ›Vermögensverhältnisse Dr. Göllner überprüfen‹. »Sind da nicht noch einige Grundstücke in Niederösterreich?«, wollte er dann wissen.

»Diese Äcker gehören meiner Frau«, stellte Göllner fest. »Damit habe ich nichts zu tun.«

»Waren Sie nach dem Tod Ihrer Frau nicht Alleinerbe, oder?«, warf Sandegger ein und nahm Göllners leichtes Kopfnicken als Zustimmung. »Also gehören die Grundstücke Ihnen. Ich habe gehört, dass es deswegen sogar schon Streit zwischen Ihnen und Ihrem Neffen gegeben hat.«

»Aha, da hat Anna wieder einmal nicht den Mund halten können«, polterte der alte Mann los. »Zugegeben, er hat mich überreden wollen, die Grundstücke zu verkaufen. Angeblich hat er ein gutes Angebot von einem Großbauern vorliegen gehabt. 80 Cent pro Quadratmeter. Und das soll ein gutes Angebot sein.«

»Ich habe zwar keine Ahnung, wie die Preise für landwirtschaftlich genutzte Flächen sind«, räumte der Inspektor ein, »aber bei ein paar Hektar kommt auch einiges zusammen. Um wie viel Grund geht es denn dabei?«

»Ich weiß das nicht genau«, Göllner schüttelte den Kopf, »ich habe mich nie wirklich dafür interessiert. Wenn

Sie es genau wissen wollen, ich muss irgendwo den letzten Grundsteuerbescheid des Finanzamtes herumliegen haben.«

Er stand auf, ging zu einer Kommode und kramte in einer Lade herum. Nach einigen Minuten kehrte er zu Sandegger zurück und reichte ihm ein amtlich wirkendes Schriftstück. »Hier, sehen Sie selbst.«

Mühsam kämpfte sich der Inspektor durch das finanzamtliche Kauderwelsch des Bescheides, bis er zu den ihn interessierenden Passagen gelangte. Jetzt verschlug es ihm die Sprache. Die Steuer war für insgesamt 54,8 Hektar Ackerfläche vorgeschrieben worden. Falls seine Rechenkenntnisse ihn nicht im Stich ließen, bedeutete das selbst bei einem Angebot von nur 80 Cent pro m2 einen Wert von fast 440 000 Euro. Alleine die vorgeschriebene Steuer musste das geschätzte Jahreseinkommen des Pensionisten weit übersteigen.

Sandegger war baff, zumindest nach der alten Schillingwährung war Göllner mehrfacher Millionär.

»Wie haben Sie denn die Steuer bezahlt?«, wollte er von dem offenbar völlig uninformierten Mann wissen.

»Das hat Walter für mich erledigt. Die Äcker sind alle verpachtet und der Bub erledigt den ganzen geschäftlichen Kram.« Göllner lächelte. »Gott sei Dank, ich kenne mich mit diesen Dingen nicht aus, will auch gar nichts damit zu tun haben. Er zahlt die Steuer von den Pachteinnahmen, den Rest darf er sich für seine Arbeit behalten.«

Einen kurzen Moment lang war Sandegger versucht, seine Einschätzung von Göllners Geisteszustand einer ernsthaften Revision zu unterziehen.

Dann entschied er sich, die dubiose Geschichte als das anzusehen, was sie wahrscheinlich war. Das schamlose Ausnützen des Vertrauens dieses alten Mannes durch seinen Neffen und Anwalt. Beim Neffen konnte man noch von einem Vermögensdelikt innerhalb der Familie sprechen, für den Anwalt konnte das von Sandegger vermutete Fehlverhalten wesentlich ernstere Konsequenzen nach sich ziehen. Denn er wusste zwar nicht, wie viel Pacht für einen Hektar Acker zu erzielen war. Dass es sich dabei um ein Mehrfaches des als Steuer vorgeschriebenen Betrages handeln musste, stand für den Inspektor fest. Bei dem ›Rest‹, den der Alte seinem Anwalt so großzügig für ein bisschen Büroarbeit überließ, sollte es sich demnach um einen fünfstelligen Eurobetrag handeln. Und das Jahr für Jahr, fürwahr ein warmer Regen für den Neffen.

Was aber, wenn der Quadratmeterpreis schon heute oder zumindest in Zukunft über den angesprochenen 80 Cent läge, vielleicht eine teilweise Umwidmung in Bauland geplant war. Von der noch niemand wusste, zumindest nicht offiziell. Dann lag der Wert der Grundstücke vielleicht bei 1 Million Euro oder sogar noch mehr. Was für ein Motiv. Sandegger nahm sich vor, sich morgen gleich als Erstes dieser Frage zu widmen.

»Darf ich mir den Bescheid einige Tage ausborgen«, ersuchte er Göllner, der erwartungsgemäß nichts dagegen hatte. »Sie bekommen das Papier garantiert wieder zurück.«

*

Kurz nach dem Eintreffen von Ildiko am Kommissariat hatte Palinski Wilma angerufen und sie gebeten, Silvanas Großmutter abzuholen und sich etwas um sie zu kümmern. »Wir müssen uns auch noch um ein Hotelzimmer für die Omama kümmern«, hatte er gemeint. »Was hältst du davon, wenn wir sie in dem kleinen Hotel garni beim Döblinger Bad unterbringen?«

»Ich habe Tinas Zimmer für sie hergerichtet«, hatte ihm Wilma mitgeteilt und er hatte sie dafür geliebt. Sicher waren nicht alle Frauen so großzügig, wenn es darum ging, sich um plötzlich aufgetauchte Jugendsünden des Mannes und deren Angehörige zu kümmern, hatte er sich gedacht.

Beim Verlassen des Hauses hatte Wilma im Postkasten im Eingangsbereich neben einem an sie gerichteten Brief auch eine Verständigung des Postboten vorgefunden, dass am Postamt 1190 eine eingeschriebene Sendung für sie hinterlegt worden sei. Als Absender des Schreibens war das Bundesministerium für Unterricht und Bildung ausgewiesen.

Da war der Briefträger wieder einmal zu bequem gewesen die drei Stockwerke nach oben zu gehen, hatte sie gedacht. Und sich gewundert, dass die Entscheidung der Berufungskommission so rasch zugestellt worden war. Das konnte nur eine Absage bedeuten, davon war sie überzeugt gewesen. Da sie damit rechnete, hatte sich ihre Enttäuschung in Grenzen gehalten. Dann war sie zur Hohen Warte gefahren und hatte auf dem Weg dahin das Schreiben abgeholt. Aber noch nicht geöffnet.

Jetzt saß Wilma mit Ildiko in einem Kaffeehaus an der Billrothstraße, dem Cafe ›Schaumrolle‹. Sie kannte das gemütliche Lokal von einigen früheren Besuchen, wusste aber nicht, dass Marika Estivan und Josef Hilbinger einige Meter davor zu Tode gekommen waren.

Die beiden Frauen hatten sich auf Anhieb sympathisch gefunden und rasch auf das umgänglichere Du-Wort geeinigt. Ildiko hatte sich sehr über die Einladung, in Tinas Zimmer zu logieren, gefreut und das Angebot dankbar angenommen.

Der alte Ober, eine ausgewachsene Klatschtante, konnte der Versuchung nicht widerstehen, beim Servieren der beiden Kaffees die Damen darauf hinzuweisen, welch blutige Tragödie sich vor wenig mehr als 36 Stunden nur wenige Meter vor diesen Fenstern abgespielt hatte.

»Und die Wohnung vom ›wachsamen Albert‹ is do obn«, er deutete beiläufig auf das Eckhaus schräg gegenüber auf der anderen Straßenseite. »Von durt hod a gschossn, oda a net. Des wissns no ned genau.«

»Wer ist der ›wachsame Albert‹?«, Ildiko zeigte sich interessiert. »Der Name klingt so nach Wiener Original.«

Wilma berichtete ihr, was sie über den alten Mann wusste und warum er zu diesem Spitznamen gekommen war. »Sein richtiger Name ist übrigens Albert Göllner.«

Bei dem Namen Göllner zuckte Ildiko Godaj leicht zusammen. »Der Name kommt mir bekannt vor. Weißt du, was Herr Göllner früher gemacht hat?«

»Soviel ich weiß, war er bei der Kriminalpolizei, hier am Bezirkskommissariat«, meinte Wilma.

»Dann kenne ich Herrn Göllner«, stellte Ildiko fest. »Ich bin ziemlich sicher, der Kriminalbeamte, mit dem ich seinerzeit zu tun hatte, nachdem mein Mann über Nacht verschwunden war, hat Göllner geheißen. Ja, Albert Göllner, ich bin ganz sicher.«

Wilma fand das zwar interessant, konnte aber kaum nachempfinden, welche Menge unbewältigte Erinnerungen und Gefühle dieser Zufall bei ihrer Gesprächspartnerin aufgewirbelt hatte. Sie wollte schon mit einer flapsigen Bemerkung über die plötzlich veränderte Stimmung hinweggehen, als sie die Tränen in Ildikos Augen bemerkte.

»Mein Gott, bin ich ein unsensibles Ding«, sie legte der alten Frau ihren Arm um die Schulter. »Das muss ja schrecklich für dich sein, entschuldige bitte meine Gedankenlosigkeit.«

Ildiko hatte sich bereits wieder gefasst. »Danke, es geht schon. Weißt du, was ich möchte«, meinte sie nach einigen Sekunden Nachdenkens, »ich möchte mit diesem Herrn Göllner sprechen. Denkst du, das wird sich machen lassen?«

»Tja, warum nicht«, Wilma wollte die vorhergegangene Taktlosigkeit rasch wieder vergessen machen und Silvanas Großmutter unbedingt diesen Wunsch erfüllen. Sie rief nach dem Ober und bat um das Telefonbuch. Nachdem sie die Nummer gefunden hatte, tippte sie diese in ihr Handy ein und wartete.

Nach dem dritten Läuten meldete sich eine Frau. »Eiblinger bei Göllner.«

Nachdem Wilma die Situation geschildert und Ildikos Wunsch geäußert hatte, dauerte es weitere zwei Minuten, bis feststand, dass sich Herr Göllner freuen würde Frau Godaj in 30 Minuten zu empfangen. »Solange braucht er, um sich schön zu machen«, bemerkte Frau Eiblinger etwas respektlos. »Wollen Sie lieber Tee oder Kaffee?«

Menschen waren entweder eitel oder sie waren es nicht, egal wie alt sie waren, dachte Wilma. Denn Ildiko hatte sich plötzlich nochmals auf den Weg zur Toilette gemacht. Und sicher nicht deswegen, weswegen sie schon vor rund 15 Minuten dort gewesen war.

Wilma warf einen Blick in die Tageszeitung, legte sie aber gleich wieder weg. Sie blickte scheinbar interessiert aus dem Fenster auf den auf der Billrothstraße vorbeipulsierenden Verkehr, um dann plötzlich wild entschlossen die beiden noch ungeöffneten Briefe herauszunehmen.

Fast schien es, als ob sie sich nicht entscheiden konnte, von welchem der beiden Schreiben sie sich zuerst enttäuschen lassen sollte. Da sie sicher war zu wissen, was sie in dem amtlichen Brief erwartete, entschied sie sich für das

Schreiben mit dem Absender ›Die Grünen in Wien‹. Wahrscheinlich ohnehin nur ein Werbebrief.

Dem war nicht so. Vielmehr teilte ihr Bertram Meysel, der Landessprecher der Grünen mit, dass man auf sie und ihre Leistungen im Bildungsbereich aufmerksam geworden sei. Nicht zuletzt durch die außerordentlich beeindruckende Präsentation bei dem Hearing von gestern. Woher Herr Meysel diese Informationen hatte, war Wilma unklar, fand aber das vorgelegte Tempo beeindruckend.

Herr Meysel teilte ihr mit, dass seine Landesorganisation auf der Suche nach einer wirklich kompetenten Expertin für Schulfragen wäre, die man auch als Kandidatin für einen Listenplatz bei den spätestens in einem Jahr stattfindenden Wahlen aufbauen wollte. Falls sie an einer Mitarbeit auf dieser Basis interessiert wäre, würde sich Meysel über ein weiterführendes Gespräch freuen.

Wilma stand kurzzeitig unter einem leichten Schock. Mit so etwas hatte sie nie und nimmer gerechnet. Komischerweise gefiel ihr die Idee, in die Politik zu gehen, auf Anhieb gar nicht so schlecht. Eigentlich immer besser, je länger sie sich damit befasste.

Sie bemerkte, wie Ildiko aus der Toilette und zurück zum Tisch kam. Rasch riss sie jetzt auch noch das zweite Schreiben auf. Egal, was drinnen stand, die Einladung der Grünen hatte sie gegen die Abfuhr des Ministeriums resistent gemacht. Sie nahm sich vor, nächstes Jahr im Parlament als Erstes gegen die Vergabepraxis bei der Besetzung von Direktorenposten anzutreten.

»Ich möchte nur rasch den Brief fertig lesen«, entschuldigte sich die präsumtive Frau Abgeordnete bei Ildiko, die inzwischen wieder Platz genommen hatte.

Der offizielle Teil des Schreibens aus dem Ministerium enthielt die erwartete, mit den üblichen höflichen Verbalverrenkungen verzierte Absage. Der handschriftliche, offenbar von dem ihr freundlich gesinnten Kommissionsmitglied stammende Zusatz versetzte Wilma mindestens ebenso sehr in Erstaunen wie das Angebot der Grünen.

Sehr geehrte Frau Doktor,
Ihr eindrucksvoller Auftritt bei dem heutigen Hearing hat mich davon überzeugt, Sie im Vorschlag für den ab März nächsten Jahres neu zu besetzenden Direktionsposten im Gymnasium in der Klostergasse an erster Stelle zu reihen. Damit haben Sie sehr gute Chancen, tatsächlich zum Zug zu kommen. Aus formalen Gründen müssten Sie sich lediglich bis spätestens Ende des Monats um diese Position bewerben. Bitte teilen Sie mir Ihre Entscheidung so rasch wie möglich mit.

Erfolgsmeldungen traten offenbar ebenso wie Zwillinge immer zu zweit auf. Wilma war außer sich vor Freude. Jetzt konnte sie wahrhaftig zwischen zwei interessanten Herausforderungen wählen. Oder besser noch, beide miteinander verbinden. Was sprach eigentlich dagegen, als karenzierte Schuldirektorin mit Jobgarantie für die Grünen in den Nationalrat einzuziehen?

»Wie es aussieht, hast du eine gute Nachricht erhalten«, brachte sich Ildiko wieder in Wilmas Bewusstsein. Die lächelte nur, winkte nach dem Ober und bezahlte.

»Ich habe meine Erfolgserlebnisse heute schon gehabt«, meinte Wilma im Aufstehen. »Hoffentlich bringt dir der Besuch bei Herrn Göllner das, was du dir davon erwartest.«

6

Oberinspektor Wallner war stocksauer. Sein Bekannter bei dem für Silvanas Wertkartenhandy zuständigen Netzbetreiber hatte sich vorerst durchaus kooperativ gezeigt. Dann hatte sich dessen Vorgesetzter, ein sturer, unflexibler Bürokrat, eingeschaltet und hinter den Paragrafen interner und gesetzlicher Bestimmungen verschanzt.

Wallner hatte ihm zunächst mit einer wahren Engelsgeduld die etwas ungewöhnliche Problematik geschildert und auf die Gefahr hingewiesen, in der sich die Kundin immerhin befinden könnte. »Und da sollte man sich nicht hinter Vorschriften verstecken.«

»Haben Sie sich schon einmal überlegt, Herr Kommissar«, hatte der Mann mit dem unaussprechlichen Namen Brdesticevsky seine Replik begonnen, »warum …«

»Oberinspektor«, hatte ihn Wallner unterbrochen, dessen aktuelle Reizschwelle fast erreicht war.

»Also gut, Herr Oberinspektor, haben Sie sich schon einmal überlegt, warum sich ein Mensch ein Wertkartenhandy kauft?«, er legte eine kleine, dramaturgische Pause ein. »Was meinen Sie? Weil er der Ansicht ist, dass ihm das ein Höchstmaß an Anonymität garantiert. Wer sagt Ihnen denn, dass diese Frau Stranzinger-Gother sich nicht ganz bewusst zurückgezogen hat, um einige ruhige Tage zu verbringen. Und die sollen ausgerechnet wir ihr verderben?«

Jetzt platzte Wallner endgültig der Kragen. »Wir haben es hier nicht mit dem verlängerten Wochenende einer frustrierten Hausfrau zu tun, die sich irgendwo von ihrem Lover durchvögeln lässt«, brüllte er in den Hörer. »Sondern mit einer seit vier Tagen vermissten Geschäftsfrau, die bereits einige wichtige Termine versäumt hat und deren Familie sich riesige Sorgen macht. Haben Sie das verstanden oder ist das zu hoch für Sie?«

»Mäßigen Sie sich im Ton, Herr Inspektor«, Brdesticevsky war hörbar beleidigt, »sonst werde ich mich bei Ihrem Vorgesetzten beschweren.«

»Sie wollen sich bei meinem Vorgesetzten beschweren?«, Wallner hatte die Stimme etwas gesenkt, sprach aber immer noch so laut, dass alle in seinem Büro Anwesenden dem Gespräch folgen konnten. »Na, dann tun Sie das einmal. Bei der Gelegenheit können Sie sich auch gleich erkundigen, welche Konsequenzen Ihre Behinderung der Polizeiarbeit nach sich ziehen wird, Sie …, Sie …, Sie Brdesticevsky Sie.« Dann knallte er den Hörer auf die Gabel.

Palinski hatte Wallner noch nie so erregt gesehen wie heute. Und dass es dem Freund gelungen war, bei aller Aufregung den Namen dieses unmöglichen Menschen nicht nur richtig auszusprechen, sondern auch noch in eine Beschimpfung umzuwandeln, fand er einfach genial.

Doch für derlei Betrachtungen war jetzt keine Zeit. Es musste dringend etwas geschehen und Palinski hatte schon eine Idee.

»Wenn er deinen Chef sprechen möchte«, meinte er daher zu Wallner, »dann sollten wir ihm Gelegenheit dazu geben. Aber wenn schon, dann gleich richtig.« Er holte sein Mobiltelefon heraus und tippte eine Nummer ein. Eine Nummer, die er im Kopf hatte, obwohl er sie bisher erst zwei Mal benutzt hatte.

Der Oberinspektor blickte ihn fragend an.

»Ich rufe einen Freund an, der mir noch einen Gefallen schuldet«, erklärte Palinski geheimnisvoll. »Lass dich überraschen.«

*

Die ein wenig verwahrlost wirkende Villa ›Ingeborg‹ am Waldrandweg in Salmannsdorf war ein etwas größeres Landhaus. Obwohl winterfest, wurde sie eigentlich nur in den Monaten Juni bis September benützt. Zumindest in den letzten 20 Jahren.

Das alleine stehende Gebäude machte daher jetzt, in der zweiten Novemberhälfte, einen unbewohnten Eindruck. Hinter einem der Fenster war allerdings ein über 50-jähriger gedrungen wirkender und dennoch großer Mann zu sehen, der an einem Tisch saß und eine Patience legte.

Plötzlich klingelte das neben dem Tisch stehende Telefon. »Hier Sombach«, meldete er sich. »Ach, du bist es, Trude.«

Trude war Martin Sombachs Frau, die beiden arbeiteten im Sommer im Haus, er als Gärtner und Diener, sie als Haushälterin, und betreuten die Immobilie auch die übrige Zeit im Jahr.

»Heute Abend ist doch diese Volksmusiksendung im Fernsehen, auf die sich Tante Erni schon so freut«, erklärte Trude. »Jetzt hat aber unser Apparat gerade endgültig den Geist aufgegeben. In der Villa gibt es doch dieses tragbare Gerät.« Ihre Stimme nahm einen einschmeichelnden Ton an. »Was meinst du, könnten wir uns das für einige Tage ausborgen?«

Sombach, sonst kein allzu rascher Denker, überlegte nicht lange. »Ich glaube nicht, dass das Gerät jemandem abgehen wird, wenn es einige Tage in unserem Wohnzimmer steht.« Er lachte leise in sich hinein. »Und falls doch, kann ich immer noch sagen, ich habe es zur Reparatur gebracht.«

»Fein«, Trude freute sich, »du bringst es also mit, ja? Vergiss nicht, die Sendung beginnt um 20.15 Uhr. Sei also rechtzeitig zu Hause.«

Da die Sombachs ganz in der Nähe wohnten, keine 10 Minuten zu Fuß, sah der Mann kein Problem mit dem rechtzeitig nach Hause Kommen. Was ihm dagegen ein wenig Kopfzerbrechen machte, war, wie er das Fernsehgerät nach Hause bringen sollte. Er war in seiner Jugend an einigen Brüchen beteiligt gewesen und hatte zwei Mal im Gefängnis gesessen. Das zweite Mal hatte ihn die Polizei ausgerechnet mit einem TV-Gerät in den Händen festgenommen. Seit damals hatte er gewisse psychologische Probleme beim offenen Transportieren von Geräten der Unterhaltungselektronik. Selbst wenn der Vorgang völlig legal war.

Sombach überlegte, worin er den Apparat verstecken konnte. Für einen Koffer war das Gerät zu groß, ein entsprechender Karton zu auffällig.

Plötzlich fiel ihm der Wäschekorb im Badezimmer ein, in dem das Gerät problemlos Platz fand. Dazu konnte er ein paar Handtücher oben drauflegen und kein Mensch würde auf die Idee kommen, was darin eigentlich befördert wurde.

Also ging er ins Bad, warf die beiden Handtücher, die herumlagen, in den Korb, damit der Boden bedeckt war. Dann trug er ihn in die kleine Bibliothek, in der sich das TV-Gerät befand, zog den Stecker und stellte den Fernseher in das Transportbehältnis. Danach holte er zwei frische Tischtücher aus der Kommode und drapierte sie so, dass man beim besten Willen nicht erkennen konnte, was sich in dem Korb befand. Zufrieden ging er mit dem derart bestens getarnten TV-Gerät zurück ins Wohnzimmer, nahm Platz und fuhr mit seiner Patience fort.

*

Wilma, die die bewegte Geschichte der Godajs und vor allem das für Ildiko und ihre Tochter Veronika traumatisierende Verschwinden des Mannes bzw. Vaters noch nicht gekannt hatte, war tief bewegt über das, was sie in der vergangenen Stunde gehört hatte. Wie profan und unwichtig wirkten doch dagegen ihre Sorgen um die Karriere, ihre gelegentlichen Streitigkeiten mit Mario und die üblichen Zores mit den Kindern.

Was diese bewundernswerte Frau mitgemacht und wie sie ihr Schicksal gemeistert hatte, versetzte Wilma in eine elektrisierende Mischung aus Mitleid und Bewunderung.

Aber auch Albert Göllner hatte sie überrascht. Sie hatte einen …, sie wusste eigentlich nicht genau, was sie erwartet hatte. Einen Polizisten eben, im Ruhestand. Mit Gewissheit hatte sie nicht mit so einem feinfühligen, charmanten und intelligenten Mann gerechnet, dessen Gegenwart der anfänglich sehr aufgewühlten Ildiko erkennbar gut tat. Wenn sich Wilma nicht sehr irrte, flirteten die beiden inzwischen sogar ein wenig miteinander.

Anfangs war Ildiko Göllner mit nicht zu übersehendem Misstrauen gegenübergestanden. Was nicht weiter erstaunlich war, immerhin hatte sie den seinerzeit für den Fall der ermordeten Prostituierten und dem Verschwinden Arpads zuständigen Kriminalbeamten bis jetzt mehr oder weniger für den aus ihrer Sicht inakzeptablen Ausgang der Untersuchungen verantwortlich gemacht.

Göllner hatte diese Verantwortung nicht geleugnet und

Verständnis für die spürbare Skepsis seiner Person gegenüber geäußert. In der Folge hatte er jeden einzelnen Schritt der seinerzeitigen Erhebung erläutert, auf die damals leider unzureichende Beweislage hingewiesen und vor allem den Eindruck vermittelt, dass der Fall zwar offiziell geschlossen worden, für ihn aber noch lange nicht beendet war.

»Sie können sicher sein, Frau Godaj, dass ich die aktuelle Situation nützen werde, alles mir Mögliche zu tun, um die schon seinerzeit vorhandenen Verdachtsmomente in die laufende Erhebung einfließen zu lassen«, hatte er schließlich versprochen.

»Nennen Sie mich doch Ildiko«, hatte die alte Dame daraufhin angeboten. Und genau das war der Moment, in welchem eine wunderbare Freundschaft begann.

Inzwischen war der Tee schon lange kalt geworden und Wilma wurde langsam etwas ungeduldig. Sie hatte noch einige Besorgungen zu erledigen und wollte vorher Ildiko in die Wohnung bringen.

»Ich denke, ich muss jetzt aufbrechen«, sagte sie gerade, als im Nebenzimmer Anna Eiblingers aufgeregte Stimme laut wurde.

»Albert schnö, da Walter is im Fernsehn zu sehn, kumm schnö.«

Der alte Herr sprang erstaunlich rasch auf und eilte hinüber, während seine beiden Besucherinnen langsam folgten.

Auf dem Bildschirm konnte man irgendeinen bekannten Menschen sehen, der mit einigen anderen schönen Menschen in einem Restaurant tafelte und dabei in die Kamera grinste. Wilma war sich nicht ganz sicher, glaubte aber, dass es sich dabei um einen bekannten Opernsänger handelte.

Während der Kommentar zu den Bildern von einer

»verdienten Belohnung nach einem triumphalen Troubadour in der Staatsoper« sprach, schwenkte die Kamera etwas nach links.

»Da, da«, aufgeregt deutete die Haushaltshilfe auf einen Tisch, der jetzt am Rande ins Bild gekommen war, »da sitzt da Walter mit an Herrn.«

Göllner hatte seinen Neffen sofort erkannt und auch den Mann, der mit ihm am Tisch saß. »Wissen Sie, wer das ist?«

Die Frage war nur rhetorisch gemeint, denn er beantwortete sie gleich selbst. »Das ist der am meisten beschäftigte Gerichtssachverständige für Psychiatrie in Wien, Herr Dr. Dr. Alfons Borneburg. Was die beiden da wohl zu besprechen haben?«, sinnierte er vor sich hin.

»Oiso, da Herr Walter im ›Soseieti Magazin‹, i hab gar net gwusst, dass er so prominent is«, Anna Eiblinger war ganz weg vor Überraschung.

»Der ist nicht prominent«, murmelte Göllner, »der kann es nur nicht erwarten, mich entmündigen zu lassen. Und dabei will er nicht das geringste Risiko eingehen.«

*

Herr Mag. Brdesticevsky von der ›TWO Communication GmbH‹ wollte gerade sein Büro verlassen, um einer menschlichen Regung zu folgen, als ihn das Schrillen seines Telefons zum Griff nach dem Hörer und damit zum Bleiben veranlasste.

»Ja«, meldete er sich formlos in der Annahme, dass es sich um seine Assistentin oder einen seiner Mitarbeiter handelte.

»Hier Fuscheé«, meldete sich eine ihm irgendwie bekannt vorkommende Stimme. »Sind Sie der Mann, der sich wegen Oberinspektor Wallner beschweren möchte? Und der sich geweigert hat, eine Funkpeilung nach dem Handy einer vermissten, vermutlich entführten Frau zu veranlassen?«

Brdesticevsky war zunächst reichlich überrascht, fasste sich aber schnell wieder. »Ja, so ist es. Und was kann ich für Sie tun?«

»Ich möchte Sie hiermit auffordern, diese Funkpeilung so rasch wie nur möglich durchzuführen und das Ergebnis sofort dem Oberinspektor durchzugeben«, forderte ihn der Unbekannte mit befehlsgewohnter Stimme auf.

Die Impertinenz, mit der diese Aufforderung vorgebracht worden war, machte den Mann mit dem unaussprechlichen Namen zornig.

»Und mit wem habe ich die Ehre«, meinte er spöttisch, »der meint, mir Befehle geben zu können?«

»Mit dem Innenminister der Republik Österreich«, knurrte Dr. Fuscheé zurück. »Und wenn Sie nicht sofort die notwendigen Veranlassungen treffen, verspreche ich Ihnen, dass ich in den nächsten 20 Jahren keine rechtlich gedeckte Gelegenheit auslassen werde, Ihnen und Ihrem Unternehmen das Leben so schwer wie möglich zu machen.«

»Also, Ihr Burschen arbeitet ja mit allen Tricks«, Brdesticevsky lachte höhnisch in den Hörer. »Aber nicht mit mir, nicht mit einem Brdesticevsky. Da müssen Sie schon früher aufstehen.« Dann beendete er das Gespräch und folgte endlich seinem Drang.

Keine fünf Minuten später stürmte Dr. Kellermann, einer der beiden Geschäftsführer des Unternehmens, in das Büro und brüllte nach Brdesticevsky. Da er ebenfalls seine Probleme mit der Aussprache des Namens hatte, klang das ziemlich eigenartig.

Nachdem er von einem der Mitarbeiter erfahren musste, dass Br…, also der Herr Magister am Häusl verschwunden war, ließ es sich der höchst erregte Kellermann nicht nehmen, mitten in der großzügig dimensionierten WC-Anlage Aufstellung zu nehmen und loszubrüllen. »Sind Sie wahnsinnig geworden, Sie Unglückseliger. Sie legen dem Innenminister auf? Es ist mir egal, was Sie gerade machen. Sie hören sofort«, das Sofort klang so scharf wie ein Rasiermesser, »ich wiederhole: sofort damit auf, begeben sich in Ihr Büro und veranlassen endlich diese verdammte Funkpeilung. Und ich muss inzwischen dem Minister in den Arsch kriechen, um Ihre Scheiße wieder aus der Welt zu schaffen.«

»Aber …«, kam es gepresst aus einer der Kabinen, doch das hörte Dr. Kellermann nicht mehr.

*

Zufall oder Schicksal? Diese Frage beschäftigt die Menschheit seit Anbeginn der Zeiten und war Ausgangspunkt und zentrales Thema diverser religiöser Bekenntnisse und philosophischer Denkschulen. Dabei war es letztlich egal, ob etwas zufällig geschah oder unterblieb oder ob das in einer Art Super-Duper-Masterplan schon immer so vorgesehen war.

Um einem aus einem allzu strikten Glauben an ein vorbestimmtes Schicksal entspringenden Fatalismus vorzubeugen, neigte man in Polizeikreisen eher dazu, dem Zufall eine gewisse, nein eine wesentliche Rolle zuzugestehen.

Als Kommissar ist und war der Zufall an der Klärung so gut wie aller jemals aufgeklärten Fälle mit beteiligt. Als liederlicher Bursche dagegen, der sich ab und zu auf die andere Seite schlug, war er aber auch dafür verantwortlich, dass eine bestimmte Zahl an Fällen eben nicht gelöst werden konnte.

Heute hatte Kommissar Zufall wieder mehrmals seine Finger im Spiel und ersparte Martin Sandegger damit nicht nur eine Fahrt zum Grundbuchamt in Mistelbach.

In einer Nachrichtensendung, die er auf der Fahrt vom Kommissariat in die Stadt anhörte, fielen das Wort ›Nordautobahn‹ und einige Erläuterungen zur projektierten Trassenführung.

Das wars, schoss es ihm plötzlich durch den Kopf. Falls auch nur einige Hektar von Göllners Grundbesitz für die neue Autobahn benötigt wurden, war der alte Herr ein steinreicher Mann. Und für im Nahbereich einer Autobahn befindliche Grundstücke fanden sich immer Interessenten, die günstige Standorte für Gewerbeparks, Industriebetriebe, Raststätten und dergleichen suchten.

Aber wer konnte wissen, wie die voraussichtliche Trassenführung aussah?

Das war der Moment, in dem Kollege Zufall ein zweites Mal zuschlug.

Sandegger erinnerte sich gehört zu haben, eine Cousine seiner Schwägerin arbeite beim Amt der Niederösterreichischen Landesregierung. Die Autobahnen waren zwar Bundessache, aber in St. Pölten wusste man sicher, wo die notwendigen Informationen zu bekommen waren. Immerhin hatte das Land im Rahmen der mittelbaren Bundesverwaltung sicher einiges damit zu tun.

Einige Telefonate später zeigte sich, dass Kommissar Zufall an diesem Tag besonders großzügig war. Zufälligerweise wusste die Cousine nicht nur, wo das benötigte Know-how zu finden war, sondern kannte sogar einen der dafür zuständigen Mitarbeiter. Der im Projektbüro in Stockerau saß und Sandegger damit am nächsten Morgen gegenüber St. Pölten rund 60 zusätzliche Kilometer Fahrt ersparte.

Sandegger war zufrieden und dankte insgeheim dem unberechenbaren Kollegen.

*

Es wurde schon dunkel und die Sekunden wurden zu Minuten. Die in Wallners Büro wartenden Männer hatten das Gefühl, dass nichts weiterging. Rein gar nichts.

»Wie lange dauert eigentlich so eine Funkpeilung?«, wollte Palinski von Wallner wissen, doch der zuckte nur mit den Achseln.

»Keine Ahnung«, meinte er, »es kann nicht so wahnsinnig lange dauern, glaube ich. Ich habe aber keine Erfahrung damit.«

Während die beiden Männer versuchten, ihre Nervosität im Griff zu behalten, spielte Sterzinger nachdenklich mit seinem Handy herum. Palinski, der ihn beobachtete, hatte den Eindruck, dass sein Schwiegersohn etwas sagen wollte, das dann aber wieder unterdrückte.

»Na, lass es endlich heraus«, ermunterte er Sterzinger, als dieser neuerlich den Eindruck machte, einen Gedanken loswerden zu müssen.

»Ich überlege gerade«, zögernd kamen die Worte über Sterzingers Lippen, »ob der Anruf, die unbekannte Nummer, die ich heute am Display vorgefunden habe, nicht vielleicht von Silvana stammt?«

»Das wäre immerhin möglich«, meinte Palinski mit plötzlich neu erwachtem Interesse. »Das werden wir ja in Kürze wissen, wenn sich der Kerl von TWO endlich meldet.«

Ohne lange nachzudenken und ehe Wallner oder Palinski noch reagieren konnten, hatte Sterzinger die Nummer wieder aufs Display geholt und die Verbindung hergestellt. Gespannt lauschte er auf das Signal, hoffte offenbar darauf, dass sich seine Frau meldete und ihn mit »Hallo Liebling« begrüßte.

»Brechen Sie die Verbindung sofort ab«, bellte Wallner los. »Oder wollen Sie Ihre Frau in Gefahr bringen?«

Erschreckt drückte Sterzinger den Aus-Knopf. »Das war unüberlegt«, gab er betreten zu, »aber die Versuchung war zu groß.«

»Falls die Entführer den Anruf mitbekommen haben, kann es passieren, dass die Funkpeilung jetzt ins Leere geht«, befürchtete der Oberinspektor. »Doch vielleicht ist das Ganze ohnehin schon gelaufen«, gab er sich schließlich optimistisch und versöhnlicher. »Wenn sich bloß der Kerl mit dem unaussprechlichen Namen endlich meldete, wie der Innenminister versprochen hat. Woher kennst du übrigens unseren obersten Chef so gut«, wunderte sich Wallner.

Auch Sterzinger blickte interessiert und dazu noch beeindruckt.

»Ach, das ist eine lange Geschichte«, murmelte Palinski, »die erzähle ich euch ein anderes Mal.«

*

Sombach überlegte gerade, ob er den Korb mit dem Fernsehgerät jetzt nach Hause bringen und dann nochmals zurückkehren sollte, um der Gefangenen ihre Abendration zu bringen, oder ob er sich für die umgekehrte Reihenfolge entscheiden sollte. Während er die an sich völlig belanglosen Fürs und Widers der beiden Optionen gegeneinander abwog, bemerkte er plötzlich, wie sich am Boden des Korbes etwas bewegte. Gleichzeitig vernahm er ein eigenartiges Summen, nein eher ein Brummen, nein, das war es auch nicht. Eigentlich wusste er nicht so richtig, wie er das seltsame Geräusch einordnen sollte.

Falls das eine Ratte war, die sich bisher im Korb ein schönes Leben gemacht hatte, dann würde es jetzt eine bittere Erfahrung für sie geben, dachte er zynisch. Vorsichtig nahm er die Tücher vom Gerät, hob den Fernseher heraus und stellte ihn ab. Dann nahm er die am Korbboden liegenden Handtücher, eines nach dem anderen vorsichtig an einem Zipfel hoch und beutelte sie noch über dem Korb aus.

Als er das letzte Tuch nahm, fiel das inzwischen wieder ruhig gestellte Handy heraus und grinste ihn mit seinem Display wie mit einem blinden Auge höhnisch an.

»Dieses Biest«, entfuhr es Sombach. Er hielt sich für einen guten Kerl, den nichts so einfach aus der Fassung brachte. Wenn ihn etwas in Rage versetzte, dann waren es Weiber, die sich für besonders schlau hielten. Seine Trude hatte das am Anfang ihrer Ehe auch einige Male mit ihm versucht, war aber nach ein paar ordentlichen Watschen vernünftig geworden.

Na gut, die Kleine wollte es nicht anders. Der würde er jetzt zeigen, was es bedeutete, einen Martin Sombach zum Narren zu halten.

Das Glück für Silvana war, dass sie etwa 10 Minuten vorher aufgewacht und daher schon einigermaßen klar im Kopf war, als Sombach jetzt in ihr Verlies trat. Nein, stürmte. Vorsichtshalber schloss sie die Augen und stellte sich schlafend.

»Hier, du Schlampe«, brüllte er sie schon von der Tür her an. »Was ist das denn hier?«, er hielt ihr Handy in die Höhe. »Ich habe mein Handy im Auto gelassen, Sie können ja nachsehen, wenn Sie mir nicht glauben«, äffte er sie nach. »Scheiß Weiber. Na, dafür wirst du jetzt büssen.«

Aus den Augenwinkeln sah Silvana, wie der Mann näher trat und sich breitspurig vor ihr aufbaute. Die Beine weit genug gespreizt, um ... Jetzt schien es wirklich ernst zu werden. Sie überlegte daher nicht lange, sondern ließ ihr rechtes Bein, so kräftig ihr das möglich war, hochschnellen und ihren Fuß genau dort landen, wo es Männern am meisten weh tat. Während sich Sombach mit schmerzverzerrtem Gesicht krümmte und schließlich in die Knie sank, sprang Silvana auf, griff nach dem Glaskrug mit dem Rest an Trinkwasser und haute ihn dem Mann mit aller Wucht über den Schädel. Sombach stöhnte kurz auf, wollte noch instinktiv nach der Frau greifen und fiel dann endgültig zu Boden.

Silvana langte sich noch rasch das Handy, dann rannte sie los, die Stiegen hinauf, bei der Tür hinaus und weiter durch den Garten. Dann überquerte sie eine Landstraße und lief immer weiter, bis sie den vielleicht 100 Meter dahinter liegenden Wald erreicht hatte.

Heftig atmend blieb sie kurz stehen, um zu sehen, ob sie verfolgt wurde. Der Mann war nirgends zu sehen. Etwas langsamer setzte sie sich wieder in Bewegung, immer weiter hinein in das schützende Dickicht. Nach einigen Minuten erreichte sie einen Waldweg und verfiel in ein rascheres Tempo. Sie bewegte sich etwa mit der Geschwindigkeit vorwärts, mit der sie ihre fünf Kilometer tägliches Jogging zu absolvieren pflegte. So würde sie trotz ihres geschwächten Zustandes eine schöne Strecke zurücklegen können.

Sie wusste nicht, wo sie war, und sie wusste auch nicht, wohin sie sollte, sie wusste nur, was sie wollte. Nämlich möglichst weit weg von hier. Von diesem schrecklichen Haus, das sich offenbar mitten im Wald befand. Einen sicheren Ort suchen und dann Fritz anrufen oder die Polizei. Am besten, beide.

*

Wallner hatte noch einmal von Dr. Kellermanns Angebot Gebrauch machen müssen, Brdesticevsky gegebenenfalls in den Hintern zu treten, falls es mit der Funkpeilung nicht zügig voranging. Dann war es endlich soweit. Möglicherweise war der Tritt so heftig ausgefallen, dass der ursprünglich so wenig kooperative Mitarbeiter der ›TWO‹ nicht mehr selbst sprechen konnte oder wollte. Auf jeden Fall war es der Geschäftsführer selbst, der sich wenige Minuten später meldete und das lang erwartete Ergebnis bekannt gab.

»Das gesuchte Signal befindet sich derzeit im Bereich der Norwegerwiese«, meldete Kellermann aufgeregt. »Es ist allerdings nicht stationär, sondern bewegt sich langsam, aber kontinuierlich in Richtung Nordwesten.«

»Bedeutet das, dass sich das Handy in einem Auto befindet?«, Wallner war wieder der Alte. Die Zeit des zermürbenden Wartens war vorüber, die Dinge waren offenbar in Bewegung geraten und er würde endlich etwas unternehmen können.

»Eher nein, denn meines Wissens gibt es in dem Bereich keine Straßen. Ich denke, dass das Signal von einer schnell gehenden oder langsam laufenden Person ausgeht. Es ist nur mehr sehr schwach wahrnehmbar. Der Akku macht es sicher nicht mehr lange.« Kellermann atmete tief durch. »Ich hoffe, wir konnten Ihnen damit helfen. Und für meinen unkooperativen Mitarbeiter bitte ich Sie nochmals um Nachsicht.«

Wallner war der Typ, der sich nach einem Sieg immer großzügig verhielt. »Herzlichen Dank, Herr Doktor, und die Sache mit diesem Herrn Brde…, wie immer auch, die habe ich schon wieder vergessen.«

Palinski, der wie alle anderen im Raum das Gespräch über die Freisprechanlage mitgehört hatte, war erregt aufgesprungen.

»Das kann doch eigentlich nur eines bedeuten«, rief er aus, »dass nämlich …«

»Silvana es geschafft hat, sich zu befreien, und auf der Flucht ist«, fiel ihm Wallner ins Wort. »Zu dieser Schlussfolgerung bin ich auch gekommen. Es ist natürlich durchaus möglich, dass jemand anderer mit ihrem Telefon durch die Gegend rennt, aber das ergibt eigentlich keinen Sinn.«

Sterzinger hatte sich bereits seine Jacke angezogen und war ebenfalls aufgestanden. »Und auf was warten wir dann noch«, fragte er ungeduldig. »Wir müssen los, meine Frau suchen.«

*

Wilma hatte es sich mit Ildiko zu Hause gemütlich gemacht. So gemütlich man es sich in dieser Situation machen konnte. Die alte Dame, die während des Besuches bei Albert Göllner direkt aufgeblüht war, war jetzt sichtlich ermüdet. Die Sorge um ihre Enkelin stand ihr deutlich ins Gesicht geschrieben.

Dazu kam, und das belastete auch Wilma sehr, dass die beiden seit mehreren Stunden nichts mehr von Palinski gehört und daher keine Ahnung von der aktuellen Entwicklung hatten.

»Dieser Albert Göllner scheint ja wirklich ein netter Mann zu sein«, versuchte die Hausfrau, das ins Stocken geratene Gespräch wieder in Gang zu bringen.

»Ja«, räumte Ildiko gedankenverloren ein, »ein sehr netter Mann. Vielleicht machen wir morgen einen Ausflug in den Prater. Ich liebe das Lusthaus so. Arpad hat es früher einmal pachten wollen, aber da ist leider nichts daraus geworden.«

»Irre ich mich oder habt ihr beide ein wenig miteinander geflirtet«, Wilma lachte ein wenig befangen. Eigentlich ging sie das überhaupt nichts an, andererseits wollte sie Silvanas Großmutter auf andere Gedanken bringen.

»Nun ja, das kann sein«, Ildiko lächelte. »Der Albert könnte mir schon gefallen, auf jeden Fall besser als mein alter Freund Mirko Bodovich. Aber den kennst du nicht.«

»Wäre Albert nicht ein wenig zu alt für dich?« Kaum war die Frage ausgesprochen, als Wilma sie schon wieder bereute. Wie dumm von ihr, die alte Dame war ja nur wenige Jahre jünger, auch wenn sie wie eine gut erhaltene 60-Jährige aussah.

»Mein Gott, Kindchen. Was ist schon Alter? Entweder man versteht sich oder man versteht sich nicht. Ob jemand fünf Jahre jünger ist als man selbst oder 20 Jahre älter, ist doch nur dann von Bedeutung, wenn man über Sympathie hinausgehende Spekulationen anstellt. In meinem Alter heißt es aber ›carpe diem‹ und nicht ›Plane dein Leben‹. Ist doch so.«

Wilma überlegte gerade, dass die ›Weisheit des Alters‹ offenbar doch kein leerer Begriff zu sein schien, als das Telefon, wenn auch nicht unverhofft, so doch überraschend Laut gab.

Es war Palinski, endlich. Und er hatte eine gute Nachricht für Ildiko. Keine sehr gute, aber immerhin eine, die Hoffnung machte. Es würde noch dauern, bis er nach Hause kam.

»Bitte richte auf jeden Fall noch ein Bett im Zimmer her, in dem du Fritz einquartiert hast«, bat er Wilma abschließend. »Falls ich mich nicht sehr täusche, wird meine neue Tochter heute Nacht erstmals unter einem Dach mit ihrem Vater schlafen.«

Sie war sehr froh über diese Nachricht und Ildiko glücklich.

Was Wilma ein wenig traurig stimmte war, dass sie Mario heute wohl kaum mehr von ihren plötzlich aufgetauchten beruflichen Möglichkeiten würde erzählen können. Sie hatte sich das so schön vorgestellt, bei einer guten Flasche Wein und romantischer Musik. Aber das würde auch morgen oder nächste Woche noch schön sein. Heute hatte die Familie Vorrang.

*

Silvana hatte sich hinter eine dicke Eiche gesetzt, die sich mit einigen anderen Bäumen im oberen Bereich der eher steilen Wiese gruppierte. Da der Baum bereits die meisten Blätter verloren hatte, raschelte das am Boden liegende Laub bei jeder ihrer Bewegungen.

Sie hatte keine Ahnung, wieviel Zeit seit ihrer Flucht aus dem Haus bereits vergangen war. Rein gefühlsmäßig hätte sie aber vermutet, bereits länger als eine Stunde unterwegs zu sein. Und weit und breit war niemand zu sehen, der sie verfolgt oder nach ihr gesucht hätte. Alles um sie herum war ruhig, lediglich ein leichter Wind bewegte die Gräser und das wenige noch auf den Ästen befindliche Laub bemühte sich, so etwas wie ein Rauschen zusammenzubringen. Es klang eher nach einem verhaltenen Flüstern. So leise mochten sich die Zwerge an Schneewittchens Bett unterhalten haben, um die schöne Fremde nicht in ihrem Schlaf zu stören. Komisch, dachte sie, was für Bilder einem in einer Situation wie dieser durch den Kopf gingen.

Die Stimmung war so friedlich, dass Silvana Gefahr lief, sich den Resten des noch in ihrem Körper befindlichen Beruhigungsmittels zu ergeben und einzuschlafen.

Jetzt war es wirklich höchste Zeit, die richtigen Anrufe zu tätigen. Sie tippte die Nummer ihres Mannes ein und versuchte eine Verbindung herzustellen. Vergeblich. Nach mehreren erfolglosen Versuchen resignierte sie und gab ihr Vorhaben auf. Wahrscheinlich war der Akku leer, vermutete sie. Na ja, seit drei Tagen war das Ding nicht mehr aufgeladen worden und die ganze Zeit auf ›Standby‹ geschaltet gewesen.

Sie überlegte, was sie jetzt am …

Als Silvana aufwachte, wusste sie zunächst nicht, wo sie und was los war. Dann erinnerte sie sich wieder, warum sie hier saß und wie sie hierhergekommen war. Vor sich glaubte sie plötzlich Glühwürmchen zu erkennen, die aufgeregt hin und her tanzten. Komisch, dass diese kleinen Viecher auch im Herbst so aktiv waren. Aber in Biologie war sie nie gut gewesen.

Nachdem sie feststellen musste, dass sich die kleinen, leuchtenden Insekten mit gegenseitigen Zurufen zu verständigen schienen, erkannte sie, dass die kleinen Lichtpunkte weiter unten am Hang von Menschen benützte Taschenlampen sein mussten.

Waren das die Guten oder waren es die Bösen, ging es ihr durch den Kopf. Von hier aus konnte sie das wirklich nicht unterscheiden. Was ihr allerdings Hoffnung machte, war der Umstand, dass es sich bei den Menschen da unten um eine Gruppe von mindestens 10 Leuten handeln musste. Vorausgesetzt, jeder hatte nur eine Taschenlampe in der Hand. Und mit so vielen Personen, dazu so laut und auffällig, würden ihre Verfolger vermutlich nicht hinter ihr her sein.

Ehe sie das Risiko eingehen und sich zu erkennen geben würde, wollte sie noch ein wenig abwarten.

Einige Minuten später glaubte Silvana plötzlich, die lautsprecherverstärkte Stimme ihres Mannes zu hören. Doch das konnte nicht sein, war sicher nur reines Wunschdenken. Fritz war weit weg in Bozen.

»Silvana, Liebling, falls du hier irgendwo bist, gib dich zu erkennen. Ich bin es, Fritz«, hörte sie jetzt neuerlich und das laut und deutlich. Jetzt war kein Zweifel mehr möglich und sie sprang auf, schrie, so laut sie konnte: »Ich bin hier, bei dem großen Baum oberhalb von euch« und wackelte wie wild mit ihren Armen.

Das konnte in der Dunkelheit zwar kein Mensch sehen, aber Silvana fand es ungemein befreiend. Und es wärmte sie, die Nächte waren doch bereits recht kalt.

Jetzt kam Fritz den Hang heraufgelaufen, hinter ihm einige weitere Männer, darunter einer, den sie nur von alten Fotos her kannte.

»Gott sei Dank Liebling, dass wir dich wiederhaben«, Sterzinger schluckte und konnte seine Tränen nicht mehr zurückhalten.

Nachdem sich die beiden umarmt und geküsst hatten, trat Palinski auf das Paar zu und sagte nur »Hallo.«

Silvana blickte ihn an, löste sich aus der Umarmung und machte einen Schritt auf ihn zu. »Hallo Papa«, sagte sie leise, dann rannte sie los und fiel ihm in die weit geöffneten Arme.

*

Während Silvanas Entführung glimpflich beendet worden war, hatte Ministerialrat Dr. Michael Miki Schneckenburger, einer von Palinskis ältesten Freunden, an einer anderen Front einen harten Kampf zu bestehen.

»Bei der Pressekonferenz morgen muss ich den Medien einen Verantwortlichen für diesen Göllnermist präsentieren«, brummte der Innenminister. »Die ersten Gerüchte, dass ich jemanden decken will, machen schon die Runde. Und der Kanzler sitzt mir im Genick wie eine Gwandlaus. Als ob es keine anderen Probleme gäbe in diesem Land.«

»Soweit ich informiert bin, steht Inspektor Sandegger kurz davor, diesen unsinnigen Mord an den beiden jungen Leuten aufzuklären«, warf Schneckenburger ein. Er hatte keine Ahnung, wie der Stand der Ermittlungen war, hoffte aber, dass seine Notlüge nicht zu weit von der Wahrheit entfernt war. »Und dass es der ›wachsame Albert‹ nicht gewesen ist, ist ja inzwischen eindeutig erwiesen.«

»Sie sind doch sonst nicht so begriffsstutzig, Schneckenburger«, schnauzte ihn Fuscheé an. »Warum gerade in diesem Fall? Haben Sie noch immer nicht kapiert, dass es nicht um die beiden Toten geht, sondern um die unbestreitbare Tatsache, dass ein alter Mann seit Jahren immer wieder in der Billrothstraße herumschießt und die Polizei nichts dagegen unternommen hat?

Dass dieser alte Mann ein sehr verdienstvoller, ehemaliger Polizist ist, gut und schön, aber das ändert nichts am Problem. Im Gegenteil.« Er lachte laut auf. »Stellen Sie sich vor, jeder Artilleriegeneral im Ruhestand schießt ab und zu mit seiner privaten Feldhaubitze in der Gegend herum. Also, das geht wirklich nicht.«

Mikis Problem war, dass sein Minister so unrecht nicht hatte. Aber deswegen einen verdienstvollen Beamten zu opfern, nur um die hungrigen Mäuler der öffentlichen Meinung zu stopfen, das ging eindeutig zu weit. Da sollte sich doch noch eine andere Lösung finden lassen. Er musste versuchen zumindest etwas Zeit zu gewinnen, denn im Moment fiel ihm nichts ein.

»Korrigieren Sie mich bitte, wenn ich falsch liege«, verzweifelt versuchte er, seinen Denkapparat trotz der relativ späten Stunde noch einmal zu einer Höchstleistung zu zwingen. »Bei der Presse geht es vor allem darum, sie durch das Verteilen geeigneter, auflagesteigernder Nachrichten bei Laune zu halten. Wenn Sie den Medien morgen sowohl den Mörder von Marika Estivan und Josef Hilbinger als auch den Verantwortlichen für diese verantwortungslose Herumschießerei in den Schlund werfen, dann ist das eigentlich Verschwendung. Was wollen Sie den Journalisten denn am kommenden Montag erzählen?«

Der Minister war nachdenklich geworden. »Ich habe schon gewusst, warum ich Sie zu einem meiner engsten Mitarbeiter gemacht habe«, meinte er dann. »Loyal, fleißig und intelligent, das ist mehr, als man normalerweise erwarten kann. Also gut, falls wir morgen den Mörder präsentieren können, heben wir uns die andere Sache für kommende Woche auf. Falls nicht, benötigen wir für morgen ein geeignetes Opfer aus dem Stand des Kommissariats Döbling.«

Damit war der heutige Arbeitstag auch für den Minister und seinen Rat zu Ende, zumindest der offizielle. Der große Mann hatte allerdings noch eine Sitzung des erweiterten Parteivorstandes vor sich und Schneckenburger ein langes Telefonat mit Martin Sandegger.

7

Inspektor Sandegger war bereits kurz vor 8 Uhr in Stockerau eingetroffen und hatte ungeduldig darauf gewartet, dass das Büro der Projektgruppe ›Nordautobahn‹ öffnete. Als es dann endlich soweit war, musste er erfahren, dass sein, ihm von der Cousine seiner Schwägerin, vermittelter Gesprächspartner, ein Diplomingenieur Werner Gutheiss, angerufen und sich entschuldigt hatte. Er steckte noch irgendwo im Stau, würde aber in den nächsten 20 Minuten eintreffen.

Ein Mitarbeiter, er stellte sich als Thomas Waronetz oder so ähnlich vor, verkürzte ihm die Wartezeit freundlicherweise mit einer Schale frisch gebrühten Kaffees. Komisch, dachte Sandegger, das Gesicht des Mannes kam ihm seltsam bekannt, ja fast vertraut vor. Dennoch war er sicher, den etwa 30-jährigen Ingenieur noch nie vorher getroffen zu haben. Na, vielleicht hatte er ihn einmal irgendwo in der Menge erblickt, ohne sich dessen bewusst geworden zu sein.

Gutheiss traf erst kurz vor 8.30 Uhr ein. Da er sich in der Folge als sehr kooperativ erwies, wusste der Inspektor bald, was er wissen wollte. Sein Verdacht bestätigte sich vollständig. Ein beträchtlicher Teil der 54,8 Hektar landwirtschaftlicher Nutzflächen, die Göllner gehörten, würde unmittelbar für die Trasse der neuen Autobahn benötigt werden, der Rest dadurch ebenfalls eine enorme Wertsteigerung erfahren.

»Ich bin zwar kein Fachmann für Immobilien«, fasste Gutheiss zusammen, »aber nach meinen bisherigen Beobachtungen in vergleichbaren Situationen sollten diese Grundstücke schon bald einen Wert von mindestens 2,5 bis 3 Millionen Euro haben. Das ist vorsichtig geschätzt.«

Na, wenn das kein Motiv war, einen alten Mann, dessen Reichtum bloß von seiner Leichtgläubigkeit und seinem Vertrauen zu einem missratenen Neffen übertroffen wurde, in die Klapsmühle zu bringen. Dass dabei zwei unschuldige Menschen dran glauben mussten, um den alten Mann zu diskreditieren und seine Unzurechnungsfähigkeit zu unterstreichen, wurde bei solchen Summen ohne Wimpernzucken in Kauf genommen.

So, jetzt musste er nur noch Herrn Dr. Walter Göllner festnehmen, den Mann, den die vorhandenen Indizien inzwischen zu erdrücken schienen. Die entsprechenden Beweise würden sich nach Anlaufen der Maschinerie ganz von selbst finden. Als Erstes würde er den Verdächtigen von Lukas Matzler als jenen Mann identifizieren lassen, der Josef Hilbinger vor dem Arbeitsmarktservice zum Schein für die sogenannte ›Spieldokumentation‹ angeheuert hatte.

Zufrieden setzte er sich in seinen Wagen und fuhr zurück nach Wien, zu seinem nächsten Termin.

*

An diesem Morgen war Wilma glücklich wie schon lange nicht mehr. Der Tisch im Speisezimmer war nach längerer Zeit wieder einmal voll besetzt mit lieben Menschen. Jetzt fehlten nur noch Tina und Harry und die Familie wäre komplett gewesen.

Nach dem gewaltsamen Tod seines Vaters, er war vor wenigen Wochen einem Bombenattentat zum Opfer gefallen, hatte Guido, Tinas Verlobter, seine Zelte in Wien abbrechen müssen, um zu Hause in Singen nach dem Rechten zu sehen. Tina war für drei Monate nach Paris gegangen, um sich von einigen Irritationen zu erholen, danach würde sie Guido wahrscheinlich nach Deutschland folgen. Spätestens aber nach Beendigung ihres Studiums.

Harry absolvierte gerade ein Auslandssemester an der Universität Konstanz. Wie es danach weitergehen sollte, war noch völlig offen.

So sehr Wilma gelegentlich die Ruhe zu Hause schätzte und die Zeit, Dinge zu tun, zu denen sie früher nicht gekommen war, so sehr freute sie sich jetzt über das ›volle Haus‹. Sie liebte die angenehme Hektik, die der Besuch lieber Menschen mit sich brachte. Zumindest an den ersten Tagen.

Silvana war nach einer kurzen Untersuchung im Allgemeinen Krankenhaus, wo man lediglich eine gewisse Konzentration eines handelsüblichen, nicht rezeptpflichtigen Sedativums in ihrem Urin festgestellt hatte, noch gestern Abend bei ihnen eingezogen.

Wallner hatte hartnäckig versucht, brauchbare Informationen über den Ort, an dem sie festgehalten worden war, aus ihr herauszubekommen. Aber vergebens, Silvana konnte einfach keine Angaben über den Standort oder die Außenansicht des Hauses machen. Die relativ genauen Beschreibungen ihres Verlieses und des Badezimmers würden erst hilfreich sein, wenn es galt, das bereits gefundene Versteck einwandfrei zu identifizieren. Die Einvernahme zu den übrigen Punkten war auf den nächsten Tag verschoben worden.

Danach hatten sie noch einige Zeit gefeiert. Nicht laut und übermütig, sondern leise und dankbar darüber, dass diese schlimme Episode zumindest vorläufig ein gutes

Ende gefunden hatte. Silvana war bald zu Bett gegangen. Obwohl sie an den vergangenen Tagen fast ausschließlich geschlafen hatte, war sie total erschöpft gewesen.

Hatte gestern die Freude, das Kennenlernen und die aufkeimende Zuneigung zwischen den ›neuen‹ Familienmitgliedern die Stimmung bestimmt, so beherrschte heute Morgen eindeutig die Neugierde die Gespräche.

»Und du hast keine Ahnung, ja nicht einmal einen Verdacht, wer dich entführt haben könnte?«, ungläubig wiederholte Sterzinger diese Feststellung bereits zum zweiten Mal.

»Nein«, Silvana schüttelte den Kopf. »Ich wollte von der Kanzlei Dr. Haselberger zurück zum Hotel, habe aber nicht den direkten Weg genommen. Ich habe genug Zeit gehabt. Plötzlich habe ich an einem dieser alten Wiener Palais eine große Tafel ›Goday Exklusiv GmbH – Oskar Laplan / Stadtbüro‹ entdeckt. Da ich von meinem vorhergehenden Besuch in einer ›Goday Exklusiv‹-Filiale noch so richtig sauer darüber gewesen bin, welche Verbrechen gegen den guten Geschmack und die Qualität dieser Mensch tagtäglich beging, und das alles unter unserem guten Namen, hat mich wohl der Teufel geritten. Ich bin ganz einfach ins Büro hinaufgegangen und wollte ihm meine Meinung sagen.«

Oben hatte sie aber niemand mehr angetroffen außer Hans Jörg Laplan, den als Marketingchef des Unternehmens tätigen Sohn des Kommerzialrates.

»Obwohl ich anfänglich sehr unfreundlich gewesen bin und ihn fast beschimpft habe, war er sehr freundlich zu mir und hat sogar persönlich Kaffee für uns gekocht«, erinnerte sich Silvana. »Dann hat er mir eine Menge Erinnerungsstücke von Großvater gezeigt, die in einem riesigen Konferenzzimmer in einer Art Schrein ausgestellt sind. Einige persönliche Gegenstände befanden sich auch in einem kleinen Holzkästchen, das in einer Lade aufbewahrt wird. Da habe ich zufällig hineingeschaut, als Laplan gerade für einige Minuten den Raum verlassen hat.«

Jetzt wandte sie sich an ihre Großmutter. »Hast du übrigens gewusst, dass Opa ein Arbeitsbuch hatte, in dem er täglich Kommentare zu seiner Arbeit, neue Ideen und Verbesserungen notiert hat?«

Bei der Erwähnung des Arbeitsbuches war Ildiko leicht zusammengezuckt, fast unmerklich, aber Wilma war es jedenfalls nicht entgangen. Nach einigen Sekunden des Schweigens meinte die alte Dame. »Ja, das habe ich gewusst. Was ich aber nicht gewusst habe, ist, dass sich dieses Arbeitsbuch im Besitz der Laplans befindet. Und welche Dinge waren noch in diesem Kästchen?«

»Lass mich einmal überlegen«, Silvana blickte nachdenklich zur Zimmerdecke. »Ein paar Fotos, ein Schlüsselbund, sonst fällt mir im Moment nichts ein. Ich konnte ja nur einen ganz kurzen Blick riskieren. Der junge Laplan ist gleich wieder zurückgekommen.«

»Hat dieser Hans Jörg bemerkt, dass du dir die Sachen in dem Kästchen angesehen hast?«, wollte Palinski wissen.

Silvana glaubte das nicht, war sich aber nicht sicher. »Möglich wäre es schon, dass er gesehen hat, wie ich die Lade zugemacht habe.«

Dann hatte der junge Laplan den Fehler gemacht und ihr die jüngste Produktinnovation des Hauses, die ›Goday Schokobombe‹ zum Verkosten angeboten. »Abgesehen davon, dass ich es geschmacklos finde, eine Süßspeise in diesen Zeiten als Bombe zu bezeichnen, war die Qualität bestenfalls Durchschnitt.«

Sie hatte mit ihrer Meinung nicht zurückgehalten und Laplan junior damit offenbar beleidigt. Trotzig hatte er gemeint, dass »die Schokobombe den Amerikanern sehr gefallen hat und sie sich davon sehr viel für den US-Markt versprechen.«

»Stellt euch einmal vor, plötzlich hat er mir mitgeteilt, dass 55 Prozent von ›Goday Exklusiv‹ an die ›Goodies International Ltd‹ verkauft werden soll. Und für den amerikanischen Markt ist sogar an eine Umbenennung auf ›Goodday Exklusiv‹ gedacht. Weil es so lieb klingt, angeblich.« Silvana war entsetzt darüber gewesen, welcher Missbrauch mit dem Namen ihres Großvaters schon bisher getrieben worden war und wie er jetzt weiter verballhornt werden sollte.

»Ich habe ihn darauf aufmerksam gemacht, dass ich ihm und seinem Vater unter Berufung auf Paragraf 13, Punkt 4 des seinerzeitigen Vertrages die Verwendung der Namen Godaj und Goday überhaupt verbieten lassen werde«, erklärte sie. Darüber hinaus hatte sie ihn davon in Kenntnis gesetzt, dass sie selbst gerade dabei war, eine Gesellschaft zu gründen, nämlich ›Godaj Original‹.

»Was steht denn in diesem Paragraf 13?«, wollte Palinski wissen.

»Sinngemäß sind darin Mindeststandards festgelegt, die bei allen unter unserem Namen angebotenen Produkten und Leistungen unbedingt beachtet werden müssen«, erklärte sie. »So zum Beispiel, dass maximal 25 Prozent der von ›Goday Exklusiv‹ angebotenen Waren zugekauft werden dürfen. Das sind eben gewisse Markenartikel, wie z. B. Schokolade, die wir gar nicht selbst herstellen. Die aber qualitativ zum Sortiment passen und das Angebot abrunden. Der Rest muss aus der Eigenproduktion stammen.« Jetzt machte Silvana ein zorniges Gesicht. »Tatsächlich kommen derzeit aber nicht einmal mehr 25 Prozent der Mehlspeisen aus der eigenen Produktion. Es ist ein Skandal«, ereiferte sie sich.

Dann hatte sie dem jungen Laplan noch angedroht, auf der Pressekonferenz bei der ›Wiener Internationalen Koch- und Konditoren-Schau‹ das alles den Medien zu erzählen. Daraufhin hatte Laplan junior wutentbrannt den Raum verlassen und war erst nach einigen Minuten wieder zurückgekommen.

»Ich habe eben mit meinem Vater gesprochen«, hatte er ihr dann ganz ruhig und freundlich berichtet. »Er freut sich schon auf das morgige Gespräch und ist sicher, dass Sie beide sich friedlich werden einigen können. Es tut mir leid, dass ich vorher etwas heftig geworden bin.«

Silvana hatte es auch leidgetan, nicht wirklich, aber sie hatte es zumindest gesagt. Um des lieben Friedens willen.

Zum Abschied hatte Laplan junior angeboten, ihr den noch geheimen Prototyp eines neuen Lokals, der ›Backstube‹ zu zeigen, der genau die Qualitätsanforderungen erfüllte, die sie angesprochen hatte.

Silvana war daran interessiert gewesen und hatte nichts dabei gefunden, sich mit dem jungen Laplan in 30 Minuten bei der Alten Universität zu treffen.

»Er hat mich um Verständnis gebeten, dass er vorher noch einige dringende Anrufe zu erledigen habe, bevor er das Haus verlassen könnte«, und für sie war das in Ordnung gewesen. Er hatte ihr kurz den Weg erklärt, dann war sie gegangen.

»Du hast übrigens deinen Schirm in Laplans Büro vergessen«, machte Sterzinger sie aufmerksam.

»Richtig, das ist mir noch gar nicht aufgefallen«, bestätigte seine Frau. Wie konnte es auch. Auf dem Weg zum Treffpunkt hatte sie plötzlich einen leichten Stich im Nacken gespürt, dann eine Hand, die sich über ihren Mund gelegt hatte und danach nichts mehr.

»Als ich wieder zu mir gekommen bin, hat man mich in dieses Haus geschleppt und kurz am Boden liegen lassen. Dann hat man mir meine Tasche abgenommen und mich in diesen schrecklichen Keller gebracht. Ich habe keine Ahnung, wer hinter der Entführung stecken könnte.«

»Also, meine erste Wahl wären die Laplans«, meinte Palinski nach einigen Sekunden, »obwohl ich mir nicht vorstellen kann, dass man wegen einer missratenen Schokobombe oder eines noch so heftigen Streits zu so drastischen Maßnahmen greift. Was hätten diese Menschen damit erreichen können?«

»Diesen Laplans traue ich alles zu«, wetterte Ildiko, »selbst, dass sie Silvana möglicherweise aus dem Weg räumen wollten.« Alle schauten sie etwas verwundert an. »Ja, Ihr braucht gar nicht so zu schauen. Ich weiß, das klingt sehr hart und endgültig. Aber ich habe mehr Laplan-Erfahrung als ihr alle zusammen, vergesst das nicht.«

»Könnte die Entführung etwas mit dem Konditorenwettbewerb zu tun haben?«, warf Wilma ein. »Vielleicht irgendein Konkurrent, der Silvana bis nach dem Wochenende schachmatt setzen wollte?«

»Also eine Entführung, um Geld zu erpressen, können wir wohl ausschließen«, stellte Palinski fest. »Davon hätten wir schon längst gehört. Falls man Silvana als lästige Proponentin in welchem Spiel auch immer gänzlich aus dem Weg hätte räumen wollen, wäre das wahrscheinlich schon geschehen.« Die betroffenen Blicke der anderen veranlassten ihn zu der Randbemerkung. »Ich weiß, das klingt schrecklich, aber von Haus aus ausschließen kann man das nicht. Es gibt ja genug Verrückte. Gott sei Dank ist das lediglich ein rein theoretischer Ansatz.«

Welches Motiv blieb also noch über? »Man wollte Silvana für eine bestimmte Zeit aus dem Verkehr ziehen. Für wie lange, wird sich gegebenenfalls herausstellen müssen.«

»Ich bin der Meinung, wir sollten Albert Göllner bitten, mit uns nachzudenken«, schlug Ildiko vor. »Erstens hat dieser Mann sehr viel Erfahrung, zweitens kennt er Oskar Laplan und drittens hat er noch eine Rechnung mit ihm offen. Ich bin sicher, Albert kann uns helfen.«

Dagegen war nichts einzuwenden, vorher hatte Silvana allerdings noch dringend einige andere Dinge zu erledigen. »Heute Mittag wird die WIKOKO eröffnet und da muss ich unbedingt dabei sein. Mein Team hat seit vier Tagen nichts mehr von mir gehört und das muss sich rasch ändern. Und auf der Pressekonferenz heute Nachmittag habe ich einiges zu sagen.«

»Hast du jetzt wirklich keine anderen Sorgen als diese Schau?«, wunderte sich ihre Großmutter.

»Doch«, meinte Silvana dezidiert, »aber wenn ich das Programm jetzt nicht wie ursprünglich geplant durchziehe, hat der Entführer möglicherweise sein Ziel erreicht. Und das wäre das Letzte, was ich möchte. Ihr doch auch, oder?«

*

Sandegger stand in Begleitung zweier uniformierter Polizisten vor der Tür zu Dr. Walter Göllners Wohnung in der Hardtgasse. Nachdem sein mehrmaliges Läuten keine Reaktion gezeigt hatte, verließen die Männer das Haus wieder und begaben sich zu einem neuen Bürogebäude in der Krottenbachstraße. An dieser Adresse befand sich die Kanzlei Göllners.

Aber auch hier war weit und breit nichts von dem Anwalt zu sehen. Immerhin erfuhr der Inspektor von der

Kanzleileiterin, dass ihr Chef heute Vormittag zwei Termine am Bezirksgericht für Handelssachen wahrnahm.

Inzwischen war es bereits kurz nach 10 Uhr und es wurde Zeit für die Pressekonferenz im Innenministerium, an der Sandegger in Abstimmung mit Ministerialrat Dr. Schneckenburger teilnehmen sollte. Und auch wollte, denn die Chance, einiges aus seiner Sicht zurechtrücken zu können, durfte sich der Inspektor um keinen Preis nehmen lassen.

Er beauftragte daher die beiden Kollegen in Uniform, Herrn Dr. Walter Göllner nach Beendigung seiner Gerichtstermine zur Vernehmung in das Kommissariat Hohe Warte zu bringen. Wollte der Anwalt nicht freiwillig mitkommen, sollten sie ihn vorläufig festnehmen. Wegen Mordverdachts.

»Falls ich noch nicht zurück bin, bringen Sie den Mann schon einmal zur erkennungsdienstlichen Behandlung«, wies er den Ranghöheren der beiden an.

Dann machte er sich auf den Weg in die Herrengasse.

*

»Du hast waaas?«, brüllte der Eigentümer der Villa ›Ingeborg‹ sein Gegenüber an, »du hast diese Frau entführen lassen und in meinem Haus versteckt. Ja, bist du denn total vertrottelt? Du warst nie der Hellste, aber so einen lebensgefährlichen Unsinn hätte ich dir doch nicht zugetraut.« Der Ältere der beiden hatte ein hochrotes Gesicht bekommen und wirkte ganz so, als ob er jeden Moment kollabieren würde.

»Was hätte ich denn machen sollen?«, jammerte der Jüngere. »Du warst damals nicht zu erreichen, obwohl ich es einige Male versucht habe. Ich habe doch nicht zulassen können, dass die Frau alle unsere Pläne kaputt macht. Immerhin geht es um sehr viel Geld. Wenn die Amerikaner das mitbekommen hätten, wer weiß, ob sie den Vertrag in zwei Wochen unterschreiben würden.«

»Glaubst du, das weiß ich nicht, du Idiot?«, brüllte der Ältere mit hochrotem Schädel weiter. »Doch was nützt dir das ganze Geld, wenn du 10 Jahre im Gefängnis sitzt oder noch länger?«

»Aber ich habe doch ohnehin eine falsche Spur gelegt«, verteidigte sich der Jüngere, »ich habe dem Mann ein Telefax aus Budapest schicken lassen.«

»Und du glaubst, das hilft jetzt etwas, nachdem diese Frau entkommen ist?«

»Sombach meint, dass …«, wollte der andere entgegnen, doch der eine schnitt ihm das Wort sofort wieder ab.

»Sombach meinte, Sombach meinte, wenn ich das nur höre. Da machst du so einen Blödsinn und zu allem Überfluss setzt du dann noch diesen Trottel Sombach ein, um die Frau zu bewachen. Der ist doch schon überfordert, wenn er mit einem Dackel äußerln gehen soll. Wo ist die Frau jetzt eigentlich?«, wollte der Ältere wissen.

»Ich nehme an, bei der Polizei oder zu Hause. Auf jeden Fall hat es gestern am späteren Abend einen Großeinsatz gegeben«, reportierte der Jüngere. »Ich bin die Höhenstraße abgefahren, habe mir gedacht, vielleicht läuft mir dieses blöde Weib irgendwo über den Weg. Zu der Zeit waren schon mindestens drei Funkstreifen mit Blaulicht unterwegs.«

»Und warum hat Sombach nicht selbst die Verfolgung aufgenommen?«

Der Jüngere lachte, aber nicht wirklich herzlich. »Der Gute hat sowohl eine ins Gekröse als auch über den Kopf bekommen. Der war mindestens eine halbe Stunde außer Gefecht, bevor er mich überhaupt anrufen konnte.«

»Das geschieht dem Deppen ganz recht«, schmunzelte der Ältere reichlich freudlos. »Aber das hilft uns nicht weiter.«

»Und was sollen wir jetzt machen?«, so souverän der Jüngere der beiden im Alltag wirken mochte, in Ausnahmesituationen wie dieser war er lediglich ein erbärmlicher Schlappschwanz. Und das war nicht nur die Meinung seines Vaters.

»Ich werde überhaupt nichts machen«, meinte der Ältere, »du wirst deine Scheiße schön selbst auslöffeln. Aber ich gebe dir einen Rat. Die Einzigen, die uns ernsthaft Probleme bereiten können, sind Sombach und seine Frau. Wenn wir verhindern, dass die beiden bei der Polizei aussagen, dann reduziert sich jeglicher Verdacht gegen uns auf ein paar relativ schwache Indizien. Und damit werden wir fertig. Darin habe ich einige Erfahrung.«

»Und was bedeutet das konkret?«

Dem Burschen musste man wirklich alles ganz genau vorkauen, ärgerte sich der Alte. Und so was sollte einmal sein Nachfolger werden.

»Wir schicken die Sombachs irgendwohin, wo sie niemand finden kann. Auf eine lange Reise«, legte er fest. »Im Übrigen verhalten wir uns ganz normal und streiten alle Vorwürfe ab. Wir wissen einfach von nichts. Falls Spuren der Frau in der Villa gefunden werden, hat Sombach eben sein eigenes Supperl gekocht.« Er grinste selbstzufrieden. »Seine Flucht wird dann wie das reinste Schuldgeständnis aussehen. So was hat schon einmal ganz gut funktioniert.«

»Wenn du meinst«, der Jüngere schien sich nicht ganz sicher zu sein.

»Jawohl, das meine ich. Und jetzt mach dich an die Arbeit. Wer weiß, wie viel Zeit uns noch bleibt, bis die Polizei das Haus gefunden haben wird.«

Der alte Mann trat zu dem Jungen und klopfte ihm auf die Schulter. Nicht ermunternd, schon gar nicht anerkennend, sondern eher bedrohend. »Und mach deine Sache diesmal ordentlich. Nein, noch mehr. Mach sie einfach perfekt. Noch so eine Pleite kannst auch du dir nicht leisten.«

Nachdem der Junge den Raum verlassen hatte, wählte der Alte eine Telefonnummer. Als das Gespräch angenommen wurde, meinte er nur knapp: »Die besagte Dame ist wieder aufgetaucht. Sie müssen auf jeden Fall verhindern, dass sie über unsere und ihre Pläne in der Öffentlichkeit spricht.«

Ehe sein Gesprächspartner etwas dazu sagen konnte, hatte der Mann das Gespräch beendet.

*

Heute war der Innenminister auf die Minute genau auf der Pressekonferenz erschienen. Um die Stimmung der Haie im Auditorium von Haus aus günstig zu beeinflussen, hatte er ausnahmsweise Sekt auffahren lassen und gleich am Anfang Fred Marbitzer, den Ressortleiter ›Innenpolitik‹ der ÖPA (Österreichische Presseagentur) hochleben lassen. Gut, dass sich seine Pressesprecherin daran erinnert hatte, dass der alte Zausel am Vortag seinen 58. Geburtstag begangen hatte.

Mit zwei, drei Glas ›Hochberger extra dry‹ und einigen gschmackigen Canapés im Magen taten sich alle Beteiligten mit der Last der aktuellen Themen gleich viel leichter.

Dann machte es sich Dr. Fuscheé einfach, indem er nach einer aus wenigen launischen Worten bestehenden Einleitung Inspektor Sandegger ans Mikrofon rief, »den für den Fall ›Göllner‹ zuständigen Kriminalbeamten. Pardon, inzwischen muss man ja wohl von dem Fall ›Estivan/Hilbinger‹ sprechen, da sich der ursprüngliche Verdacht gegen Albert Göllner als völlig haltlos erwiesen hat. Herr Inspektor, ich darf Sie bitten.«

Sandegger nahm den Ball geschickt auf, berichtete über die aktuelle Sachlage, den Verdacht, dass die beiden jungen Leute sterben mussten, um eine gewaltige Grundstücksspekulation zu ermöglichen. »In diesem Plan war Albert Göllner die Rolle des nützlichen Idioten zugedacht gewesen und das ist wörtlich zu nehmen.«

Ohne einen Namen zu nennen, gab der Inspektor zu verstehen, dass bereits konkreter Tatverdacht gegen eine bestimmte Person bestehe. »Ich gehe davon aus, dass sich dieser Verdacht in den nächsten Stunden, spätestens aber bis morgen so konkretisieren lassen wird, dass wir den Verdächtigen definitiv in Haft nehmen können.« Er bat um Verständnis, noch nicht auf Details eingehen zu können, denn »erstens könnte das die laufenden Ermittlungen gefährden und zweitens möchte ich zumindest den Anschein wahren, dass die Unschuldsvermutung für uns mehr ist als ein bloßes Lippenbekenntnis.«

Ganz geschickt gemacht, fand der Minister, auch wenn die Medien heute nicht gerade mit sensationellen Informationen verwöhnt worden waren. Hauptsache, sie waren zufrieden, und das schien so zu sein. Denn dann schossen sie nicht wieder gegen ihn und sein Ministerium.

»Danke, Herr Inspektor, für die interessanten Ausführungen«, wollte er das Wort wieder an sich nehmen, doch Sandegger war noch nicht fertig.

»Wenn Sie gestatten, möchte ich noch etwas sagen, bevor die Damen und Herren von der Presse mit ihren

Fragen beginnen«, der Inspektor blickte Fuscheé fragend an. Was hätte der jetzt wohl anderes tun können, als dem Ansinnen des offenbar beliebten Beamten zuzustimmen, ohne Gefahr zu laufen, von der versammelten Journaille in ihren morgigen Leitartikeln und Kommentaren massakriert zu werden?

Nickend gab er Sandegger sein Einverständnis zu verstehen, obwohl sich in ihm ein ungutes Gefühl breitmachte. Der Minister liebte es nicht, nicht genau zu wissen, was er als Nächstes zu erwarten hatte. Aber was konnte in der Situation schon groß passieren, beruhigte er sich.

Sandegger blickte einige Sekunden in die Runde, ehe er begann.

»Meine Damen und Herren, im Zuge des sogenannten Falles ›Göllner‹ ist das Kommissariat Döbling in ein etwas schiefes Licht geraten. Es besteht der durchaus berechtigte Vorwurf, dass der ehemalige Chefinspektor Albert Göllner nicht rechtzeitig daran gehindert worden ist, unkontrolliert Gebrauch von einer Schusswaffe zu machen.« Er unterbrach, um einen Schluck Wasser aus dem vor ihm stehenden Glas zu nehmen.

»Durch das Tolerieren der Tatsache, dass Herr Göllner immer wieder aus seiner Wohnung ins Freie geschossen hat, wurde erst die Voraussetzung für das schreckliche Verbrechen geschaffen, das Gegenstand dieser Pressekonferenz ist. Die Tatsache, dass sich Herrn Göllners Unschuld inzwischen herausgestellt hat, ändert daran ebenso wenig wie der Umstand, dass die Handlungen Göllners sowohl zu einer objektiven als auch subjektiven Erhöhung der Sicherheit in der Billrothstraße geführt haben.«

Minister Fuscheé war von den Äußerungen Sandeggers ebenso überrascht wie Ministerialrat Schneckenburger, der von diesem Sonderauftritt des Inspektors nichts geahnt hatte.

»Als ranghöchster Beamter des Kommissariats Döbling, der schon unter Chefinspektor Göllner gearbeitet hat, hätte es vor allem meine Aufgabe sein müssen, gegen diese Sonderbehandlung eines Polizeibeamten aufzutreten. Und wenn er sich noch so verdient gemacht hat. Ich übernehme daher die volle Verantwortung für dieses Fehlverhalten und werde nach Abschluss dieses Falles aus dem Polizeidienst ausscheiden.«

Das war zwar nicht ganz logisch in der Argumentation, kam aber sehr gut an. Fuscheé war begeistert und signalisierte seinem Ministerialrat höchste Anerkennung für diese wirkungsvolle Inszenierung, für die dieser nichts konnte.

Die Medienvertreter hingegen waren, was so selten vorkam wie das Zufrieren der Hölle, zunächst verwirrt, ja irritiert. Dann ging ein Raunen durch die Reihen, das plötzlich in offenen Jubel mündete und letztlich in Standing Ovations endete.

So was hatte es in diesem Land noch nie gegeben. Jemand, der die Verantwortung für Fehlverhalten übernahm und daraus auch noch die Konsequenzen zog. Das schrie nach Schlagzeilen, Interviews und Einladungen in Talkshows. Während die Kameras blitzten, die Reporter um Wortspenden Sandeggers buhlten und das TV-Team filmte, was das Zeug hielt, dankte der Minister für das zahlreiche Erscheinen und beendete die Veranstaltung.

Doch niemand hatte ihm mehr zugehört.

Und spätestens nach den ersten Abendnachrichten hatte Wien, nein ganz Österreich einen neuen Helden, Martin Sandegger vom Kommissariat Hohe Warte.

*

Die Nachricht vom spurlosen Verschwinden Silvana Sterzinger-Godajs hatte auch die Teilnehmer an der ›Wiener Internationalen Koch- und Konditoren-Schau‹ erreicht. Dass die junge begnadete Patissière und Chefin des zu den Mitfavoriten zählenden ›EGH-Teams‹ am Abend vorher wieder aufgetaucht war, wussten die wenigsten.

Daher nahm der freundliche Applaus, der den Einzug der 32 Nationen– und Firmenteams in den großen Festsaal der Wiener Hofburg begleitete, kurzfristig frenetischen Charakter an, als Silvana an der Spitze der EGH-Equipe einmarschierte. Sie winkte, lächelte und sah dabei aus, als ob sie vier erholsame Tage in einem noblen Wellnessresort hinter sich hätte und nicht in einem kalten Kellerverlies.

Während die Offiziellen, die Eröffnungsgäste und die Aktiven Silvana derart zu verstehen gaben, wie sehr sie sie schätzten und sich über ihre ›Heimkehr‹ freuten, fragte sich die Gefeierte, ob es nicht doch möglich sein konnte, dass eine oder mehrere der hier anwesenden Personen für das Geschehen der letzten Tage verantwortlich waren.

Gefühlsmäßig war sie geneigt, diese Frage spontan mit einem strikten ›Nein‹ zu beantworten. Ihr Verstand und ihre für ihr Alter erstaunliche Lebenserfahrung warnten sie vor voreiligen Schlüssen. Wunschdenken konnte sie sich in ihrer Situation nicht leisten.

An einem der Tische der Organisatoren und Ehrengäste erkannte sie Oskar Laplan und daneben seinen Sohn Hans Jörg. Beide lächelten freundlich und neigten ihre Köpfe zum Gruß. Also falls die beiden mit der Sache zu tun hatten, dann hatten sie wirklich Nerven. Das musste ihnen der Neid lassen.

Sie nahm zwar nicht an, dass man einen neuerlichen Versuch riskieren würde, sich ihrer zu bemächtigen. Aber das

Gefühl der Sicherheit, das der von Oberinspektor Wallner beigestellte Leibwächter, ein junger Polizist, Träger des schwarzen Gürtels, der früher einmal Koch gelernt und jetzt entsprechend adjustiert mit einmarschiert war, vermittelte, war beruhigend.

Nun begann ein Quartett, mit Vivaldi den Beginn der offiziellen Eröffnungsfeier musikalisch einzustreichen. Dem sollten die obligatorischen, in ihrer Langeweile kaum zu überbietenden Reden der Honoratioren folgen. Beginnend mit dem Bürgermeister bis hin zu den Präsidenten der zuständigen europäischen Fachverbände standen mindestens 30 Minuten bevor, die man nur mit viel Selbstdisziplin und dem Talent für autogenes Training ohne Schaden für die Seele überstehen konnte.

Silvana überlegte nochmals, wie sie sich bei der nachfolgenden Pressekonferenz verhalten sollte. Einerseits wollte sie diese Veranstaltung nicht für ihre persönlichen Zwecke missbrauchen, andererseits war damit zu rechnen, dass Fragen zu ihrem Verschwinden gestellt werden würden.

Das Thema war auch beim Frühstück diskutiert worden. Dabei hatte sich die Meinung durchgesetzt, dass es für sie am sichersten wäre, jene Punkte offen auszusprechen, deren Geheimhaltung um jeden Preis der Grund für die Entführung gewesen sein könnte. »Damit wäre das Motiv für eine weitere Gefährdung weg vom Fenster«, hatte Palinski gemeint. »Wenn etwas einmal bekannt ist, kann es nicht mehr geheim gehalten werden. Falls das der Grund war. Und falls nicht, ist nicht viel kaputt. Wie es aussieht, kommst du um einen Krieg mit ›Goday Exklusiv‹ ohnehin nicht herum.«

Das hatte was für sich, auch wenn ihre Großmutter befürchtete, dass sich Oskar Laplan möglicherweise später dafür rächen würde. Silvana hatte sich noch nicht festgelegt.

Wie sie sich kannte, würde sie ihre Entscheidung ad hoc treffen. So, wie sie das meistens zu tun pflegte.

*

Zurück in seinem Büro wurde Sandegger, der seine 15 Minuten im Rampenlicht erstaunlich genossen hatte, wieder von der Realität des Arbeitstages eingeholt. Für kurze Zeit hatte er sogar vergessen, wer hier wahrscheinlich auf ihn warten würde. Und da saß auch wirklich schon Dr. Walter Göllner in Gesellschaft eines Streifenpolizisten. Seine Fingerkuppen waren noch schmutziggrau verschmiert, ein typisches Zeichen dafür, dass man ihm bereits die Fingerabdrücke abgenommen hatte.

Wie nicht anders zu erwarten gewesen war, war der verdächtigte Anwalt stocksauer, durch das ungewohnte Prozedere der erkennungsdienstlichen Behandlung, gleichzeitig aber auch ein wenig eingeschüchtert.

»Ich protestiere auf das vehementeste gegen diese Behandlung. Das ist Freiheitsberaubung und Rufschädigung. So eine Frechheit, mich mit der Polizei vom Handelsgericht abholen zu lassen«, wetterte er darauflos. »Das wird eine Klage gegen die Republik geben, die sich gewaschen hat. Womit begründen Sie eigentlich meine Verhaftung?«

»Verhaftung?«, Sandegger sprach das Wort so aus, dass man das Fragezeichen dahinter förmlich hören konnte. »Sie wurden doch nicht verhaftet. Hat man Sie irgendwie mit Gewalt dazu gezwungen, mitzukommen? Sind Sie nicht vielmehr freiwillig der Einladung der Sicherheitsbehörden zu einer Befragung gefolgt? Wie es von einem Organ der Rechtspflege, das Sie ja schließlich sind, erwartet werden kann?«

Gegen soviel hinterfotzige Rhetorik kam der Anwalt nicht an. Im Augenblick zumindest. Gott sei Dank befasste er sich in der Regel mit Familien- und Vertragsrecht und hatte die strafrechtlichen Vorlesungen an der Uni offenbar geschwänzt.

»Gut, gut«, meinte er etwas ruhiger, »aber wäre das Ganze nicht etwas dezenter abzuwickeln gewesen?«

»Das kommt ganz darauf an«, konterte Sandegger. »Falls sich herausstellen sollte, dass die Vorwürfe gegen Sie berechtigt sind, und diesen Eindruck habe ich im Moment, dann war unsere Vorgangsweise noch viel zu freundlich. Sollten wir dagegen zum Schluss kommen, dass Sie mit der Sache nichts zu tun haben, dann werde ich mich höchstpersönlich bei Ihnen entschuldigen. Auf jeden Fall werden Sie sich einen Vorwurf gefallen lassen müssen. Nämlich den, den Eindruck erweckt zu haben, Ihren Onkel um jeden Preis entmündigen lassen zu wollen. Um sein Sachwalter zu werden, wie ich vermute.«

»Aber das stimmt doch gar nicht.« Walter versuchte Entrüstung zu mimen, was eher lächerlich wirkte. »Natürlich war das die Strategie, solange Albert noch unter Verdacht stand. Jetzt besteht allerdings keine Notwendigkeit mehr dazu.«

»Und warum haben Sie sich dann im ›Le Plaisir‹ mit Dr. Dr. Borneburg getroffen, dem bekannten Psychiater und Gerichtssachverständigen? Und ihm gegenüber geäußert sich entsprechend erkenntlich zeigen zu wollen? Wofür eigentlich?«, wollte Sandegger wissen.

Der Anwalt war sichtlich erschrocken über den Informationsstand des Inspektors. »Woher wissen Sie das?«, stammelte er.

»Reiner Zufall, dass am Tisch neben Ihnen irgendein berühmter Tenor gesessen und vom Fernsehen gefilmt worden ist«, klärte Sandegger den verblüfften Anwalt auf. »Scheinbar haben Sie noch gar nicht gewusst, dass Sie unfreiwillig einen Auftritt im Society Magazin gehabt haben. Und Bestechungsversuche sollten Sie nie vor den neugierigen Ohren eines Kellners machen, dem Sie nachher zu wenig Trinkgeld geben. Der Mann war so sauer, dass er sich Ihren Sager und Ihr Gesicht gemerkt hat.«

»Ja, aber für das ›Erkenntlich zeigen‹ gibt es eine ganz harmlose Erklärung«, wollte der Anwalt entgegnen.

»Ehe Sie mir jetzt einen Schmus andrehen, mache ich Sie darauf aufmerksam, dass wir mit Dr. Dr. Borneburg gesprochen haben«, fiel ihm der Inspektor ins Wort. »Der Herr Doktor war sehr um seine Reputation besorgt und überlegt sogar eine Anzeige gegen Sie bei der Anwaltskammer. Wegen versuchter Einflussnahme. Mein Gott, sind Sie wirklich so naiv, anzunehmen, dass man einen Gerichtssachverständigen einfach bestechen kann? Ein Mann wie Borneburg würde doch nie seine Pfründe riskieren. Soviel könnten Sie ihm gar nicht bezahlen.«

Der Anwalt schluckte schwer und schwieg.

»Zur nächsten Frage«, fuhr Sandegger fort. »Wo waren Sie in der Nacht von Dienstag auf Mittwoch in der Zeit von 2 bis 4 Uhr?«

»Na dort, wo ich fast immer um diese Zeit bin, in meinem Bett«, der Verdächtigte hatte sich von seinem Tief erholt, seine Stimme klang fast schon wieder frech.

»Und haben Sie einen Zeugen dafür?«

»Ja, meine Lebensgefährtin ist neben mir gelegen«, seine Stimme wurde immer fester. »Wir haben bis gegen Mitternacht ferngesehen. Dann hat mich Bärbel aufgeweckt und wir sind ins Bett gegangen. Das Nächste war, dass sie mich gegen 5 Uhr wach gerüttelt hat, weil die Polizei am Telefon war. Ich bin dann gleich zu Onkel Albert gegangen.«

»Hätte Ihre Lebensgefährtin Sie gehört, falls Sie in der Nacht aufgestanden und weggegangen wären?«

»Also so ein Unsinn«, begehrte der Anwalt auf. »Sie glauben doch nicht im Ernst, dass ich mich zuerst ins Bett lege, dann wieder aufstehe, mich wieder anziehe und nochmals weggehe?« Er schüttelte den Kopf. »Dazu bin ich viel zu bequem.«

»Warum nicht?«, entgegnete der Inspektor. »Wenn es um so viel Geld geht, warum nicht?«

»Welches Motiv unterstellen Sie mir eigentlich?«, der Anwalt schüttelte den Kopf. »Ich verstehe nicht, welchen Vorteil ich Ihrer Meinung nach durch den Tod der beiden jungen Leute haben sollte.«

»Sie wissen das wirklich nicht?«, wunderte sich Sandegger. »Es fällt mir schwer, das zu glauben. Aber bitte, dann werde ich Ihnen eben erklären, wie sich das meiner Meinung nach abgespielt hat.«

Als Verwalter des Grundbesitzes seines Onkels war Walter Göllner sicher über den gewaltigen bevorstehenden Wertzuwachs informiert. Die noch streng vertraulich behandelte Trassenführung der Nordautobahn war für einige andere Interessenten kein unlösbares Geheimnis geblieben. Als sich potenzielle Käufer mit interessanten Angeboten und lukrativen Nebenabreden bei dem Anwalt meldeten, wollte er seinen Onkel zum Verkauf der Grundstücke überreden. Um in den Genuss der stattlichen in Aussicht gestellten Provisionen zu kommen.

»Sie behaupten allen Ernstes, dass die neue Autobahnverbindung nach Brünn über Onkel Alberts Äcker geführt werden soll?«, stammelte der junge Göllner.

»Nicht über alle, aber über einige«, stellte Sandegger fest. »Allerdings werden die anderen Flächen dadurch auch enorm an Wert gewinnen.«

»Aber dann ist Onkel Albert ja reich. Stinkreich.« Der Anwalt war entweder ein exzellenter Schauspieler. Er gab sich verwirrt, erschüttert, noch mehr von der Rolle als vor dieser Eröffnung.

Eine erstklassige Leistung. Oder er war tatsächlich der unschuldige Tölpel, der er vorgab zu sein. Einen Moment lang überfielen den Inspektor Zweifel. Dann fuhr er fort.

»Ihr Onkel hat sich allerdings standhaft geweigert, sich von den Äckern zu trennen, die in seiner Gefühlswelt noch immer seiner vor Jahren verstorbenen Frau gehörten. Das war in Ihren Augen eine Gefühlsduselei, die Sie mehrere 100.000 Euro kosten konnte. Also gab es nur den Ausweg, dass Sie gerichtlich bestellter Sachwalter Ihres Onkels werden und damit ganz offiziell seine Geschäfte führen. Sicher, unter der Aufsicht des Gerichts, aber was sollte dieses gegen den Verkauf zu einem angemessenen Preis schon einzuwenden haben?«

Um die Entmündigung durchzusetzen, musste Albert Göllner in einer Form diskreditiert werden, die berechtigte Zweifel an seiner geistigen Gesundheit hervorrufen würden.

»Onkel Alberts Gewohnheit, auf ganz bestimmte Situationen im Extremfall auch mit Warnschüssen zu reagieren, ist Ihnen da sehr entgegengekommen. Sie mussten dann nur noch eine solche Situation schaffen. Dazu haben Sie Josef Hilbinger engagiert, dem Sie die Geschichte als Spieldokumentation verkauft haben. Er und Marika Estivan sollten in der Nacht vor irgendeiner versteckten Kamera eine handgreiflich ausartende Liebesszene mimen.«

Dann hatte der Todesschütze warten müssen, bis der ›wachsame Albert‹ seine Schreckschüsse abgegeben hatte. »Im Schutze dieser Geräuschkulisse konnte der echte

Mörder seine tödlichen Schüsse unentdeckt abgeben und sich daraufhin unbemerkt davonmachen.«

Der Anwalt atmete schwer. Schließlich sagte er mit leiser Stimme.

»Eine bestechende Geschichte, die Sie da entwickelt haben, Herr Inspektor. Sie hat bloß zwei Schönheitsfehler. Erstens habe ich bisher keine Ahnung davon gehabt, dass die Grundstücke durch den Bau der Nordautobahn derart im Wert steigen werden.«

»Dann sind Sie ein schlechter Vermögensverwalter«, entgegnete Sandegger. »Es fällt mit schwer, das zu glauben.«

»Es ist aber so. Und zweitens bin ich ein derart miserabler Schütze, dass ich ein Garagentor nicht einmal auf 10 Meter Entfernung treffen würde.« Er lachte leicht bitter auf. »Barbara, das ist meine Lebensgefährtin, hat mich einmal auf den Schießstand mitgenommen. Zum Gaudium aller ihrer Kollegen.«

»Ich will ja gar nicht behaupten, dass Sie selbst geschossen haben«, räumte der Inspektor ein. »Aber bei den Summen, um die es da geht, sind die 100 000 Euro, die man für einen Auftragsmord hinlegen muss, nur ein Lapperl.«

»Wer hat denn dann Ihrer Meinung nach Onkel Alberts Waffe mit scharfer Munition geladen?« Der Neffe war zwar schwer angeschlagen, aber noch nicht am Boden.

»Um eine Waffe zu laden, muss man ja nicht unbedingt ein guter Schütze sein«, konterte Sandegger. »Wir werden bald wissen, ob es Ihre Abdrücke sind, die wir auf den Patronenhülsen gefunden haben. Und ein Zeuge wird uns auch sagen, ob Sie es persönlich waren, der Hilbinger beim AMS angeworben hat. Oder ob das jemand anderer für Sie übernommen hat. Vielleicht der Schütze?«

»Ich kann Ihnen nur versichern, dass ich mit dem Tod des Paares nichts zu tun habe«, beteuerte der Anwalt mit zitternder Stimme. »Zugegeben, ich wollte versuchen die Sachwalterschaft für Onkel Albert zu bekommen, um die Grundstücke verkaufen zu können. Aber das Angebot, das man mir gemacht hat, liegt bei einem Euro pro Quadratmeter. Da hätte ich etwas mehr als 100 000 abgestaubt.« Er räusperte sich. »Das ist für mich eine Menge Geld, aber deswegen würde ich doch niemanden umbringen.« Seine Stimme hatte einen weinerlichen Klang angenommen.

»Herr Dr. Walter Göllner, ich nehme Sie vorläufig fest wegen des Verdachts, Marika Estivan und Josef Hilbinger erschossen oder sich zumindest an der Verschwörung zur Ermordung der beiden beteiligt zu haben.« Ungerührt gab Sandegger dem an der Tür stehenden Polizisten ein Zeichen. »Führen Sie den Festgenommenen in die Zelle.«

»Ich habe doch ein Alibi«, schrie der Anwalt verzweifelt auf.

»Das werden wir überprüfen«, versprach der Inspektor, »aber zu viel würde ich mir nicht davon versprechen. Nach Ihrer eigenen Aussage kann Ihre Freundin zwar bestätigen, dass Sie neben ihr eingeschlafen und auch wieder aufgewacht sind. Was Sie die ganze Zeit dazwischen gemacht haben, wird sie bestenfalls nur vermuten können.«

8

Nach Beendigung der stimmungsvollen Eröffnungsfeier begab sich Silvana mit einigen anderen Aktiven zur Pressekonferenz, die in einem der benachbarten Säle stattfinden sollte. Auf dem Weg dahin trat ein etwas gehetzt wirkender Mann auf sie zu.

»Haselberger«, stellte er sich vor, »Dr. Haselberger. Wir hatten am Montag einen Termin, den ich leider nicht einhalten konnte. Ich habe dann im Hotel auf Sie gewartet, aber Sie sind leider nicht erschienen. Inzwischen ist ja auch bekannt, warum.« Er hielt noch immer ihre zur Begrüßung erfasste Hand, ganz so, als ob er Angst hatte, sie würde sonst wieder entführt werden. Energisch machte sich Silvana los. »Und was wollen Sie gerade jetzt von mir?«, fragte sie schroff.

Haselberger, den sie bisher nur von einigen Telefonaten kannte und noch nie persönlich erlebt hatte, war ihr ausgesprochen unsympathisch. Komisch, dass sie ihr Instinkt bei der Suche nach einem Rechtsanwalt in Wien so im Stich gelassen hatte.

Vielleicht hatte ihre Antipathie auch nur damit zu tun, dass der Kerl irgendwie mit Schuld an ihrer Entführung war. Nicht, dass er mit der Sache direkt zu tun gehabt hätte. Nein, dass glaubte sie nicht. Aber: Wäre er zeitgerecht zu ihrem Termin erschienen, dann wäre sicher alles anders gelaufen.

»Ich muss unbedingt mit Ihnen sprechen, bevor Sie in die Pressekonferenz gehen«, beschwor er sie förmlich.

»Man wird Sie sicher auf Ihre Entführung ansprechen, in diesem Fall sollten Sie mit Vermutungen und hypothetischen Schuldzuweisungen vorsichtig sein. So eine Schadenersatzklage wegen Kredit- oder Rufschädigung kann teuer werden.«

»Und wie lautet Ihre Empfehlung?«, wollte Silvana wissen.

»Lassen Sie sich auf dieses Thema am besten gar nicht ein.« Haselberger kramte in seiner Tasche und holte ein Formular heraus. »Sagen Sie, die Ermittlungen laufen noch und Sie können derzeit nichts sagen. Oder noch besser, Sie nehmen mich mit und lassen mich für Sie sprechen.« Er hielt ihr das Papier hin. »Dafür bräuchte ich aber Ihre Unterschrift unter die Vollmacht.«

Silvana blickte lange auf die Vollmacht, dann auf den Anwalt, dann wieder auf die Vollmacht. Schließlich nahm sie das Papier und zerriss es in kleine Stücke. Die drückte sie Haselberger in die Hand.

»Sie haben mir bis jetzt kein Glück gebracht«, meinte sie, »und ich habe auch für die Zukunft kein gutes Gefühl, was Sie betrifft. Guten Tag.« Dann ließ sie Haselberger einfach stehen und ging weiter.

*

Ildiko hatte Silvanas Einladung abgelehnt, sie zur Eröffnung der Schau zu begleiten. »Weißt du«, hatte sie ihrer Enkelin erklärt, »der ganze Rummel erinnert mich zu sehr an Arpad und das tut weh. Ich denke oft an deinen Großvater und das sind sehr schöne Momente. Aber solche Veranstaltungen habe ich auch früher nicht sehr gemocht. Wahrscheinlich, weil ich immer schon auf seine große Liebe, die Zuckerbäckerei, eifersüchtig war.«

Stattdessen war sie auf Albert Göllners Angebot eingegangen und mit ihm in den Prater gefahren.

Anna Eiblinger, die langjährige gute Seele im Haushalt des ›wachsamen Albert‹, verstand die Welt nicht mehr. Seit Jahren hatte sie immer wieder versucht, den alten Herrn zu einem Spaziergang in den nahe gelegenen Währinger Park oder auch einmal auf den Cobenzl zu überreden. Aber immer vergeblich. Nach dem Tod seiner Frau hatte ihr Schützling, als solchen empfand Frau Eiblinger den um 20 Jahre Älteren, ganz einfach keine Lust mehr, das Haus öfters zu verlassen als unbedingt notwendig.

Und jetzt kam eine Frau daher, sah Albert einmal etwas tiefer in die noch erstaunlich guten Augen und er führte sich auf wie ein verknallter 20-Jähriger.

Na, ihr sollte es recht sein, sie schmunzelte gutmütig vor sich hin, während sie ihm beim Binden der einzigen noch ausgehfähigen Krawatte half. Für seine Gefühle war man wohl nie zu alt.

Etwas später saß das sich wieder erstaunlich jung fühlende Paar auf der Terrasse, die um das Lusthaus führte. Das Thema ihres Gespräches war allerdings ganz und gar nicht romantisch, sondern sehr real. Göllner lauschte gespannt dem Bericht Ildikos über die geglückte Flucht Silvanas aus ihrem Gefängnis.

»Und Sie hat nicht die geringste Ahnung, wo sich das Haus befinden könnte, in dem sie die ganze Zeit festgehalten worden ist«, Göllner kratzte sich bereits zum wiederholten Mal an der linken Wange. Eine Gewohnheit, die er schon sein Leben lang praktizierte, ohne dass es ihm bewusst gewesen wäre. Aber alle, die ihn länger kannten, wussten, was das zu bedeuten hatte, Göllners Denkapparat begann auf vollen Touren zu laufen.

»Und wo, sagst du, wurde Silvana gefunden?«

»Am oberen Ende einer großen Wiese im Wienerwald, die …«, Ildiko überlegte, aber der Name, den sie gestern einige Mal gehört hatte, wollte ihr nicht einfallen. »Die Wiese heißt so wie irgendein Staat. Polenwiese, nein, das wars nicht.«

»Vielleicht Norwegerwiese?«, warf Göllner ein und Ildiko nickte heftig. »Ja, das war der Name, Norwegerwiese.«

»Wie lange schätzt Silvana die Zeitspanne zwischen ihrer Flucht und ihrem Eintreffen auf dieser Wiese?«, hakte der ehemalige Chefinspektor nach.

»Sie war sich nicht sicher, hat aber von ungefähr einer Stunde gesprochen«, meinte Ildiko.

»Wenn ich die Karte noch richtig im Kopf habe, kommen dann eigentlich nur Salmannsdorf, Neuwaldegg oder die kleine Siedlung am Exlberg als Standort für dieses Haus in Frage«, vermutete der alte Kriminalist. »Aber es gibt natürlich eine Menge alleine stehender Gebäude in der Gegend.«

Beide schwiegen, er, weil er nachdachte, und sie, weil sie ihn nicht dabei stören wollte. Diese Arbeitsteilung sollte sich schon bald bewähren, denn »wenn man einmal davon ausgeht, dass Laplan hinter der Entführung steckt, nur so als Arbeitshypothese, dann …«, Albert schwieg wieder.

»Was ist dann?«, fragte Ildiko ungeduldig. »Was geht in deinem Kopf vor?«

»Die Leiche Sonja Katzenbachs wurde seinerzeit in der Nähe eines Hauses in Salmannsdorf gefunden, das laut Grundbuch einer Margarete Seidlberger gehört hat«, erinnerte sich das Computergehirn. »Wie wir später erfahren haben, stand es aber im Eigentum von Oskar Laplan, der es von seiner Taufpatin, eben dieser Frau Seidlberger geerbt hat. Laplan hat die geänderten Eigentumsverhältnisse nie ins Grundbuch eintragen lassen. Wahrscheinlich, um sich das unauffällige Refugium zu erhalten. Wir sind seinerzeit nur durch Zufall darauf gekommen, wem die Villa tatsächlich gehört.«

»Und du meinst jetzt …«, Ildiko sprach die auf der Hand liegende Vermutung nicht aus.

Göllner nickte. »Es wird jetzt ein wenig hart für dich werden, doch ich glaube, du solltest es trotzdem erfahren. In diesem Haus hat es an dem besagten Abend eine kleine Feier gegeben, an der scheinbar nur zwei Personen teilgenommen haben. Zwei Gläser, zwei Teller und so weiter. Das waren wahrscheinlich dein Mann und diese Sonja. Wir haben aber auch Spuren einer dritten Person gefunden. Unter anderem fanden sich auf dem gläsernen Aschenbecher die Fingerabdrücke der Prostituierten und einer unbekannten Person. Nicht die Arpad Godajs.«

Ildiko war sichtlich aufgewühlt. »Er war Nichtraucher«, stellte sie dezidiert fest. »Weniger aus gesundheitlichen Gründen, sondern wegen des Geschmacks. Er hat immer gesagt, dass das Rauchen der berufliche Tod jedes Kochs und Konditors ist, weil es die Geschmacksnerven kaputt macht.«

Göllner nickte nur, ging aber nicht weiter darauf ein. »Was spricht eigentlich dagegen, dass der alte Laplan noch immer das Haus besitzt, in dem er als junger Mann seine wilden Partys gefeiert hat?«

Er hob seinen Arm und gab dem Kellner ein Zeichen, die Rechnung zu bringen.

»Was hast du vor?«, wollte Ildiko wissen.

»Was hältst du davon, nach Salmannsdorf zu fahren und uns das Haus anzusehen? Hast du übrigens einen Fotoapparat?«

*

Nachdem er Dr. Walter Göllner verhaftet hatte, suchte Sandegger die Adresse des von Oberinspektor Wallner bei seinem Besuch im AMS aufgetriebenen Zeugen Lukas Matzler.

Ein Anruf unter der angegebenen Telefonnummer erbrachte aber nur, dass der junge Mann zu Mittag in die Steiermark gefahren war, wo er das Wochenende bei Freuden verbringen wollte. Er wurde Sonntagabend wieder zurückerwartet.

So gab der Inspektor Matzlers Mutter seine Telefonnummer und ersuchte um einen dringenden Rückruf. »Sie müssen sich keine Sorgen machen«, beruhigte er die aufgeregte Frau, »es geht nur um eine Zeugenaussage.«

Dann versuchte er sein Glück und fuhr in Ermangelung anderer Optionen zu Walter Göllners Wohnung. In der Hoffnung, hier die Lebensgefährtin des Anwalts anzutreffen und wegen des Alibis ihres Freundes abzuklopfen.

Und diesmal hatte er mehr Glück als mit Matzler. Schon nach dem ersten Drücken der Klingel, die unter dem Namensschild ›Göllner/Varonec‹ angebracht war, öffnete sich die Tür und eine absolut fantastisch aussehende, mindestens 1,80 große Frau erschien,

»Ja bitte«, sagte die märchenhafte Erscheinung, »Sie wünschen?«

»Inspektor Sandegger, Kriminalpolizei«, hörte er sich sagen. »Sind Sie Frau Barbara …«, er blickte auf das Namensschild an der Tür, »… Varonec?«

»Waronetz«, antwortete die Traumfrau, »man spricht es Waronetz aus. Ja, die bin ich. Wollen Sie nicht hereinkommen?«

Und er akzeptierte gerne den Tee, den sie ihm anbot, und sogar die Kekse, die schmeckten, als ob sie noch von letztem Weihnachten stammten.

Sie erzählte ihm, dass sie früher als Model gearbeitet hatte, jetzt war sie als PR-Managerin in einem großen Sportartikelkonzern tätig. »Da kommen mir meine Kontakte aus der Zeit zugute, in denen ich sportlich sehr aktiv gewesen bin.«

Sie hatte sogar an den Olympischen Spielen in Atlanta teilgenommen und einen 12. Platz nach Hause gebracht. Wie zum Beweis zeigte sie auf einige gerahmte Fotos an der Wand.

Nach einer guten halben Stunde unverbindlichen Small Talks und verspielten Herumgeblödels erinnerte sich Sandegger, warum er eigentlich hier war.

»Es tut mir leid, Barbara«, die beiden waren inzwischen dazu übergegangen, sich mit dem Vornamen anzusprechen, »aber ich muss Ihnen jetzt gestehen, dass ich heute Mittag Ihren Lebensgefährten verhaftet habe. Aufgrund der bisherigen Beweislage war das leider nicht zu verhindern«, meinte er fast entschuldigend.

Mit einem Schlag war die heitere, unbeschwerte Stimmung wie weggeblasen. Nicht, dass Barbara auf ihn böse war, das nicht. Aber sie war sichtlich traurig über diese Entwicklung.

»Und warum musste das sein?«, wollte sie nach einigen Schrecksekunden wissen.

Sandegger erklärte ihr die Sachlage, wie sie sich ihm darstellte, und sie hörte aufmerksam zu. Nachdem er geendet hatte, setzte sie sich entschlossen auf und blickte ihn direkt an.

»Er kann es doch gar nicht gewesen sein«, stellte sie jetzt fest und ihre Stimme klang mit einem Mal wieder fröhlich. »Wann, sagten Sie, soll das gewesen sein?«

Sobald er ihr das fragliche Datum und die Zeit genannt hatte, bestätigte sie genau das, was Walter behauptet hatte.

Dass er neben ihr eingeschlafen und auch wieder aufgewacht war. Nach einigem Zögern musste sie jedoch einräumen, dass sie es wohl nicht gehört hätte, wäre er in der Nacht aufgestanden und weggegangen. »Ich habe einen sehr festen Schlaf.«

*

»Was heißt, wir müssen sofort verreisen«, wollte Trude Sombach von ihrem Mann wissen. »Wieso müssen wir sofort verreisen? Wer bestimmt das?« Die sonst so friedfertige, sanfte Frau war richtig wütend.

»Na ja«, druckste ihr Mann herum, der beim Lachen und beim Husten noch immer an den äußerst kräftigen Tritt erinnert wurde, den ihm die junge Frau am Vorabend versetzt hatte. Er stakte herum wie seinerzeit der legendäre Gary Cooper, nur vorsichtiger. Viel vorsichtiger.

Das war jetzt die Situation, vor der er sich die ganze Zeit gefürchtet hatte. Sombach hatte seiner Frau auf Anraten des jungen Herrn nichts von dem Besuch erzählt, den die Villa ›Ingeborg‹ in den letzten Tagen beherbergt hatte. Wäre der Aufenthalt dieser Frau Godaj, ihren Namen hatte er ihrem Führerschein entnommen, den er in ihrer Tasche gefunden hatte, wie geplant verlaufen, dann hätte seine Frau wohl nie etwas davon erfahren. Die Flucht dieses verdammten Weibes hatte ihn jetzt in eine sehr schlimme Situation gebracht.

Da ihm nichts Besseres einfiel und die Zeit drängte, beichtete er Trude, was geschehen war. Nicht alles, doch genug, um ihr die Notwendigkeit eines raschen Ortswechsels plausibel zu machen. Die für ihn besonders peinlichen Passagen ließ er wohlweislich aus.

Jetzt verstand Trude, was los war. Sie reagierte aber nicht so, wie ihr Mann vermutet oder zumindest gehofft hatte, sondern schaltete auf stur.

»Du bist ja noch dümmer, als ich befürchtet habe«, donnerte sie jetzt erst recht los. »Ich habe ja schon immer gewusst, dass da irgendwelche Sauereien in der Villa laufen. Aber eine Entführung, das geht doch erheblich zu weit. Und ich sage dir etwas. Ich denke nicht daran, mein Haus und meine Heimat zu verlassen, nur weil du so ein krimineller Trottel bist.«

»Aber wenn uns die Polizei erwischt …«, versuchte er einzuwenden.

»Na, dann gehst du eben ein paar Jahre in den Häfen«, sie ließ ihn nicht einmal aussprechen. »Immer noch besser, als ständig auf der Flucht zu sein und sich immer verstecken zu müssen. Von mir aus hau ruhig ab, nur ohne mich.«

»Aber der junge Herr besteht darauf«, wollte er einwenden, wieder ohne Erfolg.

»Der junge Herr besteht darauf, der junge Herr besteht darauf«, äffte sie Sombach nach. »Und wenn der junge Herr sagt, häng dich auf, du alter Depp, dann machst du das auch?«

Betroffen hielt der Mann inne. Die Logik seiner Frau hatte einiges für sich, musste er zugeben, aber »was ist, wenn der junge Herr böse wird?«

»Na, dann wird er eben böse. Wer ist er denn schon, der Hans Jörg Laplan? Der soll froh sein, dass wir ihn nicht bei der Polizei anzeigen.«

Sombach war verblüfft und eingeschüchtert. So bestimmt und resolut hatte er seine Frau noch nie erlebt. Na gut, dann musste er dem jungen Herrn eben klarmachen, dass sie erst morgen verreisen konnten. Es würde ihm schon noch gelingen, Trude zur Räson zu bringen. Immerhin war er der Herr im Haus.

*

Was Palinski so an seiner eigentlichen Arbeit im ›Institut für Krimiliteranalogie‹ schätzte, war die Befassung mit einer hochinteressanten, abwechslungsreichen Materie ohne sonderlichen zeitlichen oder sonstigen Druck. Die gelegentliche Einbeziehung in die kriminalpolizeiliche Ermittlungsarbeit brachte zwar immer einigen Stress, der ihm aber durchaus gut tat. Das war sozusagen der Schnittlauch auf dem Butterbrot.

Was sich aber in den letzten beiden Tagen getan hatte, hatte ihn an die Grenzen seiner Belastungsfähigkeit herangeführt. Dieses Gefühl hatte er bisher nicht gekannt. Er führte es auf den Umstand zurück, dass dieses Mal eine verwandte Person in den Fall verwickelt war. Nein, mehr noch, eines seiner drei Kinder. Und das bedeutete eine völlig neue Qualität seines Engagements. Auch wenn er von diesem Kind erst vor zwei Tagen gehört und es vor nicht einmal 20 Stunden kennengelernt hatte.

Palinski hatte ein wenig ein schlechtes Gewissen gegenüber Max und Moritz, seinen Hunden, die er beide im Zuge der Mitarbeit an Kriminalfällen gefunden und aufgenommen hatte. Er hatte sowohl den Golden Retriever als auch den semmelblonden Zwergschäfermischling in den letzten Wochen arg vernachlässigt und fast zur Gänze der Fürsorge seiner Mitarbeiter überlassen.

Margit und Florian verwöhnten die beiden Hunde zwar nach Strich und Faden und ließen es ihnen an nichts fehlen. Und trotzdem war es nicht dasselbe. Palinski war nun einmal das Herrl und wollte es auch bleiben. Damit war endlich ausgedacht, um was es ihm wirklich ging. Max und Moritz liebten Margit und Florian fast wie ihn selbst und das machte ihn eifersüchtig. Das war doch verständlich, oder?

Aus diesem Grunde hatte er sich jetzt eine Stunde Zeit genommen, um mit den beiden Rackern eine größere Runde zu drehen und bei dieser Gelegenheit sein Gehirn etwas auszulüften.

Silvana war wirklich eine Tochter, wie man sie sich nur wünschen konnte. Intelligent, hoch talentiert und dazu noch gut aussehend. Voll Tatendrang, interessanter Ideen und der Kraft, diese auch durchzusetzen. Vielleicht eine Spur zu risikofreudig. Na ja, es war möglich, dass sie das von ihm hatte.

Fritz, den er als Schwiegersohn sozusagen im Doppelpack dazubekommen hatte, schien in Ordnung zu sein. Eher ruhig, keiner von den ganz Schnellen und auf eine irgendwie charmante Art ungeschickt. Sehr bodenständig und finanziell unabhängig. Das war zwar nicht die Hauptsache, aber nicht ganz unwichtig. Falls es mit seinem Institut einmal nicht mehr laufen sollte, konnte er vielleicht wieder als Lohndiener arbeiten. Und später dann als Portier im ›Rittener Hof‹. Nebenbei würde er endlich seinen großen Roman schreiben können. Es gab üblere Worst Case Szenarien.

Back to the roots, er musste lächeln. Die Vorstellung von Wilma als Zimmermädchen wollte ihm allerdings nicht so recht gelingen.

Auf der gegenüberliegenden Straßenseite erkannte er plötzlich Ildiko und Albert Göllner. Ein schönes Paar, dachte er anerkennend. Man konnte sich nur wünschen, in dem Alter noch so gut in Form zu sein.

»Mario, hallo«, Ildiko hatte ihn entdeckt und winkte ihm zu. Dann überquerten die beiden die Straße und gesellten sich zu ihm. Max und Moritz schnupperten neugierig an den beiden, die offenbar keinerlei Scheu vor Hunden hatten, und wedelten freundlich mit dem Schwanz.

»Was für nette Wachhunde Sie haben«, spottete Göllner gutmütig und kraulte die beiden »Bestien« hinter den Ohren. »Übrigens, wir haben möglicherweise das Haus gefunden, in dem Silvana festgehalten worden ist.«

»Tut mir leid, Freunde«, meinte Palinski zu seinen vierbeinigen Schützlingen. »Aber wir müssen hier umdrehen. Das mit dem Haus ist im Augenblick wichtiger.«

*

»Was soll ich denn machen, wenn meine Frau sich weigert, schon heute zu verreisen«, jammerte Martin Sombach in den Hörer. »Ihr Vorschlag ist ja wirklich etwas überraschend gekommen. Wir können leider erst morgen fahren.«

»Erstens war das kein Vorschlag, sondern ein Befehl«, Hans Jörg Laplans Stimme klang eiskalt. Oder was er dafür hielt. »Und zweitens sind Ihre Flugtickets nach Neuseeland schon fix gebucht. Ein günstiger Tarif, daher ist auch kein Umbuchen und keine Rückerstattung möglich«, schwindelte er.

»Nach Neuseeland?«, Sombach war erstaunt. Er hatte mit Deutschland, vielleicht noch mit Spanien gerechnet. Oder Italien. Da war er überall schon einmal gewesen und es hatte ihm ganz gut gefallen. Aber Neuseeland? Er wusste auf Anhieb gar nicht genau, wo dieses Neuseeland lag.

»Wieso Neuseeland?«, für seine Verhältnisse begehrte Sombach jetzt fast auf. »Liegt das nicht irgendwo im Norden und es ist das ganze Jahr über saukalt?«

»Neuseeland liegt im Süden«, erklärte Laplan junior, »und zwar weiter im Süden, als Sie sich jetzt vorstellen können. Es ist sehr schön dort und vor allem ist es sehr weit weg von Europa.«

»Na gut«, Sombach war leicht zu überzeugen, »dann fliegen wir eben heute Abend nach Neuseeland. Wann geht denn die Maschine?«

»Ich bringe Sie noch heute Nacht nach München«, Laplan junior überlegte, von wo man am besten nach Neuseeland abflog. »Von dort fliegen Sie morgen nach London«, London war gut, fand er, »und von dort weiter mit BEA Flug 255 nach Austin.«

»BEA Flug 255 nach Austin«, wiederholte Sombach. »Ich glaube, das könnte meiner Trude gefallen. Nein, ich bin sicher«, korrigierte er sich, »sie wird sich über diese Reise freuen.«

»Wir treffen uns also um 20.30 Uhr in der ›Villa Ingeborg‹«, kündigte der junge Herr noch an. »Dann bekommen Sie die Reiseunterlagen und 100 000 Euro Reisegeld. Das sollte für einige Zeit reichen.«

100 000 Euro, das klang wunderbar in Sombachs Ohren, einfach wunderbar. Das würde sicher auch seine Frau überzeugen.

*

Die permanenten Sitzgelegenheiten im Wohnzimmer waren alle besetzt, was, soweit sich Wilma erinnern konnte, bisher noch nie der Fall gewesen war. Neben der Hausfrau waren da Silvana und Sterzinger, Ildiko und Göllner, dann Oberinspektor Wallner und seine Frau Franca sowie Ministerialrat Dr. Schneckenburger mit seiner Frau Monika. Überraschend war auch Martin Sandegger erschienen, der eine Frage an Göllner stellen wollte und erfahren hatte, dass dieser hier anzutreffen war.

Palinski, der noch kurz in seinem Büro zu tun hatte, wurde in den nächsten Minuten erwartet.

Eigentlich hätte das Treffen wieder einmal bei ›Mama Maria‹ stattfinden sollen. Doch Palinskis Lieblingsitaliener war heute durch eine geschlossene Gesellschaft blockiert. Vor allem aber wollte man sich den Bericht über die Eröffnung der WIKOKO in den Abendnachrichten des Fernsehens nicht entgehen lassen. Immerhin hatte Silvana dabei eine nicht ganz unwesentliche Rolle gespielt.

Während Wilma, Ildiko und Franca in der Küche Brote schmierten und mit allem belegten, was sich im Hause befand, setzte sich Sandegger zu Göllner.

»Ich hätte noch eine Frage, Herr Göllner«, begann er.

»Ach, sagen Sie doch Albert zu mir, wir sind doch nach wie vor so etwas wie Kollegen«, meinte der alte Herr. »Zumindest jetzt wieder, nachdem meine Unschuld feststeht.«

»Danke«, entgegnete der Inspektor. »Also gut, Albert, Sie sollen wissen, dass ich Ihren Neffen heute wegen dringenden Tatverdachts verhaftet habe. Es spricht vieles dafür, dass er der Täter ist oder zumindest mit der Tat zu tun hat.«

Göllner schien nicht sonderlich überrascht zu sein. »Ich habe so etwas befürchtet und einiges spricht ja auch für Ihre Annahme, aber ich kann es mir einfach nicht vorstellen.« Er schüttelte den Kopf. »Nein, Walter ist zwar eine schwache Raspel, aber Mord, nein, dazu ist er nicht im Stande.«

»Wir haben jetzt seine Fingerabdrücke mit jenen auf den Patronenhülsen in der Waffe verglichen«, fuhr Sandegger fort. »Wer immer die scharfe Munition in Ihren Revolver getan hat, Ihr Neffe war es nicht. Haben Sie eine Idee, wer sich sonst unbemerkt in Ihre Wohnung schleichen und den Austausch der Munition hätte vornehmen können?«

Göllner nahm den Pluspunkt für seinen Neffen erfreut zur Kenntnis. Er hatte wieder begonnen, sich an der Wange zu kratzen. Ein untrügliches Zeichen dafür, dass sein Gehirn dabei war, sich auf hohe Drehzahlen einzustellen.

Vorerst zuckte er nur mit den Achseln, meinte: »Ich denke darüber nach« und die Abendnachrichten begannen.

Sandegger wirkte richtig verschämt, als er im Bericht über die Pressekonferenz im Innenministerium als leuchtendes Beispiel für den vorbildlichen Umgang mit Verantwortung dargestellt und wie ein Held beklatscht wurde. Ein Applaus, in den auch die Runde im Wohnzimmer einstimmte. Was ihm irgendwie peinlich zu sein schien.

»Martin«, inzwischen war Palinski gekommen, gerade rechtzeitig, um Sandeggers großen Auftritt mitzuerleben, »das war ja richtig stark. Jetzt sind Sie so eine Art Volksheld.« Nach den Berichten über die neuesten Entwicklungen im Lager der kleinen Regierungspartei, sie hatte sich inzwischen in drei politische Gruppierungen aufgesplittert, deren einzige Gemeinsamkeit es war, die anderen beiden für alles verantwortlich zu machen, leitete der Sprecher zu den Wirtschaftsnachrichten über. Und in diesen spielte, für alle völlig überraschend, heute Silvana Sterzinger-Godaj die Hauptrolle.

Während die Kamera in den herrlichsten Kreationen zuckerbäckerischen Könnens schwelgte, einige der berühmtesten Namen dieser Branche ins Bild brachte und verfettete Menschen beim genussvollen Konsum von Megatonnen Kalorien zeigte, wurde die Geschichte der Godajs und die Bedeutung dieses Namens für alle Liebhaber exklusiver Mehlspeisen detailliert vor den Fernsehzuschauern ausgebreitet. Ebenso wie die Entwicklung der europaweit bekannten Konditoreikette ›Goday Exklusiv‹.

Dann gehörte der Bildschirm für gestoppte 2 Minuten und 34 Sekunden Silvana. Das mochte nicht nach sehr viel klingen, war aber in diesem Medium eine ganze Menge.

Sie warf Oskar Laplan, der sichtbar wenig vergnügt am Tisch der wichtigsten Sponsoren der WIKOKO zu sehen war, eine schädigende und vertragswidrige Verwendung des auf ›Goday‹ umgewandelten Namens sowie den nicht länger tolerierbaren Niedergang der Angebotsqualität vor. »Meine Anwälte prüfen derzeit die rechtlichen Möglichkeiten, dagegen vorzugehen.«

Damit nicht genug, mit der folgenden Ankündigung warf sie den Laplans einen weiteren Fehdehandschuh zu.

»Darüber hinaus haben wir uns entschlossen«, dabei blickte sie mit blitzenden Augen auf den alten Laplan, Palinski fand seine Tochter zum Anbeißen, »die altehrwürdige Tradition der Godajs, mit ›J‹ wie Josef geschrieben«, wie sie extra anmerkte, »wieder aufleben zu lassen. Und zwar durch die Gründung von ›Godaj Original‹. Mit diesem Konzept werden wir die alte Tradition des Hauses Godaj mit all ihrer feinen Raffinesse und außergewöhnlichen Qualität auferstehen lassen. Dabei werden wir aber auch neue Standards setzen und der heute so weit verbreiteten ›Fast Pfusch‹ Mentalität Einhalt gebieten. Das verspreche ich Ihnen. Übrigens, zur Eröffnung unseres ersten Lokals sind Sie alle herzlich eingeladen. Selbst Sie, Herr Laplan«, meinte sie zu ihrem mit erstarrter Miene dasitzenden Gegner. »Damit Sie wenigstens einmal sehen, wie man so etwas macht.«

Dem herzlichen Lachen der meisten Anwesenden folgte langanhaltender Applaus und Laplan, der den Schaden bereits hatte, musste sich um den Spott nicht mehr sorgen.

»Na, den hat sie aber ordentlich gehäkelt«, erkannte Göllner an und fiel in das begeisterte Klatschen der versammelten Runde ein.

»Falls du bis jetzt nur einen Gegner in Laplan gehabt haben solltest«, warf ein etwas nachdenklicher Palinski nach einigen Minuten ein, »dann hast du jetzt einen Feind. Wenn ich den Mann richtig einschätze, wird er die Demütigung nicht so ohne weiteres hinnehmen.«

*

Trude Sombach hatte zuletzt doch noch klein beigegeben und sich bereit erklärt mit ihrem Mann das Land zu verlassen. Im Gegensatz zu diesem wollte sie aber offensichtlich nur mit kleinem Gepäck reisen.

Martin Sombach war zufrieden, sein nach der ursprünglich strikten Weigerung Trudes, mitzukommen, leicht angeschlagenes Selbstbewusstsein war wieder hergestellt. Er war Herr im Haus, was er sagte, hatte zu geschehen. Und damit basta. Wo käme die Welt denn da hin, wenn die Weiber begannen, ihren Willen durchsetzen zu wollen?

Dabei hatte es zunächst nicht danach ausgesehen. Trude war weiterhin stur gewesen, möglicherweise sogar rigoroser als vorher. Dann hatte er ihr von den bereits gebuchten Flugtickets erzählt und von Neuseeland. Nachdem er ihr die Flugnummer und die Stadt, in der sie in Zukunft leben würden, genannt hatte, war ihr Widerstand geschwunden. »Austin soll sehr schön sein, habe ich gehört«, hatte er geschwindelt. Und sicherheitshalber auch noch die 100 000 Euro erwähnt.

Das hatte sie wohl überzeugt, denn Trude war auf einmal verschwunden und nach etwa 20 Minuten mit ihrer Reisetasche wieder zurückgekehrt.

»So, ich bin fertig, von mir aus kann es losgehen«, hatte sie gesagt und das war es gewesen. So leicht ging das manchmal.

Jetzt war es schon 10 Minuten nach der vereinbarten Zeit und Laplan junior war immer noch nicht erschienen.

»Er wird sich die Sache doch nicht überlegt haben«, sinnierte Sombach, aber seine Frau war sicher, dass er kommen würde. Und da hörten sie auch schon ein Auto in der Auffahrt.

»Der junge Herr glaubt wohl, wir übersiedeln mit unserem gesamten Hab und Gut«, witzelte der Mann, der einen Blick ins Freie geworfen hatte. »Warum sonst wäre er heute mit einem Kastenwagen gekommen.« Er lachte und freute sich irgendwie auf das Abenteuer, das vor ihnen lag.

»Wie kann ein Mensch nur so blöd sein«, murmelte Trude leise vor sich hin und ließ ihre rechte Hand in der Reisetasche verschwinden.

Als der junge Laplan den Raum betrat, hatte er nichts in Händen. »So, los gehts«, sagte er und deutete in Richtung Fahrzeug. »Leider musste mein Mercedes in die Werkstatt, sodass ich Euch mit dem Transporter nach München bringen muss. Ich habe im Laderaum eine Matratze aufgelegt, da kann einer von Euch schlafen. Wird ja eine lange Nacht heute.«

»Und wo geht unser Flug von London aus hin?«, wollte Trude jetzt wissen.

»Das habe ich Ihrem Mann doch schon gesagt«, entgegnete Laplan junior etwas schroff. »Also los.«

»Ich möchte es aber von Ihnen nochmals hören«, begehrte die Frau auf.

»Was ist denn los mit dir, Trude«, wunderte sich Sombach. »Nach Austin, wir haben gerade vorhin darüber gesprochen.«

»Natürlich, Austin«, wiederholte der junge Laplan dankbar, der sich den Namen der größten Stadt der Nordinsel und Neuseelands noch nie hatte merken können.

»Sie wissen aber schon, dass Austin in Texas liegt und nicht in Neuseeland?«, fragte Trude für ihre Verhältnisse direkt frech. »Und dass es von London aus auch keinen Flug mit der Nummer BEA 255 nach Neuseeland gibt? Martin, du gehst keinen Schritt weiter«, schrie sie ihren Mann an, der sich in Richtung Ausgang in Bewegung gesetzt hatte.

Ehe der ein verwundertes »Ja warum denn nicht?« von sich geben konnte, hatte der junge Herr einen Revolver aus der Jackentasche gezogen und hielt ihn Sombach an die Schläfe. »Also machen Sie jetzt keine Schwierigkeiten, sonst knall ich Sie gleich hier ab«, schrie er mit sich leicht überschlagender Stimme.

»Hab ich es mir doch gedacht«, brach es jetzt aus Trude leidenschaftlich heraus. »Die ganze Zeit über habe ich es geahnt, aber immer die Augen und Ohren verschlossen gehalten. Sie und Ihr Vater, die sich immer aufführen, als hätten sie die Vornehmheit mit Löffeln gefressen, sind nichts anderes als Verbrecher. Schlicht und einfach Gauner und Verbrecher.« Sie holte tief Luft, um fortfahren zu können. »Für dieses Pack haben wir die ganzen Jahre über gebuddelt und den Kopf hingehalten. Und dann das, man will uns abservieren. Nicht in die Wüste schicken oder nach Neuseeland. Nein, richtig kaltmachen, umbringen. Das ist doch wirklich die Höhe.«

Das war mit Abstand die längste Rede gewesen, die diese gute Frau im Laufe ihres bisherigen Lebens gehalten hatte. Und sie hatte ihre Wirkung nicht verfehlt.

Sombachs Gesicht, dessen blöder Ausdruck kaum noch zu überbieten war, nahm weinerliche Züge an. Der wirklich

Böse des Abends aber blickte ebenso oder zumindest so ähnlich und meinte ironisch: »Meine Anerkennung, Frau Sombach, da soll noch einmal einer sagen, dass Frauen nicht intelligenter sein können wie Männer.«

»Als«, widersprach Trude, die jetzt nicht mehr zu bremsen war.

»Was meinen Sie?«, Laplan junior war leicht irritiert.

»Es heißt ›intelligenter als‹ und ›so intelligent wie‹, Sie Scheißkerl«, klärte sie ihn auf. »›Intelligenter wie‹ geht nicht.«

»Ich muss zugeben, ich habe Sie unterschätzt, Frau Sombach«, erkannte der junge Herr an und es klang fast so, als ob er es auch wirklich meinte. »Aber jetzt Schluss mit der Deutschstunde, ich muss um 22 Uhr in der Stadt sein.«

Er verstärkte den Druck der Waffe auf Sombachs Schläfe und wollte ihn zum Haustor hinausdrängen. Sein Fehler war, dass er Trude dabei für eine Sekunde den Rücken zudrehte.

Die Zeit genügte ihr, in die Tasche zu greifen, einen mit Druckluft betriebenen Tacker herauszuholen und fünf Nägel in Hans Jörg Laplans Nacken zu versenken.

Der derart übel Getroffene schrie auf wie ein Ferkel am Spieß, drehte sich um und ermöglichte damit der zu allem entschlossenen Frau, ihm noch weitere 21 spitze Stifte ins Gesicht und auf die Stirne zu nageln. Das wäre auch für einen härteren Burschen als Laplan junior zu viel gewesen, er sank leise stöhnend zu Boden und blieb in einer immer größer werdenden Blutlache liegen.

Das Dumme und für Martin Sombach Fatale war lediglich, dass sich bei dem ganzen Hin und Her ein Schuss aus der Waffe des jungen Herrn gelöst hatte. Die Patrone war durch die rechte Wange in den Mundraum eingetreten, hatte den Körper durch den vor Erstaunen weit geöffneten

Mund Sombachs wieder verlassen und sich in den etwa drei Meter dahinter befindlichen Türstock gebohrt.

Selbst unter Berücksichtigung der Tatsache, dass dabei vier Zähne total und drei weitere weitgehend vernichtet wurden, hatte der inzwischen ohnmächtig gewordene Mann riesiges Schwein gehabt.

Jetzt zeigte aber auch Trude Sombach Wirkung. Leise wimmernd sank sie zu Boden und blieb einige Minuten regungslos liegen. Dann kämpfte sie sich wieder hoch, schleppte sich zu ihrem Mann und stellte fest, dass sein Puls noch schlug. Ein wenig rasch vielleicht, aber kontinuierlich. Vor Erleichterung bekam sie weiche Knie, setze sich neben ihren Martin und legte noch eine Runde Weinen ein. Dann begann sie zu überlegen, was jetzt wohl zu tun sei.

*

Silvana sah sich die von Albert Göllner mit einer Sofortbildkamera geschossenen Fotos bereits zum dritten Mal eingehend an. Immer wieder kehrte sie zu einer Aufnahme zurück, die einen relativ großen, bereits weitgehend entlaubten Baum zeigte, unter dem sich ein Komposthaufen befand.

»Das Gebäude selbst habe ich ja kaum gesehen«, es klang fast so, als ob sie sich entschuldigen wollte. »Es war bereits dunkel und ich bin nur gerannt, ohne mich umzudrehen. Nur weg, habe ich mir gedacht.« Ihr Gesichtsausdruck war ganz ernst geworden. »Aber es ist durchaus möglich, dass ich in der Villa ›Ingeborg‹ festgehalten worden bin. Es war sicher ein eher altes, schon baufälliges Haus wie das auf den Fotos. Dennoch«, sie hielt das Bild mit dem Komposthaufen in die Höhe, »der Baum mit dem Haufen Laub darunter kommt mir bekannt vor. An so etwas bin ich vorbeigelaufen«, erinnerte sie sich. »Solche Motive gibt es allerdings sicher häufig in der Gegend«, relativierte sie ihre Feststellung.

»Immerhin wird Ihre Aussage für einen Durchsuchungsbefehl ausreichen«, war sich Oberinspektor Wallner sicher. »Wir werden das gleich morgen Früh veranlassen.«

»Mir geht eines nicht aus dem Kopf«, mischte sich jetzt Ildiko ins Gespräch. »Nämlich, dass sich unter den Sachen, die Arpad angeblich bei Laplan zurückgelassen hat, auch sein Arbeitsbuch befunden hat.« Sie schüttelte ungläubig den Kopf. »Diese Arbeitsbücher waren neben der alten Rezeptsammlung die wichtigsten Unterlagen meines Mannes. Ich kann mir nicht vorstellen, dass er freiwillig darauf verzichtet hat.«

»Willst du damit andeuten, dass er gezwungen worden ist, diese Bücher zurückzulassen?«, wollte Sterzinger wissen.

Silvanas Großmutter schüttelte zweifelnd den Kopf, sagte aber nichts.

»Ich denke, Ildiko befürchtet eher, dass ihr Mann daran gehindert worden ist, etwas mitzunehmen«, warf Wilma ein und bewies damit wieder einmal ihr erstaunliches Einfühlungsvermögen.

»Ja, ich bin nach wie vor der Meinung, dass Arpad Österreich gar nicht verlassen hat, sondern umgebracht worden ist.« Jetzt war heraus, was der alten Frau seit Jahren auf der Seele gelegen war. Mit Tränen in der Stimme sagte sie: »Ich kann mir nicht vorstellen, dass er uns ohne ein einziges Wort verlassen hätte. Oder nicht zumindest später eine Nachricht hätte zukommen lassen. Veronika und ich wären ihm doch zu jedem Punkt der Erde gefolgt.« Sie weinte und schlug sich die Hände vor das Gesicht.

Göllner, der neben ihr saß, streichelte sie zärtlich am Arm und Wilma, die das registrierte, freute sich, dass wachsende Zuneigung kein Privileg junger Menschen zu sein schien.

»Ich habe seinerzeit auch diese Möglichkeit in Betracht gezogen«, sagte der ehemalige Chefinspektor. »Aber wir konnten nicht den geringsten Beweis dafür finden.« Jetzt wandte er sich direkt an Silvana. »Versuchen Sie sich bitte zu erinnern, welche Erinnerungsstücke Sie noch gesehen haben.« Er kratze sich schon wieder an der Wange. »Ich meine jetzt nicht die offiziellen, in den Schaukästen ausgestellten Stücke, sondern die in diesem versteckten Kästchen.«

»Da waren …«, Silvana schloss die Augen, um sich besser konzentrieren zu können, »... mehrere Fotos, ein Taschenmesser, ein Schweizer Messer, und …, was war da noch?«

»Er hat sein Schweizer Armeemesser so geliebt«, erinnerte sich Ildiko, »warum hätte er das zurücklassen sollen? Das Ding kann man überall kaufen, das ist doch kein Erinnerungsstück.«

»Dann war da noch ein Papier, nein ein Brief und dann … so eine Art Amulett«, beschrieb sie, was sie offenbar vor ihrem geistigen Auge sah. »Ein Anhänger, in den man Fotos hineingeben kann. Ich glaube, das Ding war aus Silber.«

Während der letzten Worte war Silvanas Großmutter erkennbar nervös geworden. Sie begann, in ihrer Handtaschen zu kramen und holte ein altes Schwarz-Weiß-Foto heraus.

»Sieht dieser Anhänger aus wie der, den dein Großvater hier um den Hals trägt?«, sie reichte ihrer Enkelin das Bild.

Das Schrillen des Festnetztelefons durchschnitt die gespannte Stille, die über dem Raum lag, wie ein scharfes Messer den Gugelhupf. Wilma stand auf und ging zum Apparat.

»Ja, ich bin ziemlich sicher, dass das Amulett bei den Laplans genauso ausgesehen hat wie das, das Opa um den Hals trägt«, bestätigte Silvana.

»Dann muss Arpad tot gewesen sein, als man ihm das Gegenstück dazu ...«, sie griff in ihren Ausschnitt und holte einen Anhänger heraus, der exakt so aussah wie der auf dem Foto, »... abgenommen hat.«

Wilma war zu Palinski getreten. »Florian verlangt nach dir. Es ist angeblich wahnsinnig wichtig.« Ärgerlich stand Mario auf, gerade jetzt, wo es wirklich spannend wurde ... Aber er vertraute dem Urteilsvermögen seines Assistenten. Wenn Florian sagte, es war wichtig, dann war es auch wichtig.

»Wir haben einander diese Anhänger samt Kette zur Verlobung geschenkt«, der Schmerz in Ildikos Gesicht war einem Ausdruck starker Wehmut gewichen. »Damals haben wir uns geschworen, dieses Unterpfand unserer Liebe niemals abzunehmen. Und Arpad hat diese Dinge wahnsinnig ernst genommen.«

»Tut mir leid, unterbrechen zu müssen«, Palinski war zu der Runde zurückgekehrt und wirkte sehr aufgeregt. »Aber eben hat eine Frau Sonnach oder so ähnlich bei Florian angerufen und nach mir verlangt. Angeblich hat sie entscheidende Informationen zur Entführung Silvanas und ist bereit auszusagen. Wir sollen sofort zur Villa ›Ingeborg‹ kommen. Dort befinden sich übrigens auch der schwer verletzte Mann der Frau und der tote Hans Jörg Laplan.«

Wallner hatte bereits sein Handy gezogen und die Tatortgruppe alarmiert.

Dann gab er Sandegger den Auftrag, Oskar Laplan sofort zur Einvernahme aufs Kommissariat zu bringen. »Notfalls auch mit Gewalt.«

Da Florian den Notarzt bereits vor Palinski verständigt hatte, blieb der Runde nur noch, sich so rasch wie möglich auf den Weg zur Villa ›Ingeborg‹ zu machen.

9

Sämtliche Wiener Samstagszeitungen berichteten ausführlich sowohl über die ›Kriegserklärung‹ Silvanas an ›Goday Exklusiv‹, wie ein Journalist es etwas martialisch bezeichnet hatte, als auch über den glanzvollen Auftritt Martin Sandeggers auf der Pressekonferenz des Innenministers.

Palinskis Neugierde war stärker gewesen als sein Hang zur Faulheit. So hatte er seine müden Knochen, immerhin war es heute nach drei Uhr morgens gewesen, ehe sie alle ins Bett gekommen waren, zur Trafik an der Ecke geschleppt und je ein Exemplar aller Tageszeitungen nach Hause gebracht.

Jetzt saßen sie alle um den Frühstücktisch, kauten frisches Gebäck, tranken Kaffee oder Tee und studierten die Schlagzeilen.

Silvana fand den Begriff ›Kriegserklärung‹ etwas übertrieben. Palinski gab ihr recht, obwohl … Also die Grenzen dessen, was noch als ›Friede‹ bezeichnet werden konnte, waren spätestens mit den Ereignissen des letzten Abends bereits deutlich überschritten worden. Auch wenn seine Tochter dabei nicht in der Schusslinie gestanden war. Gott sei Dank.

Als sie gestern die Villa ›Ingeborg‹ erreicht und die völlig aufgelöste Trude Sombach neben ihrem schwer verletzten Mann kauernd vorgefunden hatten, war an eine Vernehmung nicht zu denken gewesen. Der Tatort mit der Leiche des jungen Laplan, ein Nagel war durch das rechte

Auge ins Gehirn eingedrungen, hatte zwar eine ungefähre Rekonstruktion dessen ermöglicht, was vorgefallen sein mochte. Der anwesende Notarzt, der Trude eine Beruhigungsspritze gegeben hatte und sie dann mit ihrem Mann ins Allgemeine Krankenhaus hatte bringen lassen, hatte eine Befragung der Frau vor Ablauf von mindestens 12 Stunden für ausgeschlossen gehalten.

Obwohl es sich dabei eigentlich nur um ein eher unwesentliches Detail handelte, beschäftige Palinski seit gestern die Frage, warum diese Sombach ausgerechnet ihn und nicht die Polizei oder sonst jemanden angerufen hatte. Sie hatte krampfhaft einen Zettel in der Hand gehalten, auf dem mit Silvanas Handschrift ›Vater‹ und daneben seine Telefonnummer geschrieben stand. Wie seine Tochter später erklärt hatte, hatte sie die Notiz in der Handtasche gehabt, die ihr bei der Entführung abgenommen worden war.

»Ich war nicht sicher, ob ich dich anrufen sollte«, sie hatte verlegen gekichert. »Aber ich habe mir deine Telefonnummer für alle Fälle aufgeschrieben. Du weißt ja, bereit sein ist alles.«

»Könnte man die Tatsache, dass Frau Sombach ausgerechnet bei mir angerufen hat, nicht als eine Art ›tätige Reue‹ interpretieren«, Palinski dachte jetzt laut nach. Sterzinger nickte nur, Ildiko zuckte mit den Achseln und die anderen hatten überhaupt keine Meinung dazu. »Das werden wohl nur Psychologen beantworten können«, meinte Wilma schließlich. »Oder die Frau selbst, sobald sie vernehmungsfähig sein wird.«

Palinski blickte auf seine Armbanduhr. Falls der Arzt recht hatte, würde man in zwei, drei Stunden mit dieser Zeugin, Täterin, … was war sie eigentlich? Auf jeden Fall würde man mit ihr sprechen können.

Die Durchsuchung der Villa hatte eindeutige Spuren dafür erbracht, dass in einem der Kellerräume eine Person gehaust haben musste. Sogar der Teller mit den Resten der letzten Mahlzeit sowie der Wasserkrug waren noch vorhanden gewesen. Vor allem die eindeutige Identifizierung des Kellerverschlages und des Badezimmers durch die Entführte selbst hatte keinen Zweifel offen gelassen. Hier war Silvana in den letzten Tagen gegen ihren Willen festgehalten worden.

Dazu war ihre Handtasche gefunden worden. Abgesehen davon hatte die Spurensicherung nur wenige Hinweise darauf gefunden, dass das Haus dauernd bewohnt gewesen wäre.

»Die Villa wirkt wie eine Art Sommerresidenz, die im Herbst generalgereinigt und für den Winter geschlossen worden ist«, hatte der Leiter des Tatortteams den vorgefundenen Eindruck durchaus zutreffend beschrieben.

Was noch in großer Zahl gefunden worden und auf wenig kriminalistisches Interesse, dafür aber auf die fotonostalgische Neugier Albert Göllners gestoßen war, waren einige Alben mit alten Fotos derer, die hier gewohnt, und der Menschen, die sie besucht hatten.

Ildiko hatte sich zu dem alten Herren, ihrem neuen Freund, gesetzt und mit ihm die Bilder aus den offenbar besseren Tagen der Villa ›Ingeborg‹ angesehen. Plötzlich hatte sie einen spitzen Schrei ausgestoßen und auf zwei Fotos gezeigt, auf welchen Arpad zu sehen war. Einmal beim Kaffeetrinken im Garten und einmal beim Einsteigen in seinen alten Jaguar Roadster.

»Der Oldtimer war seine ganze Liebe, ein Baujahr 1951. Den Wagen hat er gehegt und gepflegt wie ein Kind. Er ist nie wieder aufgetaucht«, hatte Silvanas Großmutter gemurmelt. »Ich kann mir nicht vorstellen, dass er mit diesem

Fahrzeug geflohen sein soll, obwohl er sich sicher nur sehr schwer davon getrennt hätte. Aber er wäre damit bei jedem Grenzübertritt aufgefallen wie ein Eisbär in der Karibik.« Sie seufzte laut. »Also wo ist das Fahrzeug geblieben?«

»Das ist zwar im Moment nebensächlich«, hatte Palinski eingeworfen. »Aber so ein Fahrzeug müsste doch heute mindestens …, na ja, auf jeden Fall eine ganze Menge wert sein.«

»Gibt es noch irgendwelche Unterlagen zu dem Fahrzeug«, hatte Göllner wissen wollen, »die Zulassung oder ein anderes Papier, dem die fahrzeugspezifischen Daten zu entnehmen sind?«

»Möglich«, Ildiko hatte plötzlich nicht mehr sonderlich interessiert an dem Thema gewirkt, »zu Hause habe ich einige alte Unterlagen. Die kann ich durchsehen. Wer ist das eigentlich?«, hatte sie dann gefragt und auf ein Mädchen gezeigt, das auf zahlreichen Fotos in verschiedenen Altersstufen zu sehen war. Immer nur im Hintergrund oder am Rande des Bildes, aber anscheinend omnipräsent. Darunter auch auf jenem, das Arpad Godaj beim Kaffeetrinken zeigte.

Göllner hatte sich die Kleine auf den verschiedenen Fotos angesehen, dann eine Weile überlegt und gemeint. ›Wenn ich eine Vermutung äußern müsste, würde ich sagen, dass es sich bei dem Kind um Frau Sombach handelt. Falls das stimmen sollte, kann sie uns vielleicht etwas über Arpads Verschwinden erzählen.«

Dann hatte Göllner, ohne lange zu fragen, die beiden Fotos mit Arpad eingesteckt und niemand schien etwas bemerkt zu haben. Nur Palinski, aber der hatte ihn nicht verraten.

*

Sandegger, der Oskar Laplan gestern kurz vor Mitternacht unter seiner philippinischen Geliebten hervorgeholt und trotz heftigen Protests vorläufig festgenommen hatte, saß dem inzwischen ruhiger gewordenen, etwas übernächtigt wirkenden Kommerzialrat seit neun Uhr gegenüber.

»Noch einmal, Herr Laplan«, begann er mit unendlicher Geduld, für die er weit über das hiesige Kommissariat hinaus bekannt war, »Sie behaupten also, Frau Silvana Sterzinger-Godaj noch nie persönlich gesehen und auch von ihrer Entführung nichts gewusst zu haben? Das wollen Sie uns allen Ernstes weismachen?«

»Ich bin Frau Godaj das erste Mal in meinem Leben auf dieser schrecklichen Pressekonferenz begegnet«, entgegnete Laplan. »Und ich habe nicht die geringste Ahnung davon gehabt, was mein Sohn …«, die Erinnerung an den jüngst Verstorbenen schien ihn zu übermannen, denn er schluchzte kurz auf und putzte sich lautstark die Nase in ein seidenes Taschentuch mit Monogramm.

»… was mein Sohn angeblich getan haben soll. Ich kann das einfach nicht glauben, Hans Jörg ist …, war so ein guter Junge.«

»Ein guter Junge, der Herrn Sombach mit einer Schusswaffe bedroht und dann schwer verletzt hat?«, meinte der Inspektor ironisch.

»Aber so, wie Sie das darstellen, ist es sicher nicht gewesen«, Laplan versuchte verzweifelt seinen Sohn noch im Tod zu schützen. Oder vielleicht auch nur sich selbst, wie Sandegger nicht ausschließen wollte.

»Man hat meinen Sohn in eine Falle gelockt und dann kaltblütig ermordet«, behauptete der Tortenkaiser jetzt allen Ernstes. »Und ich werde das beweisen. Mithilfe der besten Privatdetektive werde ich beweisen, dass die Sombachs vorgehabt haben, meinen Sohn umzubringen. Das war kaltblütiger Mord.« Er hatte begonnen, vor Aufregung zu schnaufen.

»Dann müssen Sie aber auch beweisen, dass die Hausfrau Trude Sombach regelmäßig Schießübungen mit dem Tacker gemacht hat«, entgegnete der Inspektor. »Dass sie jede Woche zwei, drei Mal trainiert hat, Nägel ins Zentrum der Scheibe zu tackern. Na, dann viel Glück.«

Das Wort ›Schießübungen‹ hatte bei Sandegger eine Saite anklingen lassen, die leise, aber mit zunehmender Intensität die immer wieder kehrende Melodie »Da war doch noch was, da war doch noch was« intonierte. Dem Inspektor war das ›Was‹ im Moment nicht bewusst, aber das würde schon noch kommen.

»In welcher Funktion war Ihr Sohn eigentlich für Sie tätig?«, Sandegger versuchte jetzt einen anderen Zugang zur anstehenden Thematik.

»Hans Jörg war für gewisse Marketingagenden zuständig, also für die Werbung, Pressekonferenzen und solche Sachen«, antwortete Laplan. »Nächstes Jahr wollte ich ihm auch noch die Mitarbeiterschulung übertragen.«

»Hatte ihr Sohn Prokura oder sonst eine handelsrechtliche Vollmacht?«

»Nein, so weit war er noch nicht«, räumte der Kommerzialrat ein, »er ist, war ein tüchtiger Bursche. Aber …«, er tat sich sichtlich schwer die richtigen Worte zu finden, »... er war noch unsicher, zu wenig entscheidungsfreudig. Ich musste ihm schließlich immer wieder sagen, was er zu tun hatte. Selbst bei einfachen Problemen.«

»Also ein guter Ausführer, andererseits ein eher schlechter Planer und Stratege«, übersetzte Sandegger.

»Ja«, musste Laplan zugeben, obwohl ihm das sichtlich nicht leicht fiel, »so könnte man sagen. Aber er hat in den letzten Jahren sehr viel dazugelernt.«

»Soweit, wirklich eigenständig Entscheidungen zu treffen, war Ihr Sohn noch nicht?«, wollte sich der Inspektor versichern.

»Nein, aber ich weiß wirklich nicht, worauf Sie hinauswollen, Herr Kommissar.«

»Sie sehen wohl zu viel ›Tatort‹, ich bin nur Inspektor«, korrigierte Sandegger schmunzelnd. »Auf was ich hinaus will. Ihr Sohn ist nach Ihrer eigenen Aussage nicht im Stande gewesen, selbst relativ einfache Entscheidungen zu treffen. Und dann«, die Stimme des Inspektors wurde schärfer, »wollen Sie mir allen Ernstes einreden, dass er ganz alleine die Entführung einer Frau geplant und durchgeführt hat, die für Ihr Unternehmen ein gewisses Problem darstellt? Und quasi zum drüberstreun zwei langjährige Hausangestellte zumindest bedrohen, wahrscheinlich aber sogar umbringen wollte. Weil es sich bei ihnen möglicherweise um unangenehme Zeugen handeln konnte.« Er schüttelte den Kopf.

»Dazu steht noch eindeutig fest, dass Frau Sterzinger-Godaj am Montagabend in Ihrem Büro war. Sie hat ihren Schirm im Vorraum zu Ihrem Büro vergessen. Meine Kollegen haben das gute Stück heute bei der Durchsuchung gefunden. Neben einigen anderen interessanten Gegenständen. Also für eine Anklage gegen Sie würden die Beweise schon ausreichen.« Dabei bluffte der Inspektor allerdings ein wenig.

»Ich gebe ja zu, dass das ziemlich unglaubwürdig klingt«, räumte Laplan ein. »Aber ich schwöre Ihnen, ich habe mit der Entführung nichts zu tun gehabt. Vielleicht wollte mir Hans Jörg damit etwas beweisen?«

Das war auch eine Möglichkeit, musste Sandegger eingestehen. »Gut, dann sagen Sie mir noch, wo Sie am Montagabend in der Zeit von 19 bis 22 Uhr gewesen sind.«

Oskar Laplan überlegte kurz, dann sagte er triumphierend: »Da war ich auf einem Empfang der Deutschen Handelskammer in Wien. Wenn Sie wollen, kann ich Ihnen auf Anhieb 20 Persönlichkeiten nennen, die das gerne bestätigen werden.«

»Freuen Sie sich nicht zu früh«, meinte der Inspektor. »Ich habe nicht wirklich angenommen, dass Sie selbst Hand bei der Entführung angelegt haben. Aber gewusst und gebilligt haben Sie dieses Verbrechen, ebenso wie die missglückte Beseitigung der Sombachs. Und das werde ich Ihnen auch nachweisen.« Was er jetzt tun musste, widerstrebte ihm von Herzen. »Sie können jetzt gehen. Und halten Sie sich zu unserer Verfügung.«

In Sandeggers Hinterkopf summte es, immer noch leise, aber gelegentlich schon wahrnehmbar. Immer öfter musste er an einen Schießplatz denken. Und an noch etwas, aber das hielt sich nach wie vor hartnäckig im Dunkeln. Verdammt , was wollte ihm seine Intention sagen?

*

Gegen 13.30 Uhr gaben die Ärzte grünes Licht für die Befragung von Trude Sombach. Da sie die Frau noch einige Zeit beobachten und daher über das Wochenende im Spital behalten wollten, mussten sich Oberinspektor Wallner, seine Frau Franca, Palinski und Albert Göllner, der ausdrücklich gebeten hatte, mitkommen zu dürfen, in dem von einer Polizistin bewachten Krankenzimmer einfinden.

»Wie ich gehört habe, geht es Ihrem Mann schon viel besser«, begann Wallner mit einem vertrauensbildenden Gesprächseinstieg. »Nun erzählen Sie uns bitte einmal, wie sich die ganze Geschichte aus Ihrer Sicht darstellt.«

Trude hatte offenbar nur auf ein Startzeichen gewartet. Denn sie legte los, als gelte es, einen neuen Rekord in der Disziplin ›Marathongeständnis‹ aufzustellen. Dabei hatte keiner der Anwesenden das Gefühl, dass diese Frau mit irgendetwas hinter dem Berg halten würde. Im Gegenteil, man konnte förmlich spüren, wie gut es ihr tat, diesen ganzen Mist, der sie belastete, endlich loszuwerden.

Dabei schonte sie auch ihren Mann nicht, nahm ihn gleichzeitig aber immer wieder in Schutz. »Er ist halt nicht der Hellste«, gestand sie ein, »und war immer ungemein loyal gegenüber den Laplans. Dabei hat er sicher gelegentlich Dinge getan, die nicht in Ordnung waren. Doch er ist im Grunde genommen kein schlechter Kerl. Er spielt sich zwar manchmal auf wie ein Macho, aber das ist nur Schau.« Sie lächelte verlegen. »Ich weiß, ich hätte schon viel früher den Mund aufmachen müssen, aber …«, sie zuckte mit den Achseln. »Das waren an sich gute Arbeitsplätze, ordentliche Bezahlung und nicht zu viel Arbeit. Außer im Sommer.«

Von der Entführung hatte sie erst gestern erfahren. Die Tage vorher hatte ihr Mann euphemistisch von einem ›Gast in der Villa‹ gesprochen, um den er sich ein wenig kümmern musste.

»Obwohl ich kein gutes Gefühl gehabt habe«, wie sie zugab, »wahrscheinlich wollte ich es gar nicht so genau wissen.«

Dann erzählte sie von ihrem nachträglich als richtig erwiesenen Misstrauen gegen die plötzlichen Reisepläne, die ihnen der junge Laplan verordnet hatte. »Nachdem mir mein Mann die angebliche Flugnummer und Austin als Flugziel in Neuseeland genannt hat, ist mir die Sache doch zu suspekt geworden. Ich habe zwar nur einen Hauptschulabschluss, doch dass Austin in Texas und nicht in

Neuseeland liegt, weiß ich. Ich habe mich daher erkundigt. Und eine Freundin hat bei den Fluglinien nachgefragt. Dann ist schnell klar geworden, dass der junge Herr einen Scheiß erzählt hat. Die BEA gibt es gar nicht mehr, die heißt jetzt BA. Daher habe ich sicherheitshalber den Tacker mitgenommen.« Unsicher blickte sie Wallner an. »Muss ich jetzt ins Gefängnis?«

»Das müssen der Staatsanwalt und das Gericht entscheiden, aber wie ich die Sache sehe, haben Sie schlimmstenfalls eine Notwehr- oder Nothilfeüberschreitung zu verantworten. Und dafür gibt es sicher nur eine bedingte Strafe. Ich glaube, dass es gar nicht so weit kommen wird«, versuchte der Inspektor zu beruhigen.

Was ihm sichtlich gelungen war, denn sie wirkte plötzlich erleichtert und brachte sogar ein schwaches Lächeln zusammen. Dann wandte sie sich an Göllner.

»Sagen Sie, ist es möglich, dass wir uns schon einmal gesehen haben?«

»Sie haben ein sehr gutes Gedächtnis, Frau Sombach«, erkannte Göllner an. »Wir sind einander tatsächlich früher begegnet. Das ist allerdings 38 Jahre her. Damals waren Sie ein junges Mädchen und ich ein Mann in den besten Jahren. Ich habe seinerzeit die Untersuchung nach dem Mord an Sonja Katzenbach geleitet.«

Bei der Nennung des Namens war Trude zusammengezuckt. »War das die Frau, die damals in der Villa ermordet worden ist?«, fragte sie mit wieder unsicherer Stimme.

Göllner nickte nur. Dann zog er die beiden Fotos aus der Tasche, die er sich ›besorgt‹ hatte und zeigte sie der Frau.

»Das Mädchen auf den beiden Bildern sind doch Sie?«, seine Frage klang wie eine Feststellung, die die Frau nonverbal, aber unmissverständlich bestätigte. »Sie waren sehr oft in der Villa ›Ingeborg‹, nicht wahr?«

»Ich bin hier aufgewachsen«, erklärte die Befragte. Die Villa hatte ursprünglich ihren Eltern gehört, die sie aber Ende der 50er Jahre verkaufen mussten. An eine Frau Margarete Seidlberger, die Witwe eines Bankdirektors und Taufpatin Oskar Laplans gewesen war.

Trudes Familie war damals in ein kleines Reihenhaus in der nahe gelegenen Siedlung gezogen. »Der alte Herr Laplan, Viktor Laplan, war aber so nett und hat mich weiter in dem großen Garten spielen lassen. Und meine Mutter hat im Haus geholfen.« Mit der Zeit gehörte Trude zum Garten wie die Bäume und konnte sich überall aufhalten, ohne aufzufallen. »Ich bin nur den Besuchern aufgefallen, die waren nicht an mich gewöhnt.« So hatte sich auch Arpad Godaj erkundigt, wer das nette Mädchen wäre, und sich freundlich mit ihr unterhalten. »Er hat gemeint, ich erinnere ihn an seine Tochter.«

»Komisch«, sagte Göllner nachdenklich, »Sie müssen sich wirklich sehr gut Ihrer Umgebung angepasst haben. Ich kann mich zwar erinnern, Sie zumindest einmal gesehen zu haben. Aber ich bin kein einziges Mal auf die Idee gekommen, mich mit Ihnen zu unterhalten. Vielleicht sollten wir das jetzt nachholen?« Er blickte sie fragend an.

Trude senkte ihren Blick, verschränkte ihre Hände, blickte wieder hoch und sagte »Diesen Moment habe ich all die Jahre über erwartet.«

*

Nachdem ihn die Polizei hatte laufen lassen, zumindest fürs Erste, war Oskar Laplan in sein Büro gefahren. Er hatte sich schon sehr lange nicht mehr so mies gefühlt wie gerade jetzt. Während der mehr als 40 Jahre an der Spitze von

›Goday Exklusiv‹ war er nie so in die Bredouille gekommen wie in den letzten Tagen. Dabei hatte er in dieser langen Zeit immer wieder Dinge getan, deren korrekte juristische Definitionen sehr hässlich klangen und die ihn für viele Jahre hinter Gitter gebracht hätten. Falls man ihn erwischt hätte. Auf einiges, was er getan hatte, war er nicht stolz. Wirklich nicht, aber es hatte eben sein müssen. Wo gehobelt wurde, da fielen nicht nur Späne. Manch einer schnitt sich dabei halt auch den Finger ab. Er hatte immer nur darauf achten müssen, dass Oskar Laplan nicht dazu zählte.

Und jetzt diese dumme Geschichte mit Hans Jörg. Das war der Lohn dafür, dass er Marie Theres und ihren Bangert vor mehr als 30 Jahren nicht vor die Tür gesetzt hatte. Als sie ihm, der als 22-Jähriger durch Mumps seine Zeugungsfähigkeit verloren hatte, freudestrahlend hatte einreden wollen, er werde Papa.

Aber Marie Theres war nun einmal die heißeste Muschi gewesen, die er je kennengelernt hatte. Und er hatte wahrlich mehr als genug Vergleichsmöglichkeiten gehabt. Die war ihm damals wohl wichtiger gewesen als der kleine Seitensprung mit wem auch immer. Ja, da war noch das Vermögen und der nicht unbeträchtliche Einfluss seines Schwiegervaters gewesen.

Dass sie einige Jahre später mit einem kubanischen Geiger durchgebrannt war und ihn mit dem damals 7-jährigen Buben zurückgelassen hatte, war eine Art Ironie des Schicksals gewesen. Zu dem Zeitpunkt hatte er sich an Hans Jörg schon gewöhnt gehabt, den Kleinen sogar recht gerne gemocht. Vor allem aber hatte ihm die liebevolle Fürsorge um den Kuckuck die weiterhin ungebrochene Nutzung der Ressourcen von Hans Jörgs Großvater gesichert.

Geschäftlich und überhaupt war der Junge leider eine taube Nuss gewesen. Dass er ihm zuletzt derartigen Zores verursacht hatte, war allerdings unverzeihlich. Bloß, diese Erkenntnis brachte ihm jetzt überhaupt nichts mehr.

Hans Jörg war tot und das hatte bei aller Trauer auch seinen Charme. In Ermangelung anderer Erbberechtigter würde das gesamte nicht unbeträchtliche Vermögen seines Sohnes an ihn fallen.

Aber was würde ihm das ganze Vermögen nützen, wenn er in diese verdammte Geschichte hineingezogen wurde? Oder die alte Geschichte möglicherweise nochmals hochkam? Doch das war nicht unbedingt anzunehmen.

Es wäre ja schon fast lachhaft, wenn er jetzt Probleme wegen einer Sache bekäme, mit der er wirklich nichts, na ja, kaum etwas zu tun hatte. Tatsächlich hatte er von der Entführung erst erfahren, nachdem sie bereits wieder vorüber gewesen war.

Wie hatte sich der Bub das überhaupt vorgestellt? Gut, das Motiv war in Ordnung gewesen. Hans Jörg hatte verhindern wollen, dass das unqualifizierte Herumgetöne dieser Godaj-Tussi die Amerikaner irritierte und den Vertragsabschluss möglicherweise in Gefahr brachte. Aber wie hatte er sich das praktisch vorgestellt?

Hatte er die Frau bis zur Vertragsunterzeichnung festhalten und dann einfach wieder freilassen wollen? Oder hatte er gar an eine radikalere, endgültige Lösung des Problems gedacht?

Es sah ganz danach aus, als ob der Bub in den letzten Tagen von einer Art ›Profilierungsneurose‹ befallen worden wäre. Auch die entschlossene Art, mit der er die beiden Zeugen mundtot hatte machen wollen, deutete in diese Richtung.

Vielleicht hatte Hans Jörg seine, Oskar Laplans Anweisung, die beiden Sombachs auf eine lange Reise zu schicken, als kryptisch formulierten Auftrag zur Beseitigung des Paares verstanden?

Wie auch immer, Hans Jörgs Art, die Dinge in der Praxis anzugehen, waren ein Horror. Immer schon gewesen. Sie war der schlagende Beweis für die Richtigkeit des Ausspruches ›Gut gemeint ist das Gegenteil von gut‹.

Rasch überschlug Laplan im Kopf die aktuellen Stände seiner Geheimkonten im Ausland. Falls alle Stricke rissen, dann musste er eben in ein Land fliehen, mit dem es keinen Auslieferungsvertrag gab. Mit den rund 4,5 Millionen Euro würde er keine wirklich großen Sprünge machen können. Aber sicher ganz gut leben. Er hatte sich ohnehin schon lange etwas mehr Lebensqualität gewünscht und auch verdient, dachte er, während er den Reisepass auf den Namen ›Friedrich Hartmann‹ suchte. Den würde er ab sofort immer mit sich tragen. Bereit sein war alles.

*

An jenem Abend war die damals 17-jährige Trude nochmals in den Garten der Villa ›Ingeborg‹ zurückgekehrt, um nach ihrer Jacke zu suchen, die sie im Lauf des Tages irgendwo liegen gelassen hatte.

»Es muss so gegen 22 Uhr gewesen sein«, erinnerte sich die jetzt 55-jährige, die sich im Krankenbett aufgesetzt hatte, »als ich es aufgegeben habe, in der Dunkelheit weiterzusuchen. Ich bin am Haus vorbeigekommen und habe Licht hinter den Fenstern des Salons gesehen.«

Neugierig, wie sie nun einmal gewesen war, hatte sie sich näher herangeschlichen und einen Blick ins Innere des Hauses geworfen. »Im Raum tanzte diese Frau sehr provokant, mit nichts am Körper als einem kleinen Slip und einem durchsichtigen rosa Schleier. Oskar saß da mit einem Glas Whisky in der Hand und die halbleere Flasche vor sich. Zwischendurch stellte er das Glas immer wieder ab und klatschte im Takt in die Hände.«

Arpad Godaj hatte in einem hohen Lehnstuhl gesessen, »nein, eher fast gelegen, so halb zumindest. Und er hat die Augen geschlossen gehabt und ausgesehen, als ob er schlafen würde.«

Trude hatte zunächst gedacht, der häufige Besucher sei total betrunken gewesen, »aber andererseits auch wieder nicht, denn ich habe Herrn Godaj bis dahin kaum je Alkohol trinken gesehen.«

»Halten Sie es für möglich, dass er betäubt worden war?«, warf Göllner ein.

Trude überlegte kurz, dann nickte sie heftig. »Das hätte durchaus zu Oskar Laplan gepasst«, meinte sie. »Er war schon immer ein heimtückischer Mistkerl, der vor nichts zurückschreckte.«

Und dann geschah das Unfassbare. »Plötzlich hat Oskar der tanzenden Frau ansatzlos und scheinbar völlig ohne Grund einen heftigen Schlag ins Gesicht versetzt. Ich bin dann vom Fenster weggelaufen, weil ich Angst gehabt habe. Nach einigen Minuten war meine Neugierde aber stärker als meine Angst und ich bin wieder zurück zum Fenster geschlichen.«

Da war Sonja Katzenbach regungslos, mit blutigem Gesicht am Boden gelegen. »Laplan war gerade dabei, Herrn Godaj aus dem Hochstuhl zu zerren. Nachdem ihm das gelungen war, hat er ihn neben die Frau auf den Boden gelegt, ihm Whisky eingeflößt und auch auf die Kleidung geträufelt. Es sollte wohl so aussehen, als ob Herr Godaj die Frau im Suff erschlagen hat.«

Die atemlose Stille im Raum wurde durch das leise Zischen durchbrochen, das durch Oberinspektor Wallners heftiges Ausatmen verursacht worden war. Hastig zog er sein Handy aus der Tasche und stellte eine Verbindung mit Oberinspektor Sandegger her.

»Falls Oskar Laplan noch bei dir ist«, befahl er seinem Stellvertreter, »dann verhafte ihn sofort. Wegen Mordes an der damals …«, hilfesuchend blickte er zu Göllner. Der deutete ihm mit den Fingern 2x10 und noch einmal zwei. »… an der damals 22-jährigen Sonja Katzenbach. Wir haben eine Zeugin, die die Tat beobachtet hat.«

Sandegger musste ihm allerdings mitteilen, dass Oskar Laplan nach der Vernehmung das Kommissariat schon wieder verlassen hatte. »Die Beweislage hat ein weiteres Festhalten zu dem Zeitpunkt nicht gerechtfertig«, bedauerte der Inspektor.

»Dann leite sofort die Fahndung gegen den Mann ein«, ordnete Wallner an, »und durchsucht auch gleich sein Büro und die Wohnung. Jetzt ist er fällig.«

»Aber was ist mit Arpad Godaj geschehen?«, wollte Palinski ungeduldig wissen und war nicht alleine damit.

»Herrn Godaj habe ich am nächsten Morgen noch einmal im Gespräch mit Herrn Laplan gesehen«, erinnerte sich Trude. »Was heißt Gespräch, die beiden haben ziemlich heftig miteinander gestritten, sich gegenseitig richtig angebrüllt. Herr Godaj hat von ›Polizei endlich verständigen‹ und ›Unschuld wird sich herausstellen‹ gesprochen, Laplan hat das wohl anders gesehen. Schlussendlich dürfte er sich durchgesetzt haben. Ich habe noch mitbekommen, wie er Herrn Godaj ein Papier hingehalten hat, das dieser unterschrieben hat. Dann ist Herr Godaj zornig in sein Auto gestiegen und weggefahren. Das war das letzte Mal, dass ich ihn gesehen habe.«

»Ich weiß, es ist ein wenig viel verlangt von Ihnen«, räumte Göllner ein, »aber haben Sie sich zufällig den Tag gemerkt?«

»Die Frau ist am 22. Mai erschlagen worden«, kam es wie aus der Pistole geschossen, »demnach muss das am 23. Mai gewesen sein. Dieses Datum werde ich bis zu meinem Lebensende nicht vergessen.«

»Der sogenannte Kaufvertrag, mit dem Laplan den Anteil Godajs an der gemeinsamen Firma um 2,2 Millionen gekauft haben will, ist mit 14. Mai datiert.« Göllner dachte nach. Wie verrückt, denn er kratzte sich ununterbrochen an der Wange. »Und die Polizei hat erst am 26. einen anonymen Hinweis auf die Leiche in der Villa ›Ingeborg‹ erhalten. Obwohl die zweite Maihälfte in dem Jahr relativ kühl war, hat die Leiche bereits ganz schön gestunken«, erinnerte sich der ehemalige Leiter der Ermittlungen. Der diese Aufgabe mit stiller Duldung Wallners im Augenblick wieder übernommen zu haben schien.

»Haben Sie Laplan in den Tagen zwischen dem 23. und dem 26. Mai noch einmal gesehen?«, bohrte er weiter.

»Ja und es war ganz komisch«, Trude lachte etwas verkrampft, »obwohl komisch in diesem Zusammenhang sicher nicht der richtige Ausdruck ist. Seltsam trifft es besser. Ich fand es ausgesprochen seltsam, dass Herr Laplan am frühen Morgen des 24. Mai, also nachdem seit dem Tod der Frau bereits zwei Tage vergangen waren und die Polizei noch immer nicht da gewesen war, nichts Besseres zu tun gehabt hat, als im Garten zu arbeiten.« Sie schüttelte den Kopf. »Er hat so gut wie nie etwas im Garten gemacht und schon gar nicht vor 9 Uhr. Zuerst habe ich sogar geglaubt …«, sie beendete den Satz nicht.

»Was haben Sie geglaubt«, Göllner schien an ihren Lippen zu hängen.

»Ach, es ist nur Unsinn, denn die Leiche war ja noch da, als die Polizei dann endlich erschienen ist.«

»Wenn ich richtig verstehe, haben Sie angenommen, Laplan hat die Leiche der Frau vergraben?«

Trude nickte betreten. »Ja, diesen Verdacht hatte ich zunächst. Bis die Polizei gekommen ist.«

»Na, vielleicht war es nicht die Leiche der Frau, die Laplan vergraben hat.« Göllner sagte das in einer Tonlage wie andere Menschen: ›vielleicht sollten wir jetzt Zähneputzen gehen‹ sagen würden. Also so, als ob es sich um etwas ganz Selbstverständliches handelte.

»Sie meinen doch nicht …«, kam es aus Palinski heraus. »Doch Sie meinen es und es wäre eigentlich auch das einzig Logische. Laplan hat nicht die Leiche der Frau, sondern die Leiche seines Partners beseitigt. Nachdem er ihm eine Falle gestellt, ihn in eine unmögliche Situation gebracht und ihm dann seine Firmenanteile abgepresst hatte. Gegen ein besseres Bettel.«

Anerkennend nickte der ehemalige Chefinspektor mit dem Kopf. »Habe ich Ihnen eigentlich schon gesagt, Herr Palinski, dass Sie ein ganz passabler Kriminalist geworden wären? Die Kollegen heute sind alle brillante Analytiker, Kopfmenschen. Was den meisten aber fehlt, ist Fantasie. Die Fantasie, sich das Schreckliche, das Böse in allen seinen Facetten vorzustellen. Und natürlich auch der Mut, das dann konsequent zu tun.« Er blickte zu den beiden Wallners. »Das war nicht gegen Sie beide gerichtet. Aber Herrn Palinskis Stärke liegt in seiner immensen Vorstellungskraft und der Bereitschaft, dieser den erforderlichen Spielraum einzuräumen. Gemeinsam sind Sie alle ein unheimlich starkes Team.«

Ein eigenartiges Gefühl hatte Palinski befallen. Einerseits war er stolz auf das Lob, das dieses kriminalistische Urgestein eben ausgesprochen hatte. Andererseits schämte er sich dieses Gefühls angesichts der Bedeutung der eben von ihm gezogenen Schlussfolgerung. Und ein Blick in die Runde ließ ihn vermuten, dass es den anderen ebenso ging.

»Nur in einem Punkt haben Sie nicht recht«, fuhr Göllner in der Hauptsache fort. »Nämlich mit dem besseren Bettel. Außer den 200 000 Schilling, die er Godajs Witwe ausbezahlt hat, wahrscheinlich, um sich nicht ganz so schäbig vorzukommen, hat er keinen Groschen für den Anteil bezahlt. Wozu auch? Vielleicht hat er Godaj das Geld gezeigt oder sogar angreifen lassen«, räumte er ein. »Aber ins Grab mitgegeben hat er es ihm ganz sicher nicht. Womit wir bei der letzten noch offenen Frage dieser Tragödie angekommen sind. Wo ist die Leiche Arpad Godajs geblieben? Denn ohne diesen letzten Beweis bleibt unsere bestechende Schlussfolgerung leider nur … eine bestechende Geschichte.«

»Notfalls graben wir eben den ganzen Garten um«, gab sich Wallner, der sich wieder mehr ins Spiel bringen wollte, zu allem entschlossen.

»Das sind immerhin fast 9 000 Quadratmeter, die umgegraben werden müssen«, gab Trude zu bedenken. Erstaunlich, wie die Frau ihre ursprüngliche Scheu gegenüber der Polizei weitgehend abgelegt hatte und mitarbeitete. »Vielleicht fällt mir ja noch etwas dazu ein.«

»Na, dann denkt einmal schön nach«, munterte Göllner die anderen auf und holte die von ihm mit der Sofortbildkamera gemachten Fotos hervor. »Hier, zur Inspiration. Vielleicht hilft es ja.«

Nachdem Palinski und die Wallners die Bilder betrachtet hatten, fragte Trude, ob sie die Bilder auch sehen könnte. Wogegen eigentlich nichts sprach.

»Wo würde ich eine Leiche in diesem Garten verstecken?«, grübelte Palinski halblaut vor sich hin. »Irgendwo, wo es niemand vermuten würde. Oder an einem Platz, der sich offensichtlich aufdrängt und deswegen nicht in Frage kommt.«

»Hör auf, Mario«, fuhr in Wallner an. »Denke lautlos nach, bei deinem Genuschel kann ja kein Mensch einen klaren Gedanken fassen.«

»Ich glaube, mir ist etwas eingefallen«, fing Trude an. Fast gleichzeitig mit Palinskis: »also, ich würde eine Leiche … Ich kann mich nicht erinnern, dass es in meiner Kindheit einen …«, fuhr sie fort, während er: »... wahrscheinlich unter dem …« von sich gab.

Und dann sagten beide gleichzeitig das magische Wort »Komposthaufen« und plötzlich erbebte der Raum. Die zu kompletten Sätzen fehlenden Worte »... gegeben hat« und »... begraben« gingen in dem kleinen Tumult unter, der jetzt entstanden war. Göllner sprang auf, trat zu der Frau, stammelte »wunderbar« und »bemerkenswert« und küsste sie spontan auf die Stirn.

Palinski war ein wenig enttäuscht, dass er kein Lob erhielt. Andererseits war er aber froh, dass ihn der alte Herr in der Aufregung nicht auch geküsst hatte. Er konnte mit Zärtlichkeiten unter Männern nicht viel anfangen.

Wallner dagegen hatte sofort sein Handy gezückt und veranlasst, dass unter dem Komposthaufen im Garten der Villa ›Ingeborg‹ nach den Überresten der Leiche von Arpad Godaj gesucht wurde. Nach so langer Zeit waren wohl nur mehr Skelettreste zu erwarten. »Aber sofort bitte, die Sache hat oberste Priorität.«

*

Seit 15 Uhr war das von Silvana geführte Team der ›EGH‹-Patissiers in einer der in der Hofburg aufgebauten Schau-

Backstuben im Einsatz und zeigte dem verblüfften Publikum, was und wie wunderbar Zuckerbäckerei auf höchstem Niveau sein konnte. Die acht Künstler, unterstützt von 14 Fach- und Hilfskräften, zauberten die unglaublichsten Dekor-Kreationen zum Thema ›Süßes Europa‹. Alles, was da geschaffen wurde, konnte gegessen werden. Dazu kamen noch wunderbare Cremes, Kuchen und Torten, zartes Süßgebäck und verschiedene raffinierte Mousses. Diese ganze Pracht sollte, ergänzt durch einige unmittelbar vorher frisch zubereitete Crêpes, Soufflés und Sorbets, um 19 Uhr zu einem riesigen Dessertbuffet zusammengeführt werden.

Silvana war in ihrem Element. Für sie war diese Inszenierung die perfekte Generalprobe für das, was sie schon bald mit ihrem Konzept ›Godaj Original‹ umsetzen wollte.

Als sowohl optischen als auch geschmacklichen Höhepunkt hatte sie sich eine Variation der berühmten, von Istvan Godaj kreierten ›Ödenburger Hochzeitstorte‹ überlegt. Sie wollte das siebenstöckige, mehr als einen Meter hohe Kunstwerk als Salut an die gastgebende Stadt ›Wiener Walzertraum‹ nennen und entsprechend garnieren und verzieren. Ein aus Nougat geformter Rathausmann, der mit einer Ballerina aus dem gleichen Material Walzer tanzte, sollte diese Kreation krönen. Für Silvanas Geschmack war das reichlich kitschig, würde aber bei den Juroren sicher gut ankommen. Und gewinnen wollte sie schließlich auch. Da musste man eben einen kleinen Kompromiss eingehen.

Vorsichtig platzierte sie gerade die beiden, etwa 15 cm hohen Figuren auf der rund 20 cm im Durchmesser großen Oberfläche und überlegte, wie sie das nicht ganz unsensible Material am besten gegen die von den vielen Scheinwerfern erzeugte Hitze schützen konnte.

Plötzlich baute sich ein bulliger Mann vor ihr auf, starrte sie wütend an und schrie. »Sie sind an allem schuld und dafür werden Sie jetzt büßen.«

Silvana erschrak und blickte auf. Und dann erschrak sie erst richtig.

*

Gleich, nachdem Oskar Laplan seinen auf den Namen ›Friedrich Hartmann‹ lautenden Reisepass gefunden und eingesteckt hatte, hatte er seine Wohnung verlassen. Im Auto war er fast schon automatisch auf die Frequenz des Polizeifunks gegangen, eine zwar verbotene Praxis, die sich in der Vergangenheit aber immer wieder als sehr nützlich erwiesen hatte.

Kaum hatte er die Grinzinger Straße erreicht, als ihm zwei Funkstreifen mit Folgeton, blinkendem Blaulicht und mit hoher Geschwindigkeit entgegengekommen waren.

Na, hatte es die Polizei heute wieder einmal eilig, war es ihm noch durch den Kopf gegangen, ehe er den aufgeregt aus dem Lautsprecher quellenden Wortfetzen erhöhte Aufmerksamkeit schenkte.

Nachdem er auf diese Art erfahren musste, wem der Polizeieinsatz galt, hatte er sich gefühlt wie jemand, der eben einen Kübel kalten Wassers über den Kopf bekommen hatte. Nein, mindestens zwei, drei Kübel.

Er hatte schon oft versucht sich vorzustellen, wie es sein musste, in eine derartige Situation zu geraten. Von der Polizei gejagt zu werden.

Aber es war wie beim Untergang der Titanic. Hätte man in der Situation den Frauen und Kindern ritterlich den Vortritt überlassen oder nur ans eigene Überleben gedacht? Man konnte sich einfach nicht vorstellen, wie man damals wirklich reagiert hätte. Nur, wie man sich das aus heutiger Sicht vorstellte.

Sonst hätte man an Bord sein müssen. Und wäre wahrscheinlich dabei umgekommen. Na, irgendwie wäre das auch egal gewesen. Jetzt wäre man ohnehin schon tot, so oder so.

Er war also Objekt einer polizeilichen Großfahndung. Im Polizeifunk hatte man von ihm sogar als Mörder gesprochen. Verdammt noch einmal, wieso Mörder? Wer war denn ermordet worden? Sie konnten doch unmöglich hinter diese alte Geschichte gekommen sein. Oder doch?

Er hatte auf die Uhr geblickt, es war kurz vor 19 Uhr gewesen, Zeit für Kurznachrichten. Er hatte rasch auf das dritte Rundfunkprogramm umgeschaltet und zwei Minuten später gewusst, warum man per »Mörder« von ihm sprach. So eine Scheiße, hatte er sich gedacht, woher konnte die Polizei gewusst haben, wo sie den Leichnam Arpad Godajs suchen musste?

Waaas? Angeblich sollte es einen Zeugen geben, der beobachtet hatte, wie die Prostituierte Sonja Katzenbach erschlagen worden war. Wie sollte das bloß möglich sein? Er war doch die ganze Zeit über alleine gewesen. Gut, Arpad war auch da gewesen, doch den hatte er ja mit diesen K.-o.-Tropfen vorübergehend aus dem Verkehr gezogen. Vor allem aber konnte der wohl kaum gegen ihn aussagen. Laplan hatte gelacht und es war ein böses Lachen gewesen. Ein sehr böses.

Und überhaupt, das lag doch schon eine halbe Ewigkeit zurück. Verjährte Mord nicht nach 30 Jahren?

Plötzlich hatte ihn eine wilde, kaum mehr zu kontrollierende Wut überkommen. An der ganzen Misere war nur dieses blöde Weib schuld. Bevor sie aufgetaucht war, war alles paletti gewesen und es hatte keine Probleme gegeben. Und jetzt dieses Desaster. Aber ehe er in den Häfn ging, würde er dieser Funsn noch zeigen, dass es ein Fehler war, sich mit einem Oskar Laplan anzulegen. Ein sehr großer Fehler.

Dann war er zur Hofburg gefahren, als maßgeblicher Sponsor der WIKOKO war er sogar im Besitz einer der raren Parkkarten, und hatte den Wagen direkt neben dem Haupteingang abgestellt. Wahrscheinlich würde er ja rasch wieder wegmüssen.

Dann war er durch die Räume gehetzt und hatte diese profilierungsgeile Emanze gesucht. Und gefunden, als sie eben zwei lächerliche Schokozwerge oder etwas in der Art auf eine Torte setzte.

Er baute sich vor ihr auf, starrte sie wütend an und schrie »Sie sind an allem schuld und dafür werden Sie jetzt büßen.« Dann zog er eine Schusswaffe aus der Innentasche seines Sakkos und richtete sie auf die junge Frau.

Silvana erstarrte. Sie hatte schon viel erlebt, mit einem Revolver bedroht zu werden, gehörte allerdings nicht dazu. Oder war es eine Pistole, diese Dinger hatte sie noch nie auseinanderhalten können.

»Na, jetzt schaun Sie blöd, gell, Sie, Sie … Gurke«, sehr erfinderisch war ein aufgeregter Laplan nicht gerade, wenn es galt, jemanden mit Worten zu verletzen. Aber dafür hatte er ja eine Waffe. »Jetzt geht Ihnen die Muffen, der ›Arsch auf Grundeis‹, für unsere Freunde aus der Bundesrepublik«, brüllte er und gab einen Schuss in die wertvolle, vergoldete Holzdecke ab.

»Um Gottes willen, Oskar, was treibst du denn da?«, der Präsident des Organisationskomitees war angerannt gekommen, so rasch es ihm seine alten Knochen erlaubt hatten. »Was immer es sein sollte, man kann doch über alles reden.«

»Halt den Mund, Heinrich«, knurrte Laplan, »du hast ja keine Ahnung, was mir diese Frau angetan hat. Die Zeit des Redens ist lange vorbei.« Langsam richtete er die Waffe auf Silvanas Kopf und das war für Heinrich zu viel. Der an Meteorismus leidende alte Herr ließ, wahrscheinlich stressbedingt, ein kleines, in der angespannten Stille aber nicht zu überhörendes Stakkato von Furzen los. Was ihm naturgemäß unheimlich peinlich sein musste.

Silvana rettete dieses akute Auftreten von Flatulenz wahrscheinlich das Leben. Irritiert durch diese eindeutigen Geräusche drehte sich Oskar Laplan kurz um und murrte »Mach dich nicht an, Heinrich, du altes Ferkel.«

Diese nur Bruchteile einer Sekunde währende Unaufmerksamkeit nützte einer der Securitys und schoss zwei Mal auf den Bösen. Der erste Schuss ging in die Schulter der Schusshand, der zweite landete im rechten Oberschenkel knapp unterhalb der Gesäßbacke. Dadurch war Laplan nicht nur die Waffe aus der Hand und zu Boden gefallen, wo sie von dem zweiten herbeigeeilten Sicherheitsmann mit einem Fußtritt wegbefördert wurde. Sondern auch Laplans Standfestigkeit hatte deutlich darunter gelitten. Mit lautem Stöhnen fiel er nach vorne, mit dem Gesicht direkt in die prachtvolle ›Ödenburger Hochzeitstorte‹. Bei der Gelegenheit brachte er sowohl die Ballerina als auch den Wiener Rathausmann um. Im Weiterrutschen versuchte er verzweifelt an der köstlich flaumigen Torte Halt zu finden.

Doch die war nicht so widerstandsfähig wie die Frau, die sie gezaubert hatte. Das gute, aber nicht mehr sonderlich attraktive Stück folgte ihm einfach zu Boden. Wo beide schließlich regungslos liegen blieben. Besonders die Torte.

»Ich fürchte, damit können Sie keinen Preis mehr gewinnen, gnädige Frau«, bedauerte Heinrich höflich und Silvana musste ihm recht geben.

Im Augenblick war ihr das aber völlig egal. So was von wurscht gab es normalerweise gar nicht.

10

Obwohl es gestern spät geworden war, war Palinski früh wach geworden an diesem Sonntagmorgen. Zu sehr arbeiteten die dramatischen Ereignisse der letzten Tage noch in ihm. Liefen wie kurze, enorm intensive Spots immer wieder vor seinem geistigen Auge ab. Vor allem die Schocks, die alleine der gestrige Tag für ihn, nein für seine ganze Familie bereitgehabt hatte, reichten normalerweise für ein mehr als erfülltes Leben.

Da war zunächst die völlig unerwartete Auflösung dieser schrecklichen Geschichte mit und um Silvanas Großvater. Die Aussage dieser armen, tapferen Frau, die sich endlich von dem schrecklichen Wissen ihrer Kindheit befreit und damit Licht in diese fast 40 Jahre alte, mysteriöse Geschichte gebracht hatte. Dann hatten sich fünf kräftige Polizisten und drei weitere Männer daran gemacht, den Komposthaufen im Garten der Villa ›Ingeborg‹ abzutragen. Und solange gegraben, bis sie in einer Tiefe von rund zwei Metern den erwarteten, trotzdem nicht weniger grausigen Fund gemacht hatten. Die Reste eines menschlichen, eines männlichen Skeletts, wie der Gerichtsmediziner etwas später aufgrund des Beckenknochens festgestellt hatte.

Der Zustand des vorgefundenen Schädels hatte die Vermutung zugelassen, dass das Opfer an einem oder mehreren starken Schlägen mit einem stumpfen Gegenstand auf den Kopf gestorben sein musste.

Das alles waren zwar sehr starke Indizien dafür, dass das Rätsel um Arpad Godajs Verschwinden endlich gelöst worden war. Aber der ultimative Beweis dafür fehlte nach wie vor.

Die Möglichkeit einer DNS-Analyse war theoretisch gegeben, falls sich in den Knochen noch analysefähiges Knochenmark finden sollte. Doch woher sollte die unbedingt erforderliche Gegenprobe herkommen, jetzt nach 38 Jahren?

Also würde Ildiko Godaj noch immer nicht mit allerletzter Sicherheit wissen, was mit ihrem Mann wirklich geschehen war. Und damit dieses zentrale, endlose Kapitel ihres Lebens abschließen, endlich zur verdienten Ruhe kommen können.

In dieser ambivalenten Situation hatte sich Kommissar Zufall wieder einmal als nützlicher, diesmal sogar gnädiger Verbündeter erwiesen.

Nachdem die meisten Knochen geborgen worden waren, hatte Oberinspektor Wallner beschlossen, die weitere Suche wegen der inzwischen herrschenden Dunkelheit auf den nächsten Tag zu verschieben. Daraufhin hatte sich Albert Göllner nochmals suchend über das ›Grab‹ gebeugt, wohl um einen abschließenden Eindruck mitzunehmen. Immerhin, und das durfte man nicht vergessen, war der Mann seit 38 Jahren an diesem Fall dran.

Beim Hinunterblicken war ihm seine auf dem Nasenrücken weit vorne sitzende Brille heruntergerutscht und in die Tiefe gefallen. Einer der jüngeren Beamten war dann noch einmal in die Grube gestiegen, um die für den alten Herrn so wichtige Sehhilfe zu holen. Als er die Brille aufheben hatte wollen, hatte etwas im Schein der Taschenlampe kurz aufgeblitzt. Vorsichtig hatte der Beamte danach gegriffen und einen bis auf eine kleine Stelle total verschmutzten Ring geborgen. Einen goldenen Ehering, wie sich später herausgestellt hatte. Mit einer Gravur auf der Innenseite. Sie bestand aus einem Datum und zwei Namen, nämlich Ildiko und Arpad.

Die folgenden Szenen kamen Palinski jetzt, im Nachhinein, richtig makaber vor. Die Anwesenden standen um ein ›Grab‹, daneben lagen die Knochen des ermordeten Großvaters seiner Tochter und die Atmosphäre hatte definitiv etwas Gespenstiges an sich.

Und dennoch hatten sich alle plötzlich gefreut wie zu Weihnachten und aufgeführt wie kleine Buben, denen ein großer Wunsch in Erfüllung gegangen war. Verrückt, es war wirklich verrückt gewesen.

Dann war der Vorfall in der Hofburg über Funk durchgekommen. Palinski war mit Wallner sofort in die Stadt aufgebrochen, während es Göllner übernommen hatte, die Sicherung des Fundortes der Leiche zu überwachen und dann Ildiko schonend zu informieren.

Als sie vor der Hofburg angelangt waren, waren die Sanitäter gerade dabei, das Monster in das Rettungsfahrzeug zu verfrachten. Palinski hatte Mühe gehabt, dem unheimlich starken Drang zu widerstehen, dem auf der Transportliege angeschnallten Laplan ins Gesicht zu spucken.

Während sich Wallner noch vom Kommandanten des zum Tatort gerufenen Streifenwagens über das Vorgefallene hatte informieren lassen, war Palinski sofort zu Silvana geeilt.

»Der Scheißkerl hat mir die Torte kaputt gemacht«, war ihre erste Reaktion ihm gegenüber gewesen. Auf einen Vorfall, der sich in der Folge doch als erheblich ernster dargestellt hatte, als der dürren Polizeimeldung zu entnehmen gewesen war.

»Aber du hättest verletzt werden können, ja sogar …«, er hatte nicht weiter gesprochen.

»Ich doch nicht«, hatte seine Tochter zunächst trotzig erwidert, sich dann doch weinend in seine Arme geflüchtet.

Das war gestern gewesen.

Jetzt lehnte Palinski sich zurück und nahm einen Schluck Kaffee. Er liebte diese ruhigen Sonntagmorgen, die Stille, die um diese Zeit noch von der Straße hereinströmte und das leise Ticken der Wanduhr als Störung empfinden ließ. Hoffentlich war das heute nicht der Abschluss einer in mehrerer Hinsicht ungemein aufregenden Woche, sondern bereits der Beginn der neuen in ruhigerem Fahrwasser.

Der Fall ›Godaj‹ war zwar noch nicht abgeschlossen, aber immerhin gelöst. Von dieser Seite war keine Gefahr mehr zu befürchten.

Auch die zweite Causa, mit Albert Göllner in einer der Hauptrollen, näherte sich ihrem Abschluss. Wie ihm Sandegger gestern erzählt hatte, war der endgültige Nachweis von Walter Göllners Täter- oder zumindest Komplizenschaft nur mehr eine Frage der Zeit.

Eine sehr unangenehme Situation für den ›wachsamen Albert‹, der sich aber mit Ildiko ganz gut zu trösten verstand, wie es schien. Er gönnte dem alten Herrn, der ihm inzwischen direkt ans Herz gewachsen war, dieses späte Glück.

Es war schon eigenartig, wie wieder einmal zwei Fälle, in die er involviert gewesen war, eng miteinander zu tun hatten.

Wilma hatte ihm gestern noch erzählt, wie Ildiko auf die letzten Ereignisse, allen voran den Fund der sterblichen Überreste ihres Mannes und des Eheringes, reagiert hatte.

»Sie war zunächst ganz ruhig«, hatte Wilma berichtet, »dann hat sie einige Minuten leise geweint. Später hat sie mit fester Stimme erklärt, dass sie jetzt endlich loslassen könne. Darauf hin hat sie mir in der Küche geholfen und kein Wort mehr darüber verloren.« Wilma hatte verschmitzt gelächelt und angemerkt: »Ich glaube, sie mag Albert sehr gerne.«

Wie es aussah, würden die nächsten Tage wieder ruhiger werden. Ihm die Zeit lassen, Silvana und ihren Mann besser kennenzulernen. Vielleicht sollten sie im Anschluss daran ein Familientreffen mit Harry, Tina und Guido im ›Rittener Hof‹ veranstalten.

Die erfreulichen Aussichten auf die Zukunft machten Appetit und er ging in die Küche, um sich ein Wurstbrot zu machen. Was hatte ihn Silvana gestern noch gebeten, ging es ihm durch den Kopf. Ach, ja, sie wollte ihn heute bei der Schlussveranstaltung der WIKOKO dabeihaben.

Na, das war doch das Mindeste, was man als Papa für seine Tochter tun konnte.

*

Albert Göllner wollte eben seine Wohnung verlassen, um sich mit Ildiko zu treffen, als das Telefon läutete. Es war Barbara Varonec, die er von den beiden Besuchen kannte, bei denen sein Neffe die Freundin mitgebracht hatte.

»Natürlich erinnere ich mich an Sie, Barbara«, meinte er freundlich. Wie nicht anders zu erwarten, drehte sich das folgende Gespräch um Walter und das, was er angeblich verbrochen haben sollte.

»Also, ich kann mir eigentlich auch nicht vorstellen, dass er etwas mit der Sache zu tun hat«, bekannte Göllner. »Das Problem ist aber, dass zahlreiche Indizien zumindest für eine Mittäterschaft sprechen. Leider. Das sage ich jetzt als ehemaliger Kriminalbeamter.«

Was sie machen müsste, um Walter im Gefängnis besuchen zu können, wollte Barbara wissen. »Ich fühle mich so alleine, seit er weg ist«, meinte sie mit leiser Stimme.

Göllner war ganz gerührt. Er hatte die Intensität dieser Beziehung bisher offenbar falsch eingeschätzt. »Ich habe vor, Walter heute Nachmittag zu besuchen. Was halten Sie davon, mit mir zu kommen? Ich bringe Sie schon irgendwie ins Polizeigefängnis hinein.«

Barbara nahm das Angebot dankend an und sie vereinbarten, dass sie ihn um 15 Uhr abholen würde.

Das war ja leichter gegangen, als sie befürchtet hatte, dachte Barbara, nachdem sie das Gespräch beendet hatte.

*

Sandegger, der die vergangenen Wochen quasi durchgearbeitet hatte, hatte sich ursprünglich heute einen freien Tag gönnen wollen. Aber das Wollen war eine Sache, das Entspannen eine zweite.

Seit gestern ging ihm immer wieder das Wort ›Schießstand‹ durch den Kopf. Scheinbar ohne jeden Bezug zu etwas, das ihn konkret beschäftigte. Dennoch, der erfahrene Kriminalist wusste es besser. Irgendwo in seinem Unterbewusstsein schlummerte Wissen, das zunehmend an die Oberfläche drängte. Er wusste auch, dass sich Hinsetzen und krampfhaft darüber Nachdenken nichts brachte. Im Gegenteil, sogar kontraproduktiv sein konnte. So vertraute er darauf, dass sich das Wissen zur rechten Zeit ganz von selbst freischwimmen und bei ihm melden würde.

Gegen Mittag wurde dem Single das Herumhängen zu Hause zu langweilig und so beschloss er, ins Büro zu fahren. Sicher konnte Wallner, der sich vorrangig um den Fall

›Laplan‹ zu kümmern hatte, angesichts der aktuellen Entwicklungen Hilfe brauchen.

Sandegger musste immer wieder an Barbara Varonec denken. Diese Frau hatte ihn nicht nur beeindruckt, sondern darüber hinaus als Mann angesprochen, wie er sich eingestehen musste. Schade, dass sie Zeugin in einem seiner Fälle und vor allem auch schon vergeben war. Er fragte sich, was sie bloß an Walter Göllner fand. Es musste wohl Liebe sein, denn so toll war die finanzielle Situation des Anwaltes, die er ebenfalls schon durchleuchtet hatte, wirklich nicht. Also wegen seines Vermögens blieb die schöne Frau sicher nicht bei Walter Göllner.

Aber … irgendetwas war ihm zu diesem Thema gerade eingefallen, als ein PKW, der ihm den Vorrang genommen und damit zu einer Schnellbremsung gezwungen hatte, den aufkeimenden Gedanken wieder verdrängte.

So gesellte sich das Wörtchen ›Geld‹ zu dem schon länger vorhandenen ›Schießstand‹ und die beiden begannen gemeinsam, gegen die bevormundende Unterdrückung durch Sandeggers Unterbewusstsein anzukämpfen.

Im Büro angelangt erfuhr er, dass Wallner zwar da gewesen, aber wieder gegangen war. Der Oberinspektor wollte später nochmals kommen, teilte ihm der diensthabende Journalbeamte mit.

Also nahm er hinter dem Monitor seines PC Platz und begann spielerisch die großen Suchmaschinen im Internet mit einigen Begriffen zu füttern, die ihm gerade so durch den Kopf gingen.

Später würde Sandegger diese Methode scherzhaft als ›Management by Inspiration‹ bezeichnen. Wie auch immer, die unbewusst eingeschlagene Arbeitsweise erwies sich als höchst erfolgreich. Mit steigender Spannung notierte er sich die Informationen, die einzelne Lücken schlossen. Gab die sich ergebenden neuen Suchwörter ein, kontrollierte die daraus resultierenden Informationen auf ihre Richtigkeit oder zumindest Plausibilität und merkte, wie sich langsam, aber sicher ein bestimmtes Bild formierte. Als dann plötzlich auch noch der ›Schießstand‹ und das Wort ›Geld‹ wie von selbst ihre Plätze in dem Puzzle einnahmen, war Sandegger ganz aufgeregt. Und ziemlich sicher jetzt zu wissen, wer für den Tod von Marika Estvan und Josef Hilbinger wirklich verantwortlich war.

Wenn man den Plan einmal kannte, waren Motiv, Ablauf und beteiligte Personen ziemlich klar. Und er fragte sich, warum er den springenden Punkt nicht früher erkannt hatte.

Aber so war das eben im Leben. Es gab keine schweren Fragen, es gab nur Antworten, die man nicht wusste oder die einem nicht sofort einfielen.

Jetzt musste er das alles nur noch beweisen. In diesem Punkt war Sandegger optimistisch und machte sich sofort an die Arbeit.

*

Nach dem Besuch seines Neffen im Gefangenenhaus war Albert Göllner jetzt unterwegs zur Neuen Hofburg, wo er sich bei der Schlussveranstaltung der WIKOKO mit Ildiko treffen wollte.

Er hatte Barbara vorhin gebeten, ihn ein paar Minuten mit Walter alleine sprechen zu lassen. »Ich treffe mich ohnehin bald mit einer Freundin, dann gehört er Ihnen für den Rest der Besuchszeit ganz alleine.«

Die junge Frau hatte nichts dagegen gehabt, sondern gemeint, sie hätte ohnehin noch ein Telefonat zu führen.

Göllner, der bis vor kurzem etwas leichtgläubig, ein wenig weltfremd und intellektuell völlig unterfordert dem Ausbruch seiner Altersdemenz entgegengeschlummert war, hatte in den vergangenen Tagen eine erstaunliche Entwicklung durchgemacht. Die heißgeliebte Auseinandersetzung mit kriminalistischen Fragen, das gemeinsame Arbeiten mit anderen Menschen an der Lösung von Problemen und das lang vermisste Gefühl, nicht nur ernst genommen, sondern auch gebraucht zu werden, hatten Wunder gewirkt. Göllner wirkte jetzt nicht mehr wie ein schrulliger 78-Jähriger, sondern wie ein voll im Leben stehender, sorgfältig abwägender Mann von vielleicht Mitte 60.

Und er war verliebt. Sehr verliebt sogar in eine wunderbare Frau, die sicher auch seiner kritischen Else gefallen hätte.

Bei ihrem Gespräch hatte Walter ihn mit Tränen in den Augen beschworen ihm zu glauben, dass er nichts mit der Ermordung der beiden jungen Leute zu tun hatte. Er hatte zugegeben, sich als Göllners Sachwalter gewisse Vorteile finanzieller Natur versprochen zu haben. »Aber doch nicht um jeden Preis«, hatte er mit weinerlicher Stimme versichert. »Ich würde nie jemanden deswegen umbringen.«

Göllner war einen Moment lang ziemlich sauer gewesen, um dann einen Teil der Schuld an Walters Verhalten bei sich selbst zu suchen. »Warum hast du denn nie mit mir darüber gesprochen? Ich meine, über deine Bedürfnisse. Ich hätte dir doch geholfen. Irgendwann gehört das alles ohnehin dir.«

Walter hatte nur fragend mit den Schultern gezuckt und sich die Tränen aus den Augen gewischt.

Göllner hatte ihm schließlich geglaubt und sich vorgenommen seinen Neffen so rasch wie möglich aus dem

Knast zu holen. Notfalls würde er der Polizei eben den richtigen Täter servieren müssen.

Inzwischen war er bei der Hofburg angelangt und machte sich auf die Suche nach Silvana und ihrer Großmutter. Nein, eigentlich war die Reihenfolge umgekehrt.

*

Herrlich, endlich einmal ein Abend alleine mit Wilma. Silvana war mit Sterzinger in die Oper gegangen, danach wollten sie noch essen gehen. Ildiko war mit Göllner unterwegs und wollte erst irgendwann später auftauchen. Also sturmfreie Bude bis auf weiteres.

Auf dem Weg von der WIKOKO nach Hause hatte Wilma die Gelegenheit genutzt und Palinski endlich von ihren beiden Optionen erzählt. Politik oder gehobener Schuldienst als Direktorin im Gymnasium in der Klostergasse. Vielleicht sogar beides. Das waren wahrlich aufregende Aussichten.

Silvana und ihr Team hatten bei der WIKOKO leider nur den zweiten Platz gemacht, aber das war angesichts der gewaltsam zerstörten ›Ödenburger Hochzeitstorte‹ nicht anders zu erwarten gewesen. Nein, mehr noch, trotz allem ein riesiger Erfolg gewesen.

Das hatten schließlich auch alle anderen Patissiers gefunden, die, angeführt von der siegreichen Wiener Mannschaft, Silvana mit Standing Ovations geehrt und sie per Akklamation zur ›Patissière des Jahres‹ ernannt hatten.

Silvana hatte die ›Niederlage‹ nicht weiter tragisch genommen, sich für die persönliche Auszeichnung bedankt und zum Abschied noch gemeint: »In zwei Jahren sehen wir uns wieder.«

Bis jetzt hatte sich Palinski nichts dabei gedacht, aber nachdem er eben gelesen hatte, dass es im kommenden Jahr eine PIKOKO geben würde und in zwei Jahren eine RIKOKO, fragte er sich, warum Silvana offenbar Paris auslassen und sich erst in Rom wieder dem ›süßen Wettstreit‹ stellen wollte. Na, vielleicht hatte er auch nur irgendetwas falsch verstanden.

Aus der Küche kamen die herrlichsten Gerüche und Palinski vermutete, dass ihn Wilma heute mit einem im Ganzen gebratenen Zander überraschen wollte. Sie hatte vorhin so etwas angedeutet. Während ihm schon das Wasser im Mund zusammenlief, klingelte das Telefon.

»Kannst du das Gespräch annehmen«, rief Wilma aus der Küche, »ich bin gerade unabkömmlich.«

Klar konnte er und er hatte auch gar nicht erst ihre Frage abgewartet, sondern war gleich von sich aus zum Apparat gegangen.

»Wir sind hier im Old Grenadier und trinken ein echtes Ale. Schmeckt scheußlich, aber bitte.« Es war Albert Göllner, der Palinski diese weltbewegenden Neuigkeiten übers Telefon mitteilte.

»Und?«, meinte Palinski, »das kann doch nicht alles sein?«

»Ist es auch nicht. Ildiko und ich wollten eben zu mir nach Hause gehen. Aber ich habe ein schlechtes Gefühl dabei. Heute Nachmittag muss jemand in meiner Wohnung gewesen sein. Und das kann unter den Umständen nichts Gutes bedeuten.«

»Und wie kann ich helfen?« Palinski schien sich unbewusst blöd zu stellen. Wollte er sein gerade begonnenes Privatleben nicht in Gefahr bringen? Oder den im Ganzen gebratenen Zander? Vielleicht auch beides.

»Ich habe schon versucht Ihren Freund Wallner und Inspektor Sandegger zu erreichen, aber ohne Erfolg«, erklärte

Göllner. »Könnten Sie mir das abnehmen? Ich möchte Ildiko nicht so lange alleine mit diesen jungen Burschen an einem Tisch sitzen lassen«, meinte der alte Herr, der offenbar noch nie etwas von einem Handy gehört hatte.

»Klar, mache ich gerne«, antwortete Palinski, der langsam wieder zu seiner üblichen Freundlichkeit zurückfand. »Warten Sie am besten in dem Pub.«

Er konnte Wilma gerade noch rechtzeitig davon abhalten, diesen wunderschönen Fisch in die Pfanne mit der bereits zerlassenen Butter zu legen. »Schatz, das Essen muss leider warten. Es gibt offenbar noch ein Problem«, meinte er kurz. »Ich werde dir das gleich erklären.«

Nach etwa 20 Versuchen und geschätzten 10 Minuten erreichte er endlich seinen Freund Helmut, der gerade einen Saunagang hinter sich gebracht hatte. ›»Schwitzen mit Franca«, wie der Inspektor es nannte und offenbar auch liebte. Sandegger blieb nach wie vor verschollen, sodass ihm Palinski schließlich eine Nachricht auf die Mailbox sprach.

Eine Viertelstunde später traf Palinski und mit ihm Wilma, die sich diesmal geweigert hatte zu Hause zu bleiben, im ›Old Grenadier‹ ein. Wallner, der in Klosterneuburg geschwitzt hatte, war erwartungsgemäß noch nicht erschienen.

»Woher wissen Sie eigentlich, dass Sie in Abwesenheit Besuch gehabt haben«, wollte Palinski als Erstes wissen.

»Falls die Theorie der Polizei stimmt und jemand mich entmündigt sehen wollte, damit Walter diese Grundstücke verkaufen kann, dann ist das fürs Erste ja einmal gescheitert«, führte Göllner aus. »Und da dabei sehr viel Geld im Spiel sein soll, muss ich damit rechnen, dass die Bösen wieder etwas unternehmen werden, um zu ihrem Ziel zu gelangen. Am einfachsten wäre es für diese Leute, mich ganz, also physisch, aus dem Weg zu räumen. Dann erbt

Walter alles und wer immer auch dahinterstecken mag, braucht ihm die Grundstücke nur abzukaufen.«

Das leuchtete Palinski ein, war absolut logisch.

»Obwohl Walter inzwischen natürlich nicht mehr so günstig verkaufen würde wie noch vor wenigen Tagen«, schmunzelte Göllner. »Inzwischen hat er ja wohl schon mitbekommen, dass die Äcker mehr wert sind als die üblichen landwirtschaftlich genutzten Flächen. Sehr viel mehr wert.«

Aus dieser Überlegung heraus hatte Göllner seit zwei Tagen jedes Mal, wenn er seine Wohnung verlassen hatte, eine nahezu unsichtbare Markierung an der Tür angebracht.

Und heute, als er und Ildiko die Wohnung betreten wollten, war der Faden nicht mehr an seinem Platz gewesen, sondern am Boden gelegen.

»Das ist ja genauso, wie man es in Kriminal- oder Spionagefilmen sieht«, Palinski war ganz aufgeregt.

»Ja, das ist ein alter, aber sehr wirkungsvoller Trick«, wusste der erfahrene Kriminalist. »Und die meisten Menschen glauben genau das, nämlich dass es sich dabei nur um einen Filmgag handelt. Also, das war sicher kein Profi, der sich da zu schaffen gemacht hat.«

Inzwischen war auch Wallner erschienen und mit ihm Franca. Und da Sandegger endlich die auf seiner Mailbox eingegangenen Nachrichten durchgesehen hatte, traf er einige Minuten nach Wallner im ›Old Grenadier‹ ein.

Nachdem die beiden Kriminalbeamten gehört hatten, was Palinski schon wusste, brauchte es nur mehr einige Telefongespräche und das komplette Programm lief wieder einmal an.

*

Da man nicht wissen konnte, welche Überraschungen hinter Göllners Wohnungstür lauerten, folgte das Spezialteam der Empfehlung des alten Herrn, über das Hoffenster in die im zweiten Stock liegende Wohnung zu gelangen. »Das ist das ganze Jahr über offen, ich schließe es nur, wenn es Minusgrade hat.«

Doch ein erster Augenschein erbrachte, dass das heute nicht zutraf. Oder nicht mehr. Da Göllner absolut sicher war, dass das Fenster offen gewesen war, als er die Wohnung verlassen hatte, musste es in der Zwischenzeit geschlossen worden sein.

»Ist es nicht möglich, dass Ihre Haushaltshilfe ...«, warf Sandegger ein.

»Anna, nein, sicher nicht«, unterbrach ihn Göllner. »Sie kommt am Sonntag nie zu mir. Ich habe sie aber sicherheitshalber angerufen und danach gefragt. Anna war nicht in der Wohnung.«

Warum ging jemand in eine Wohnung und verschloss ein offenes Fenster? Noch dazu in einem Raum, der mit seinen 2 x 4 Metern Ausmaß nur eine bessere Abstellkammer war?

»Übertriebener Ordnungssinn?«, spekulierte Franca, ihr leichtes Lächeln verriet, dass sie selbst nicht ganz davon überzeugt war.

»Und wie wäre es damit: In den Räumen wurde etwas frei gesetzt, ein Giftgas oder etwas in der Art, das nicht nach außen entweichen soll?«, auch Palinski versuchte sein Glück.

»Schon etwas wärmer«, meinte Göllner. »Nur glaube ich nicht, dass sich meine Mörder einer derart auffälligen Methode bedienen würden. Falls ich ermordet werden würde, würde sich eine erbrechtliche Abwicklung doch erheblich verzögern, oder? Das kann ja nicht im Interesse des Täters sein. Der möchte sicher so rasch wie möglich zu den Grundstücken kommen.«

»Und was haltet ihr von einer schlichten Gasexplosion, wie sie leider noch immer hin und wieder vorkommt? Das ergibt einen perfekten Unfalltod«, warf Sandegger ein. »Das Haus sieht nicht gerade aus, als ob hier in den letzten Jahren die Leitungen erneuert worden wären.«

»Das wäre auch mein erster Tipp«, stellte Göllner fest. »Wir hatten vor einigen Monaten schon einmal einen Gasaustritt in einer Wohnung im dritten Stock. Mit einer Gasexplosion hätte der Täter wahrscheinlich gute Chancen, ungeschoren davonzukommen.«

Wie sich bald herausstellen sollte, lagen Sandegger und Göllner mit ihrer Vermutung nur zu richtig. An der Zuleitung zum Gasherd in der Küche war manipuliert worden und ein Funke bei der Bedienung des Lichtschalters hätte völlig ausgereicht, um die ganze Wohnung zu verwüsten. Die Chancen eines 78–jährigen Mannes, so eine Explosion zu überleben, selbst wenn er in einer guten Verfassung war, tendierten nach allgemeiner Ansicht gegen null.

Ildiko war käsweis im Gesicht geworden und stammelte etwas von: »Wie schrecklich, was ist bloß aus dieser Welt geworden.« Eine Reaktion, die der Frau angesichts dessen, was sie die letzten Tage mitgemacht hatte, niemand verdenken konnte. Sie klammerte sich an Göllner, als ob sie ihn nie mehr loslassen wollte.

Nachdem die weitere Gaszufuhr unterbunden, alle Fenster geöffnet und die Räume einigermaßen durchgelüftet worden waren, begann die inzwischen eingetroffene Tatortgruppe mit der Spurensicherung.

Göllner, der kurz das WC aufgesucht hatte, kam mit einem interessanten Hinweis zurück. »Bei dem Eindringling hat es sich wahrscheinlich um einen Mann gehandelt, einen gut erzogenen Mann. Er dürfte am Klo gewesen sein und hat dabei brav die Brille hochgeklappt. Da ich immer im Sitzen pinkle, bleibt die Brille normalerweise immer unten.« Er lachte. »Guter Junge, seine Mama hätte ihre Freude mit ihm. Vor allem aber sollten wir mit einigem Glück einen wunderschönen Fingerabdruck auf dem Bedienungsknopf am Spülkasten finden können.«

Palinski war fasziniert von der Logik und dem scharfen Verstand des alten Herrn. Auch die anderen schienen beeindruckt von der an sich simplen und dennoch bestechenden Schlussfolgerung. Nur Ildiko blickte etwas konsterniert, wahrscheinlich stellte sie sich das alles plastisch vor. Schließlich musste sie aber lachen.

»Können Sie den Abdruck vom Bedienungsknopf gleich abnehmen«, ersuchte Göllner dann den Leiter der Spurensicherung, »damit ich endlich hinunterlassen und mir die Hände waschen kann.«

»Ich glaube, nein ich bin sogar ziemlich sicher, wer dafür verantwortlich zeichnet«, meldete sich jetzt Sandegger und klärte die Anwesenden über seine Theorie auf, die durch die letzten Ereignisse hier noch erhärtet worden war.

Dann telefonierte er mit den Kollegen des Gendarmeriepostens einer kleinen Stadt im Nordwesten Wiens und ersuchte sie sofort eine Festnahme durchzuführen.

Dann machte sich der Inspektor auf den Weg, den zweiten Tatverdächtigen selbst festzunehmen.

*

In einer Wohnung im vierten Stock saßen ein Mann und eine Frau und warteten. Entweder auf einen dumpfen Knall, auf das typische Sirenengeheul der zu einem Einsatz unterwegs befindlichen Feuerwehrfahrzeuge oder auf eine Meldung in den Nachrichten, dass es in Döbling zu einem bedauerlichen Unfall gekommen war. Zu einer dieser Gasexplosionen, vor denen in letzter Zeit immer wieder gewarnt wurde. Wegen der großen Anzahl von Häusern, in denen noch alte und daher undichte Gasleitungen auf ihren Austausch warteten.

»Der Alte ist ja jetzt mit dieser ungarischen Tussi unterwegs«, wusste die ausnehmend attraktive, junge Frau. »Vielleicht sind die beiden in einem Theater oder beim Abendessen. Sei ruhig, Thomas, irgendwann wird er schon nach Hause kommen.«

Ihr Bruder, die Ähnlichkeit der beiden war nicht zu übersehen, ging nervös auf und ab. »Du weißt, dass wir höchstens noch drei, vielleicht vier Monate haben, um den Deal über die Bühne zu bringen. Dann wird das Geheimnis keines mehr sein und wir verlieren jede Menge Geld. Wer weiß, wie lange so ein Erbschaftsverfahren dauert?«

Er wollte sich gerade ein Glas Wein einschenken, als es an der Tür klingelte.

»Wer kann das denn sein?«, wollte Thomas wissen. »Erwartest du noch Besuch?«

Fragend zuckte die Frau mit den Achseln. »Keine Ahnung«, wollte sie eben sagen, als fest gegen die Tür geklopft wurde.

»Aufmachen, hier ist die Kriminalpolizei. Machen Sie sofort auf, sonst müssen wir die Tür gewaltsam öffnen.«

Der Schock auf diese Ankündigung machte sich in den beiden Gesichtern breit.

»Moment, ich komme gleich«, rief die Frau geistesgegenwärtig. »Ich muss mir nur schnell etwas anziehen.« Rasch begann sie, ihr Kleid auszuziehen und ihre Haare in Unordnung zu bringen.

»Wo kann ich mich verstecken«, flüsterte Thomas, »falls ich hier gefunden werde, brauchen die Kieberer nur mehr eins und eins zusammenzuzählen.«

»Das haben sie offenbar ohnehin schon getan«, zischte ihm seine Schwester zu. »Stell dich am besten auf das Sims neben dem hofseitigen Fenster. Das ist breit genug.«

»Aber ich habe doch …«, wollte Thomas widersprechen.

»Quatsch nicht herum, tu endlich, was ich dir sage«, meinte die Frau unfreundlich und drängte ihn aus dem Raum.

Rasch trug sie die beiden Gläser und die halbleere Flasche Wein in die Küche, zog sich rasch einen Bademantel über und öffnete dann die Tür.

»Guten Abend, Herr Sandegger«, begrüßte Barbara Varonec den Inspektor. »Tut mir leid, dass Sie warten mussten, aber ich bin beim Fernsehen eingeschlafen und noch nicht ganz da. Da hat es etwas gedauert.«

Ohne näher darauf einzugehen, stellte der Inspektor seinen Kollegen Wallner und Palinski, diesen als Experten, vor. Die beiden Streifenbeamten blieben ungenannt. »Dürfen wir hineinkommen?«

»Können wir das Gespräch nicht morgen weiterführen«, Barbara gähnte etwas zu demonstrativ. »Ich bin total fertig und möchte nur noch schlafen.«

»Tut mir leid, Frau Varonec, aber die Sache müssen wir jetzt erledigen.« Er blickte die wunderschöne, junge Frau traurig an. »Warum haben Sie das bloß getan?«

»Was getan?«, Barbara stellte sich blöd, obwohl ihr siedendheiß bewusst wurde, dass jetzt alles aus zu sein schien.

»Eine ganze Menge, vor allem aber haben Sie in der Nacht von Dienstag auf Mittwoch in der Billrothstraße Marika Estivan und Josef Hilbinger erschossen«, sagte er mit bitterem Unterton. »Und dafür muss ich sie jetzt festnehmen. Und da Gefahr in Verzug ist, müssen wir Ihre Wohnung jetzt ohne Ihre Zustimmung betreten.« Und damit waren die Fünf auch schon drinnen.

Während Sandegger vor der halboffen gebliebenen Schlafzimmertür darauf achtete, dass Barbara das Anziehen ihres Kleides nicht für einen Fluchtversuch durch das Fenster nützte, was im vierten Stock zwar unwahrscheinlich war, doch man konnte ja nie wissen, untersuchten die anderen die Wohnung. Nachdem einer der beiden Streifenpolizisten das hofseitige Fenster weit geöffnet und einen Blick auf den rund 12 Metern darunter stehenden Mistcontainer riskiert hatte, war plötzlich ein verzweifelter Schrei zu hören.

»Kein Wunder, dass es im Hof so stinkt, wenn der Mistbehälter offen steht«, wollte der Polizist gerade noch sagen, als der dumpfe Aufprall eines Körpers im Hof und ein nachfolgender Aufschrei die banale Mitteilung unterbrachen.

»Herr Inspektor, da ist jemand in den Hof gestürzt«, rief er Sandegger zu und rannte auch schon los.

Doch der von Höhenangst geplagte und durch das abrupte Öffnen des nur angelehnt gewesenen Fensterflügels aus dem Gleichgewicht gebrachte Thomas Varonec aus Stockerau hatte Glück im Unglück gehabt. Der Großteil seines Körpers war direkt in dem offenen Container gelandet, relativ weich auf alten Salatblättern, schmutzigen Joghurtbechern und anderem unappetitlichen, vor allem aber nicht getrenntem Müll. Lediglich mit beiden Beinen war er auf der etwas harten Kante des Behälters aufgeschlagen. Was einen offenen Unterschenkel und einen zersplitterten Knöchel zur Folge hatte. Und ihn äußerst wirkungsvoll daran hinderte, sich der bevorstehenden Verhaftung durch Flucht zu entziehen.

»Seit wann wissen Sie es schon?«, Barbara blickte Sandegger fragend an, ehe sie abgeführt wurde.

»Das weiß ich selbst nicht so genau«, entgegnete der, »vermutlich seit Sie mir von ihrem 12. Platz in Atlanta erzählt haben. Bewusst ist es mir aber erst geworden, nachdem ich darauf gekommen bin, in welcher Disziplin. Sie haben mir zwar einige Fotos gezeigt, auf denen man Sie beim Scheibenschießen sieht. Doch ich habe offenbar nicht genau genug hingesehen.« Er suchte nach einem letzten Satz, mit dem er diese Frau, für die er kurze Zeit mehr als nur Sympathie empfunden hatte, für die menschliche Enttäuschung etwas zahlen lassen konnte.

»Wenn Sie so intelligent wären, wie Sie schön sind, hätten wir Sie wahrscheinlich nicht erwischt«, meinte er schließlich. »Aber dann wären Sie vermutlich gar nicht erst auf eine so verbrecherische Idee gekommen. Abführen.«

Etwas später fand er sein Verhalten zwar ein wenig unreif, kindisch. Aber besser als gar nichts. Und vor allem, es hatte geholfen. Er fühlte sich schon wieder ganz gut. Auch wenn er sich den Vorwurf machen musste, mit etwas mehr Konzentration die Lösung schon erheblich früher gefunden zu haben. Doch die Frau war wunderschön und er nur ein Mann.

*

Während der vorläufig letzte Akt des Falles ›Estivan/Hilbinger‹ über die Bühne ging, hatten die nicht daran beteiligten Akteure der Geschichte beschlossen, Pizza essen zu gehen.

Die aus den Sterzingers, Ildiko, Albert Göllner, Franca und Wilma bestehende Runde war über die Straße zu ›Mama Maria‹, Palinskis Wiener Lieblingsitaliener, gegangen und hatte sich an den großen Tisch beim Fenster gesetzt. Von hier hatte man einen guten Blick auf die Straße und konnte auch von draußen gesehen werden.

»Mario wirft jedes Mal einen Blick herein. Schaut routinemäßig nach, wer alles da ist, eher er ins Haus geht«, beruhigte Wilma Silvana. »Der findet uns schon, sobald er zurückkommt.«

Und so war es dann auch.

Nach einer herrlich knusprigen Pizza Capriciosa war Sandegger schließlich soweit, die drängende Neugierde der Anwesenden zu befriedigen.

»Sobald ich, erst viel zu spät, wie ich zugeben muss«, begann er selbstkritisch, »mitbekommen hatte, dass Walter Göllners Freundin Barbara Varonec eine hervorragende Schützin ist, war alles mehr oder weniger klar. Immerhin hat sie den 12. Platz im Schießen mit der Sportpistole bei den Olympischen Spielen in Atlanta erreicht. Für sie war es ein Leichtes, die tödlichen Schüsse abzugeben. Dazu kommt ihr ...«

Der Inspektor wurde durch das polyphone Gequake seines Handys unterbrochen. Er meldete sich, hörte zu, nickte mit dem Kopf und sagte nur »Danke, das habe ich mir gedacht.«

Er nickte Wallner kurz zu, dann fuhr er fort. »Dazu kommt ihr Bruder Thomas Varonec, der im Projektbüro ›Nordautobahn‹ in Stockerau arbeitet und natürlich ganz genau wusste, wie die Trasse dieses Großprojektes geführt werden würde. Und der natürlich ziemlich exakt abschätzen konnte, welchen Wert die Grundstücke repräsentierten, die ausgerechnet dem Onkel des Lebensgefährten seiner Schwester gehörten.« Er nahm das vor ihm stehende Glas Mineralwasser und trank es in einem Zug aus.

»Eben jetzt habe ich erfahren, dass die Fingerabdrücke auf den Patronen in der Waffe Albert Göllners identisch sind mit jenen der Frau Varonec. Sie ist also auch verantwortlich dafür, dass ein sehr verdienstvoller, ehemaliger Kriminalbeamter des Mordes verdächtigt wurde. Zwar nur kurze Zeit, aber immerhin. Und der wunderschöne, von Herrn Göllner vorhergesehene Fingerabdruck am Druckknopf des Spülkastens in seinem WC ist eindeutig Thomas Varonec zuzuordnen. Damit ist klar, dass die Hauptverantwortung für die fingierte Gasexplosion, die nur durch die äußerst professionelle Aufmerksamkeit des präsumtiven Opfers verhindert werden konnte, beim Bruder der sauberen Frau Barbara lag. Und das war immerhin ein Mordversuch.«

Ob und inwieweit Walter Göllner an dem Komplott bewusst und vorsätzlich mitgewirkt hatte, würden, ebenso wie einige andere noch offene Details, erst die weiteren Untersuchungen zeigen, meinte Sandegger schlussendlich.

»Ich schließe allerdings nicht aus, dass Ihr Neffe«, dabei wandte er sich direkt an Göllner, »trotz all seines ungeschickten, ja dummen Verhaltens selbst mehr Opfer als Täter gewesen sein könnte.«

»Danke«, der alte Herr war sichtlich erleichtert. »Walter ist zwar ein Trottel, im Grunde genommen aber ein guter Bub.«

Damit war auch dieser Fall mehr oder weniger abgeschlossen, ein Grund für die Runde, die Gläser zu heben, darauf anzustoßen und zum gemütlichen Teil überzugehen.

Sandegger trank noch ein Glas des köstlichen Pinot Grigio mit, dann entschuldigte er sich und ging.

Plötzlich fiel Palinski wieder ein, was er Silvana schon den ganzen Tag über hatte fragen wollen. »Sag einmal, du hast gestern auf der WIKOKO angekündigt, in zwei Jahren wieder dabei sein zu wollen. Warum willst du nicht schon nächstes Jahr in Paris mitmachen?«

Silvanas Gesicht wurde, kitschig formuliert, von einem überirdischen Lächeln überzogen. »Weil ich nächstes Jahr etwas viel Wichtigeres vorhabe.«

»Ja, was denn?«, wollten sowohl Sterzinger als auch Palinski wissen. Und Wilma entkam ein »Sie wird doch nicht …«

»Das muss ich Fritz zunächst alleine sagen«, lachte die junge Frau und zog den Kopf ihres Mannes zu sich, um ihm etwas ins Ohr zu flüstern.

»Was sagst du da«, rief der dann plötzlich aus und strahlte über das ganze Gesicht. »Du meinst wirklich …?«

Silvana nickte nur und das war dem werdenden Vater zu viel.

»Ich werde … ein Baby«, stammelte er und sein Schwiegervater konnte sich nicht verkneifen, »das wissen wir schon, was ist da neu daran«, zu flachsen.

»Und bist du dir ganz sicher?«, fragte der überglückliche, aber noch nicht völlig überzeugte Sterzinger.

»Ich habe gestern einen Schwangerschaftstest gemacht«, beruhigte ihn seine strahlende Frau. »Und heute einen zweiten, zur Bestätigung. Immerhin war ich schon 12 Tage über der Zeit.«

»Herzlichen Glückwunsch«, jetzt strahlten auch Wilma und die anderen. Nur Palinski schien immer noch nicht ganz verstanden zu haben, wie viel es geschlagen hatte. Sein ungläubiges Gesicht sprach Bände. Wenn er einmal auf der Leitung stand, dann aber richtig.

»Du wirst Großvater, mein Bester«, klärte ihn Ildiko auf, »und ich Urgroßmutter. Ist das nicht wunderbar?«

Mama Maria hatte irgendwie mitbekommen, was da eben bekannt geworden war, und stiftete drei Flaschen des besten Spumante, den sie im Keller hatte. Italienische Mütter haben wohl ein ganz besonderes Gespür für solche Situationen.

Und so endete die Woche, die ohnehin schon aufregend genug gewesen war, mit einer ganz besonders aufregenden Perspektive.

»Schade, dass deine Mutter das nicht mehr erleben kann«, Palinski war jetzt in die rührselige Phase eingetreten. Für Wilma ein Zeichen, dass er besser bald ins Bett sollte.

Für Silvana dagegen war es Anlass für eine Frage, die sie ihrem Vater schon lange hatte stellen wollen.

»Ist dir in den letzten Tagen eigentlich nie der Gedanke gekommen, dass ich möglicherweise gar nicht deine Tochter bin?«, wollte sie wissen. »Oder hast du einen Vaterschaftstest überlegt?«

»Nein, eigentlich nicht«, Palinski antwortete spontan. »Für das, was ich für dich getan habe, bevor ich dich das erste Mal gesehen habe, hat es mir völlig gereicht, dass du Veronikas Tochter bist.« Er blickte sie liebevoll an. »Und dann war ich völlig überzeugt davon, dass ich dein Vater bin. Du hast ja eindeutig meine Augen.« Er blickte in die Runde. »Das wird doch jeder hier bestätigen. Oder?«

»Du musst meine Mutter sehr geliebt haben. Nicht wahr?«, Silvana legte einen Arm um ihren Vater und Wilma spitzte die Ohren, denn die Antwort interessierte auch sie. Sehr sogar.

Palinski machte ein nachdenkliches Gesicht und Wallners Handy gab Laut. Kaum hatte der Oberinspektor das Gespräch angenommen, erstarrte er.

»Was?«, rief er aus und: »wir kommen.«

»Also, ich war damals noch sehr jung«, hatte Palinski inzwischen seine offenbar wohl überlegte Antwort begonnen. »Und …«

»Sandegger ist auf dem Heimweg angeschossen worden«, unterbrach Wallner aufgeregt. »Ganz in der Nähe, drei oder vier Straßen von hier.«

»Lebt er noch?«, Palinski hatte Silvanas Frage schon wieder vergessen und war sofort voll ›on duty‹.

»Es scheint nicht so schlimm zu sein, denn er hat den Mann danach noch selbst verhaftet«, beruhigte Wallner.

Aber Palinski war schon aufgesprungen. »Wir sprechen später weiter«, vertröstete er seine Tochter und damit indirekt auch Wilma. Die sich leicht frustriert die Frage stellte, ob sie wohl je erfahren sollte, wie ihr Mario zu Veronika Godaj gestanden war.

»Wenn Sandegger so weitermacht, wird er noch ein ganz Großer in diesem Land werden«, murmelte Göllner prophetisch. »Zuerst die Pressekonferenz und jetzt das. Diese Schlagzeilen, ein Wahnsinn. Das ist das Holz, aus dem in Österreich Helden geschnitzt werden. Der Mann hat echt Zukunft.«

Er führte Ildikos Hand zum Mund und drückte einen Kuss darauf. Dann sah er ihr tief in die Augen. »Was meinst du, haben wir auch noch eine Zukunft«?

11

Als Palinski in der Nacht aufwachte, hatte er das dringende Bedürfnis, sowohl Wasser trinken, als auch das exakte Gegenteil tun zu müssen. Kein Wunder bei der Menge Weines, die er sich am Abend hatte schmecken lassen.

Aber es hatte ja wirklich genügend Gründe zum Feiern gegeben. Das Baby, das alte Liebespaar, die Lösung der beiden Fälle. Endlich einmal Fälle, die wirklich zu Ende waren, sobald sie beendet waren. Bei denen nicht noch in letzter Minute einer vergiftet oder erschossen wurde. Oder sich jemand vor Palinskis Augen umbrachte. Weit und breit auch kein Serienmörder, der Palinski zu zerstückeln drohte, oder eine rabiate Millionärin, die ihn auf der allerletzten Seite umbringen wollte.

Nein, endlich eine Geschichte, die ohne Verletzung von Körper, Geist und Seele endete. Wie schön.

Nachdem er dem drängenderen Teil seiner Bedürfnisse nachgekommen war, holte er sich ein wirklich großes Glas, mehr schon einen Krug, füllte es oder ihn mit gutem Wiener Hochquellwasser und nahm auf dem kleinen Fauteuil im Schlafzimmer Platz.

Wie schön Wilma in dem schummrigen Licht der kleinen Nachttischlampe aussah, in dem knappen T-Shirt. Für eine Frau ihres Alters hatte sie noch eine verdammt gute Figur. Diese langen, schlanken Beine, der aufreizende Schwung ihrer Hüften, die herrlichen …

Während er seinen Durst mit raschen, großen Schlucken löschte, bemerkte er, wie ihn gleichzeitig ein völlig anderes Verlangen überkam. Und das mit einer Intensität, die nach fast 25 Jahren Nicht-Verheiratet-Sein, doch recht erstaunlich war.

Wie Wilma wohl reagierte, wenn er jetzt …? Den Versuch war es wert, kalt Duschen konnte er immer noch. Doch ohne Kapuze würde nichts gehen. Das wusste er und hatte kein Problem damit. Verhüten ging auch den Mann etwas an.

Unsicher stand er auf, um das benötigte Accessoire aus dem Badezimmer zu holen. Wo hatte er die Dinger das letzte Mal bloß hingegeben? Oder hatte Wilma mit ihrem periodisch auftretenden Zwang zur Veränderung die Dinge im Bad wieder einmal völlig neu geordnet?

Nachdem er sämtliche leicht erreichbaren Stellen abgesucht hatte, wäre es vernünftig gewesen, nicht ohne Leiter weiterzumachen. Palinski war aber zu faul. Oder zu ungeduldig. Wie auch immer, er kletterte auf den Rand der Badewanne und balancierte unsicher zu dem kleinen Schränkchen, das sinnvollerweise in 2,5 Meter Höhe zwischen Wand und Therme positioniert war. Damit die Kinder seinerzeit nicht an die Medikamente herankamen.

Der letzte Schritt auf diesem schmalen Grat wurde ihm zum Verhängnis. Nein, nicht der gute Pinot Grigio war der Grund dafür. Sondern ein kleines, gemeinerweise genau hier übersehenes Stück Seife, das ihm keine Chance ließ. Außer genau das zu tun, was man tat, wenn man auf die Seife stieg. Er rutschte aus.

Verzweifelt ruderte er noch mehrmals mit den Armen, ehe ihn die Schwerkraft unbarmherzig zu Boden zwang.

Dann knackste auch schon die Speiche in seinem linken Arm, ein stechender Schmerz durchzuckte ihn und alle Leidenschaft war mit einem Schlag weg.

Verdammt, dachte er, dass auf der letzten Seite immer etwas passieren musste, mit dem niemand rechnete. Dann schrie er nach Wilma und war erst wieder ruhig, als sich ihr besorgtes Gesicht über ihn beugte.

ENDE

Anhang

Die Godajs – wie alles begann

Die erste urkundliche Erwähnung des Namens Godaj geht auf das Jahr 1855 zurück, also sechs Jahre nach der blutigen Niederschlagung des ungarischen Freiheitskampfes von 1849, als der aus Esztergom stammende Lajos Godaj in Pest eine kleine Backstube eröffnet hatte.

In den letzten Jahrzehnten des 19. Jahrhunderts waren die ›Godaj-Torte‹ und der ›Godaj-Strudel‹ in den verschiedenen Geschmacksrichtungen bereits ein Begriff in der gesamten k. und k. Monarchie.

Lajos' Sohn Antal musste zwei Mal monatlich zwei ›Godaj-Torten‹, mehrere Strudel und eine große Schatulle ›Godajs Spezialkonfekt‹ mit einem eigenen Kurier an den Wiener Hof schicken. Und wann immer sich die legendäre Kaiserin Sisi auf ihrem Lieblingsschloss Gödöllö bei Budapest aufgehalten hatte, war auch der Ausnahmekonditor dorthin gepilgert, um sie höchstpersönlich mit seinen süßen Kreationen zu verwöhnen.

Bei einer dieser Gelegenheiten soll der Meister ganz besondere Palatschinken kreiert haben. Die legendären ›Crêpes Erzsébet‹.

Er hat das nicht für die österreichische Kaiserin getan, wohlgemerkt, denn die lehnte der glühende Patriot ab. Sondern ausschließlich als Huldigung seiner geliebten Herrin, der Königin von Ungarn, verstanden.

Weltpremiere

Und nun eine echte Sensation: Das erste Mal überhaupt hat die Familie Godaj einer Veröffentlichung der Fragmente des Rezeptes für die berühmten ›Crêpes Erzsébet‹ und anderer Köstlichkeiten zugestimmt.

Eigentlich müsste man ja von einer Anleitung zur Herstellung sprechen, denn Rezepte im eigentlichen Sinne d.W. aus der damaligen Zeit existieren nicht. Es sind lediglich handschriftliche Aufzeichnungen des Knaben Istvan Godaj vorhanden, der seinen Vater einige Male nach Gödöllö begleitet und über diese Besuche penibel Tagebuch geführt hatte.

›Das Wichtigste überhaupt sind die frischen Beeren‹, stand da in erstaunlich schöner Kinderschrift geschrieben, ›entweder Walderdbeeren oder Waldhimbeeren. Gab es einmal keine der beiden Beerensorten in ausreichender Menge und Qualität, dann weigerte sich Papa, die französischen Palatschinken zuzubereiten.

Diese Palatschinken sind extrem dünn, eben französische Crêpes‹.

Crêpes Erzsébet (Elisabeth) und die Vision von Vollkommenheit

Am wichtigsten ist aber die wunderbare Creme. Zunächst werden Eidotter mit Zucker, etwas Zitronensaft und ein wenig von dem speziellen Walderdbeer- oder Waldhimbeerlikör schaumig gerührt. Dann wird der Schaum vorsichtig mit dem inzwischen ebenfalls geschlagenen Obers (Schlagsahne) unterhoben. Nach dem Melieren werden die

Crêpes je zur Hälfte mit der Creme bestrichen und dick mit Walderdbeeren oder -himbeeren belegt. Dann werden die Crêpes zugeklappt, mit einer Flüssigkeit namens ›Eau de Vie de Fraise‹ oder, je nachdem, auch ›Eau de Vie de Framboise‹ beträufelt, flambiert und sofort serviert.

Nach Ansicht heutiger Fachleute musste das Geheimnis Godajs für den überwältigenden Erfolg dieses einfachen Rezepts bei der Königin von Ungarn neben der absoluten Frische der Beeren in dem jeweils geschmacksbestimmenden Likör gelegen haben. Dem Vernehmen nach hatte Antal Godaj diese, ja, man musste wohl schon von Essenzen sprechen, immer selbst angesetzt und mitgeführt.

Auch diesbezüglich sind leider keine Rezepte erhalten geblieben.

Im Gegensatz zu den Köchen, die sich eine gewisse Großzügigkeit im Umgang mit den Zutaten durchaus erlauben dürfen, sind den Konditoren nicht die geringsten Ungenauigkeiten erlaubt. Sie sind dazu verdammt, präzise wie die Apotheker auf die in den Rezepten angegebenen Mengen zu achten. Nur ein paar Gramm zu viel von diesem und ein paar zu wenig von jenem entscheiden unbarmherzig über rauschenden Triumph oder totalen Flop.

Dennoch hat es auch unter den großen Patissiers immer wieder autodidaktische Genies gegeben, die es ganz ohne Rezepte und damit auch ohne Waage geschafft haben, grandiose Leistungen zu erbringen.

Antal Godaj war ein solches Genie, das sich kein Deut um Gramm, Stückzahl und sonstige Fesseln seiner Kreativität geschert, sondern einfach auf sein Gefühl gehört und losgelegt hat. Daher war es nur konsequent, dass er selbst keinerlei Aufzeichnungen über die wunderbaren Ergebnisse seines phänomenalen Könnens hinterlassen hat. Leider.

Das Geheimnis der ›Godaj-Torte‹

Dass wir heute dennoch soviel über sein Wirken wissen, ja sogar fast intime Details von Antal Godajs speziellen Fertigkeiten kennen, verdanken wir seinem Sohn Istvan, der jeden Schritt des von ihm vergötterten Vaters unermüdlich und penibel in seinem Tagebuch aufgezeichnet hat.

Daher wissen wir auch, dass es die ›Godaj-Torte‹ im Sinne einer ganz bestimmten, standardisierten, unveränderlichen, möglicherweise sogar urheberrechtlich geschützten Rezeptur ursprünglich gar nicht gab. Was es gab, waren Torten, die von Godaj zubereitet worden waren. Und so ein süßes Kunstwerk war dann eben die Torte von Godaj, also die ›Godaj-Torte‹.

Das Unverwechselbare an der oder den ›Godaj-Torten‹ lag vor allem in der Art, wie Antal geschmacklich und farblich kontrastierende runde Backwerke filetierte, um sie zu völlig neuen, optisch und geschmacklich kontrastierenden Torten zusammenzufügen.

Beispielsweise also auf eine Schicht Schokoladentorte eine mit hellem Teig gefügt. Darauf eine Schicht Mohntorte und darauf vielleicht Nuss. Mit dieser Methode haben sich sogar »Botschaften« transportieren lassen, wie Istvan Godaj zu berichten weiß.

›Gestern hat Vater für eine Festivität beim Grafen Fenivesy, bei der auch einige Mitglieder des Reichsrates aus Wien erwartet wurden, sechs Stück ›Ausgleichs-Torten‹[3] zubereitet‹, erinnert er sich in seinem Tagebuch. ›Vater war ja immer schon ein glühender Nationalist und Gegner einer Aussöhnung mit den Habsburgern gewesen, aber was er sich da erlaubt hat, war ohne Beispiel‹.

[3] Ausgleich zwischen Österreich und Ungarn 1867

Köstlich süße Provokation

Was war geschehen: Rein äußerlich bestachen die Torten mit ihrer monarchischen Optik, der wunderschönen habsburgergelben Glasur mit dem schwarzen Doppeladler darauf, nicht nur die Augen, sondern schmeichelten auch der k. und k. Gesinnung der anwesenden Gäste.

Der Körper der Torten bestand allerdings jeweils aus drei Schichten, deren oberste deutlich ins Rötliche ging und die mittlere nahezu weiß war. Wogegen in der untersten ein freundliches Grün dominierte. Das hatte den durchaus beabsichtigten Effekt, dass die österreichischen Gäste nach dem Anschneiden der Torte eine flaumige Köstlichkeit in den ungarischen Nationalfarben rot-weiß-grün vor sich am Teller liegen hatten, die von einem beschnittenen und damit etwas kläglich wirkenden Kaiseradler gekrönt war.

›Plötzlich hat sich lähmende Stille über die Tafel gelegt‹, memorierte Istvan, ›und ich habe schreckliche Angst bekommen. Wie würden die Gäste auf diese Provokation reagieren?‹

Nach einigen unerträglich langen Sekunden begann Graf Harbershofen, der ranghöchste Mann in der Delegation aus Cisleithanien schallend zu lachen und meinte: ›Das muss wohl dieser Godaj gewesen sein, der Teufelskerl. Seine Hoheit, der Kaiser hat mich schon vorgewarnt‹.

Damit war die Spannung plötzlich wieder wie weggeblasen. Alle Anwesenden fielen in das Gelächter ein, machten sich über die Torte her und ›lobten dero Qualität in höchsten Tönen‹, wie ein sehr erleichterter Istvan notierte. Wie es der Teufelskerl allerdings geschafft hatte, die Landesfarben nahezu authentisch mittels Tortenteig darzustellen ist bis heute ein Geheimnis geblieben. Einige

Fachleute vermuten sogar, dass sich Antal in diesem besonderen Fall einer Art Lebensmittelfarbe bedient haben musste. Eine Theorie, die nicht nur von der Familie Godaj energisch bestritten wird.

Antal Godajs Torten und anderen Süßspeisen waren ursprünglich ausschließlich für den sofortigen Konsum bestimmt und konnten höchstens über ein, zwei Stunden aufbewahrt werden. Mit der zunehmenden Notwendigkeit, auch weiter entfernte Kunden zu beliefern und damit, eine längere Haltbarkeit ohne gravierende Qualitätseinbußen zu erreichen, hatte der Meister seine ›Produktions-Technologie‹ umstellen und den logistischen Notwendigkeiten anpassen müssen.

Das bedeutete vor allem, dass er nicht mehr, wie bis dahin, ausschließlich mit möglichst einfachen Cremes und frischem Obst arbeiten konnte, sondern zunehmend speziell entwickelte Glasuren und (eingedickte) Obst- und Beerenkonzentrate (Konfitüren) verwenden musste.

Um die Qualität des eigentlichen Backgutes über einen längeren Zeitraum zu stabilisieren, begann Antal, dem Teig ganz bestimmte und bis heute streng geheim gehaltene Gewürzmischungen beizumengen.

›Seit wir öfter an den Wiener Hof liefern, hat sich Vater in einen Gramm zählenden Bader verwandelt‹, registrierte Istvan in seinen Aufzeichnungen den elementaren Wandel, der mit Antal Godaj vor sich ging. ›Früher war er nicht so kleinlich und auch nicht so jähzornig. Aber das muss wohl so sein‹.

Von ›just in time‹ zur Vorratsproduktion

Den Beobachtungen seines Sohnes zufolge dürfte Antal Godaj über diese Entwicklung bei der Herstellung von Torten und anderen Mehlspeisen nicht gerade glücklich gewesen sein. Der übermächtigen künstlerischen Seite des Patissiers entsprach das Prinzip »just in time«, wie man es heute wohl nennen würde, mit seinen geringen Stückzahlen wesentlich mehr als die Herstellung größerer Chargen, die zwangsläufig nach streng definierten Standards erfolgen musste. Rezepturen bedeuteten aber das Ende jeder spontanen Individualität.

Auf jeden Fall hat Antal es geschafft, seine enorm hohen, selbst gesetzten Vorgaben kompromisslos in das neue System mitzunehmen, sodass auf beiden Schienen, die natürlich nebeneinander befahren wurden, höchste Qualität garantiert war.

Dennoch, sein Herz und seine ganze Leidenschaft gehörten jenen süßen Zubereitungen, die unmittelbar nach ihrem Entstehen ihrer Bestimmung zugeführt wurden und damit auch schon wieder Vergangenheit waren.

Für den Bereich der arbeitsteiligen Produktion von Torten und anderen Mehlspeisen zeichnete daher auch zunehmend der inzwischen zum Mann gereifte Istvan Godaj verantwortlich. Ein zwar nicht ganz so begnadeter Künstler wie Antal, dafür aber ein überaus präzise arbeitender Handwerker. Dazu noch ein zuverlässiger und umsichtiger Kaufmann, der die Geniestreiche seines Vaters aufgezeichnet und für die Nachwelt erhalten hat. Und damit erst die Voraussetzungen für die zukünftige Expansion des Hauses Godaj über das gesamte Gebiet der k.u.k. Monarchie geschafft hat.

Mit dem von ihm ins Leben gerufenen ›Godajs Süßer Botendienst‹ schaffte Istvan etwas, was man mit entsprechenden Abstrichen in der modernen Diktion als den ersten Mehlspeisenvertrieb in Europa bezeichnen könnte. Und er war sehr erfolgreich damit.

Strudel und andere Schmankerln

Obwohl die sagenhafte ›Godaj-Torte‹, die eine zentrale Rolle im Krimi ›Tortenkomplott‹ spielt, zweifellos das bekannteste, also quasi das Gallionsprodukt der berühmten Konditorendynastie ist, waren und sind andere Spezialitäten wie die Kuchen, Schnitten und Rouladen praktisch von wesentlich größerer Bedeutung für das Unternehmen.

Vor allem waren es die zahlreichen Sorten Strudel, die den Ruf des Namens Godaj festigten und weiter verbreiteten. Neben Fruchtstrudeln, über Mohn, Nuss und Topfen reichte die Angebotspalette übers Jahr bis hin zu Exoten wie Stachelbeer- und Quittenstrudel.

Besondere Berühmtheit erlangten zwei Artikel aus diesem Produktsegment, der legendäre ›Tokajer Weintraubenstrudel‹ und der ›Süße Krautstrudel‹.

In seinen späten Jahren setzte Istvan Godaj neue Akzente mit der Einführung der ›Pikanten Mehlspeisen‹.

Spezielle Erwähnung aus dieser bis dahin kaum bekannten Produktlinie verdienen die ›Szegediner Piroggen‹ und die ›Grammelkrauttascherln‹. Beide Schmankerln können durchaus zu Recht als Vorläufer des heutigen Fingerfood bezeichnet werden.

Rezepte streng geheim

Verständlich, dass das Haus Godaj über seine Rezepturen kein Wort nach außen dringen lässt. Immerhin stellen sie das über Generationen gewachsene Wissen und damit die Grundlage für den Erfolg dieser außerordentlichen Familie dar.

Umso bemerkenswerter ist es, dass Frau Silvana Sterzinger-Godaj nunmehr erstmals der Veröffentlichung einiger interessanter, rezeptähnlicher Aufzeichnungen aus den Tagebüchern Istvan Godajs im Anhang zu Tortenkomplott zugestimmt hat. Dafür dürfen wir uns an dieser Stelle ausdrücklich herzlich bedanken.

Auch wenn es sich bei den folgenden Ausführungen um keine vollständigen ›Anleitungen zum Nachmachen‹ handelt, lassen sich doch einige praktische Anregungen und Erkenntnisse fürs Ausprobieren zu Hause gewinnen.

TOKAJER WEINTRAUBENSTRUDEL

Als Teig wird der im Handel erhältliche fertige Strudelteig empfohlen.

Fülle (für 10 Personen) : 2 Eidotter, 2 Eiklar, 25 g Kristallzucker, 30 g Staubzucker, 40 g fein geriebene Mandeln, 20 g fein geriebene Walnüsse, 20 g Mehl, Zimt, eine geriebene Zitronenschale, Butter zum Bestreichen des Teiges

0,04 l Tokajerwein, 1 kg kleine, eher kernlose Weintrauben

Eidotter, Staubzucker, Zimt und Zitronenschale schaumig rühren, dann den mit Kristallzucker aufgeschlagenen Schnee einheben und Mandeln, Nüsse und das Mehl beifügen. Jetzt wird der Tokajer in die Masse eingerührt.

Dann wird der zu 60 Prozent ausgezogene Strudelteig fingerdick mit der Füllmasse bestrichen und die gewaschenen, gut abgetropften Weinberln darauf verstreut.

Der restliche Teig wird mit zerlassener Butter bestrichen, der Strudel eingerollt und ab ins Rohr. Backzeit etwa 40 Minuten

SÜSSER KRAUTSTRUDEL

Eine besondere Rarität stellt diese Kreation Antal Godajs dar, die sich in unseren Breiten nicht recht durchgesetzt hat. Zu Unrecht, wie wir meinen. Seinerzeit war dieser Strudel allerdings ein echter Renner. Ein Grund mehr, sich wieder verstärkt damit auseinanderzusetzen.

Da sich Istvan Godaj in seinen Aufzeichnungen lediglich mit der Fülle befasst, ist der Hinweis auf den Teig durch uns erfolgt:

Als Teig wird der im Handel erhältliche fertige Strudelteig empfohlen.

›Vater hat lange mit Ernö diskutiert, der nicht glauben wollte, dass sich auch auf Krautbasis trefflich eine Süßspeis machen lässt. Dann ist ihm das Diskutieren zu dumm geworden und er hat einfach etwas Weißkraut ganz klein geschnitten, mit Akazienhonig gesüßt und Nussstücke sowie zwei kleinwürfelig geschnittene feste, säuerliche Äpfel, natürlich geschält, darunter gemengt. Mit der Fülle hat er dann den Teig belegt, zusammengerollt und rund eine halbe Stunde ins heiße Rohr gegeben. Dann hat er das Blech herausgeholt, zwei Stücke vom Strudel abgeschnitten und gezuckert. Nach dem Kosten war Vater sehr zufrieden. Ernö, der etwas später zurückkam, wollte erst gar nicht glauben, dass es sich bei dieser Köstlichkeit um einen simplen Krautstrudel gehandelt hat. Vater war sehr zufrieden und stolz an diesem Tag‹.

Um wen es sich bei Ernö gehandelt hat, konnte leider nicht mehr eruiert werden.

SZEGEDINER PIROGGEN

Szegediner Fülle (10 Portionen): 300 g Schweinsschulter, 20 g Fett, 100 g Zwiebel, Paprika, Kümmel, Salz, Knoblauch, 200 g Sauerkraut klein gehackelt, 1 großer roher Erdapfel

Zwiebel ganz klein schneiden und in heißem Fett rösten, paprizieren, das ganz klein geschnetzelte Fleisch beigeben und würzen, mit etwas Wasser aufgießen und dünsten.

Nach 8-10 Minuten das klein gehackelte Kraut beigeben und fertig dünsten lassen, dann rohen Erdapfel einreiben, bis die entsprechende Bindung erreicht ist. Noch einmal abschmecken.

Aus dem Kartoffel-Nudelteig große runde oder eckige Stücke schneiden, befüllen, den Teig überlappend schließen und an den Rändern fest zusammenfügen. Dann in siedend heißem Salzwasser je nach Größe 6-8 Minuten kochen.

Danach entweder noch kurz im Salamander anbräunen oder gleich servieren.

Es empfiehlt sich, dazu eine Paprika-, Zwiebel- oder Knoblauchrahmsoße oder auch nur normalen Gulaschsaft zu reichen. ACHTUNG : Immer heiß servieren.

GRAMMELKRAUTTASCHERLN

Die Zubereitung erfolgt im Wesentlichen wie bei den Szegediner Piroggen, nur dass statt Fleisch Grammeln (Grieben) verwendet werden.

Grammeln zunächst in der Pfanne goldgelb-braun werden lassen, dann abgießen und dem Kraut beigeben.

Die Grammelkraut- (Griebenkraut-) Fülle eignet sich auch gut für Erdäpfelknödel.

Weitere Krimis finden Sie auf den folgenden Seiten und im Internet: www.gmeiner-verlag.de

Pierre Emme
Zwanzig/11
978-3-8392-1174-8

»Ein atemberaubender Thriller des Wiener Erfolgsautors.«

Wien, im November 2011. Max Petrark wacht am Krankenbett seines Bruders Maurice. Dieser hat einen schweren Autounfall nur knapp überlebt und liegt im Koma. Während die Polizei von einem Selbstmordversuch ausgeht, macht sich Max auf die Suche nach der Wahrheit. Doch diese scheint unbequem, ja sogar tödlich zu sein. Und allmählich begreift er das ganze Ausmaß der Ereignisse: Zehn Jahre nach den Terroranschlägen von New York zeichnet sich eine neue Tragödie von weltpolitischer Bedeutung ab – in einem Zug zwischen Salzburg und Wien.

Wir machen's spannend

Pierre Emme
Pasta Mortale
978-3-8392-1018-5

»Ein köstlicher Gourmetkrimi mit typischem Wiener Schmäh. Herrlich schräg und originell!«

Skandal im Restaurant »Desiree«: Ein Gast fällt tot vom Stuhl, er starb an einer vergifteten Portion Mohnnudeln. Was Kriminologe Mario Palinski, der sich neuerdings auch als Gastro-Kritiker versucht, zu diesem Zeitpunkt noch nicht weiß: Die tödlichen Nudeln waren eigentlich für ihn bestimmt. Und kurz darauf kommt es zu weiteren mysteriösen Vorfällen in der Wiener Gastronomie-Szene …

Wir machen's spannend

Unsere Lesermagazine

2 x jährlich das Neueste aus der Gmeiner-Bibliothek

24 x 35 cm, 32 S., farbig; inkl. Büchermagazin »nicht nur« für Frauen

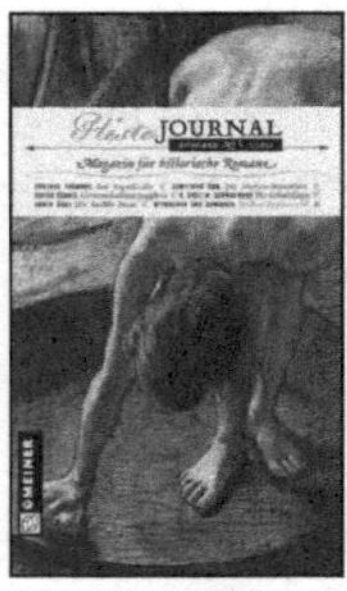

10 x 18 cm, 16 S., farbig

Alle Lesermagazine erhalten Sie in Ihrer Buchhandlung oder unter www.gmeiner-verlag.de.

GmeinerNewsletter

Neues aus der Welt der Gmeiner-Romane

Haben Sie schon unsere GmeinerNewsletter abonniert?

Monatlich erhalten Sie per E-Mail aktuelle Informationen aus der Welt der Krimis, der historischen Romane und der Frauenromane: Buchtipps, Berichte über Autoren und ihre Arbeit, Veranstaltungshinweise, neue Literaturseiten im Internet und interessante Neuigkeiten.

Die Anmeldung zu den GmeinerNewslettern ist ganz einfach. Direkt auf der Homepage des Gmeiner-Verlags (www.gmeiner-verlag.de) finden Sie das entsprechende Anmeldeformular.

Ihre Meinung ist gefragt!

Mitmachen und gewinnen

Wir möchten Ihnen mit unseren Romanen immer beste Unterhaltung bieten. Sie können uns dabei unterstützen, indem Sie uns Ihre Meinung zu den Gmeiner-Romanen sagen! Senden Sie eine E-Mail an gewinnspiel@gmeiner-verlag.de und teilen Sie uns mit, welches Buch Sie gelesen haben und wie es Ihnen gefallen hat. Alle Einsendungen nehmen automatisch am großen Jahresgewinnspiel mit attraktiven Buchpreisen teil.

Wir machen's spannend